SOPHIE ANDRESKY

In der Höhle der Löwin

W0048101

SOPHIE ANDRESKY

In der Höhle der Löwin

Erotische Geschichten

BLANVALET

Umwelthinweis:
Alle bedruckten Materialien dieses Taschenbuches
sind chlorfrei und umweltschonend.
Das Papier enthält Recycling-Anteile

Blanvalet-Taschenbücher erscheinen im Goldmann Verlag,
einem Unternehmen der Verlagsgruppe Bertelsmann

Original-Taschenbuchausgabe November 1998
© 1998 by Wilhelm Goldmann Verlag, München
in der Verlagsgruppe Bertelsmann GmbH
Umschlaggestaltung: Design Team München
Umschlagmotiv: Premium / Benett
Satz: DTP Service Apel, Hannover
Druck: Elsnerdruck, Berlin
Verlagsnummer: 35059
Lektorat: SK
Herstellung: Heidrun Nawrot
Made in Germany
ISBN 3-442-35059-X

3 5 7 9 10 8 6 4

Für Marcus.
Geliebter. Insel. Traumwächter.

Inhalt

Wie bringt man
Melissa von Adencron um die Ecke?

»Sie könnte die Treppe runterfallen.«

Der Vorschlag kam von Margot, der fiel nie etwas Originelles ein.

»Sie steht oben mit Maxine an der Treppe und gibt dem Hausmädchen Jette noch einige Anweisungen. Dann kommt Lara dazu und zeigt ihr die Geburtsurkunde, die beweist, daß sie Melissas Tochter ist und damit Maxines Zwillingsschwester, und Maxine, die jetzt um ihr Erbe fürchtet, will Lara die Treppe hinunterstoßen, erwischt aber Melissa. Und auf ihrer Beerdigung lernt Lara dann auch endlich Louis-Alexandre kennen.«

Margot, die heimlich »Pudel« genannt wurde, weil sich unter ihren fleischfarbenen Nylonstrümpfen ein Fell ringelte, war ganz stolz, aber die anderen rührten in ihren Kaffeetassen und waren nicht sonderlich begeistert. Dodo hatte die nächste Idee:

»Wir könnten sie vergiften. Jette hat auf einer Fuchsjagd Louis-Alexandre kennengelernt und beschließt, sich zusammen mit ihm Melissas Vermögen zu krallen. Sie weihen Pedro, den Chauffeur, ein, weil Melissa mal eine Affäre mit ihm hatte, bis sie ihn irgendwann abservierte. Jette schüttet dann Blausäure in den Wein, den Pedro Melissa zu einem heimlichen Rendezvous mitbringt, das Melissa über ihre Konflikte mit Lara hinwegtrösten soll.«

»Wieso hatte Melissa eine Affäre mit Pedro? Wann war das denn?« fragte Peggy dazwischen, wurde aber vom Pudel unterbrochen: »Meine Güte, dann hat sie eben einen Verkehrsunfall.«

»Totgevögelt von Pedro?« fragte Dodo, und alle außer dem Pudel lachten.

Peggy überlegte: »Was wäre denn, wenn Maxine und Lara sich zusammentun, immerhin sind sie ja Zwillingsschwestern, das verbindet doch. Und Maxine weiß von Dr. Bismarck, Melissas Hausarzt, daß Lara an einer unheilbaren Krankheit leidet, ihr also mit Melissas Erbe nicht ins Gehege kommen wird. Deshalb plant sie mit Lara zusammen, Melissa umzubringen, sagen wir, sie ertränken sie im Pool, oder sie werfen einen Fön in die Wanne oder das Handy. Melissa regelt doch immer ihre Bankgeschäfte per Telefon, wenn sie badet. Als Melissa tot ist, wartet Maxine noch Laras Tod ab, und dann kann sie Louis-Alexandre heiraten und Schloßherrin werden.«

»Ich bin immer noch für totvögeln«, kicherte Dodo und zerkrümelte einen Keks in ihren Kaffee, »wir machen eine Orgie im Swimmingpool mit Pedro und Louis-Alexandre und Dr. Bismarck, und dabei erleidet Melissa einen tödlichen Stromstoß, weil, äh, weil sie irgendeinen Dildo mit in den Pool genommen hat.«

Peggy lachte schallend, legte die Füße auf den Konferenztisch und fächelte sich mit einem Drehbuch Luft zu.

»Toll«, sagte sie, »dann hast du die drei einzigen Männer auf Melissas Schloß gleich miterledigt, denn immerhin turnen die ja alle in dem Pool herum. Außerdem sind in Dildos immer Batterien. Der Strom reicht nicht, um jemanden umzubringen, und es gibt auch wasserdichte. So informiert wird Frau Gräfin ja wohl sein. Und ich bitte dich: drei Männer – und dabei einer wie Louis-Alexandre, und dann nimmt sie noch einen Gummischwanz dazu? Das glaubt uns doch keiner!«

»Sind eigentlich noch Briefe gekommen? Wegen Louis-Alexandre in Unterwäsche vor vier Wochen?« fragte Dodo.

Pudel-Margot deutete mit einem kralligen Zeigefinger auf einen Postsack auf dem Tisch und zischte: »Ich hab ja gleich gesagt, das ist Schwachsinn, so ein Riesendödel im Vorabendprogramm! Das sehen doch Jugendliche! Wie sollen die sich denn damit identifizieren? Ich hab gleich gesagt, schlimm genug, daß Louis-Alexandre aussieht wie ein Pornostar, wir müssen ihn nicht auch noch so in Szene setzen!«

Die Tür ging auf, und eine große Frau mit Lockenwicklern im Haar stand in der Tür.

»Seid ihr euch jetzt endlich einig, wie ihr mich beseitigt?« fragte sie in die Runde, »ich bin schwanger, Mädels, in ein paar Wochen sieht man es auch, und ich habe nicht vor, als Freiluftballon im Fernsehen aufzutreten. Also macht mich endlich kalt, auf mich wartet ein Leben als Hausfrau und Mutter mit Bausparvertrag. Und das möglichst bald«, und sie warf die Tür zu.

Margot, Dodo und Peggy sahen sich an. Dann beschlossen sie mit Blick auf die Uhr und die herannahende Mittagspause, Melissa von Adencron durch einen Verkehrsunfall zu Tode kommen zu lassen, verursacht durch ihren Chauffeur Pedro, der untröstlich darüber wäre, bis dann Louis-Alexandre herausfände, daß Pedro Melissa absichtlich überfahren hatte, weil ihm klar geworden war, daß Melissa Lara beseitigen lassen wollte, die er aber mittlerweile liebte – genau wie Louis-Alexandre, der eigentlich für Maxine vorgesehen war, aber nun Lara haben wollte, sich aber zunächst an das ständig von Melissa schikanierte Hausmädchen Jette heranmachte, um eben Pedro zu überführen, der Jette mittlerweile sein Verbrechen gestanden hatte.

Das war gut und logisch. Es würde zwar wieder Briefe geben, daß alles zu offensichtlich sei, und daß man schon hundert Folgen vorher gewußt habe, was passieren würde, aber das kratzte weder Dodo noch Peggy und Pudel-Margot schon gar nicht, die in die Daily-Soap-Redaktion ohnehin zwangsversetzt worden war, obwohl sie viel lieber weiterhin die Ansagen für Dieter Thomas Hecks Galaauftritte geschrieben hätte. Aber ihre Witze waren selbst dafür zu platt.

»Eigentlich schade«, meinte Margot, »Melissa ist doch die älteste Figur in der Serie, irgendwie hab ich sie mittlerweile richtig gern.«

»Stimmt«, sagte Peggy, »sie war immer perfekt, wenn wir einen Handlungsstrang komplett ändern mußten. Ein bißchen wie sie wäre ich auch gerne, wenn mir jemand den Parkplatz wegschnappt oder mich ein Kellner arrogant behandelt. Außerdem hat sie als einzige ein bißchen Feuer unterm Hintern. Meine Herrin, ihr Hintern und Louis-Alexandres Dödel, da könnten wir eine Menge draus machen.«

Das brachte ihr einen Lacher von Dodo und einen strengen Blick vom Pudel, den sie wie immer ignorierte. Melissa von Adencron würde in etwa zwanzig Folgen endgültig sterben (denn wiederauferstanden war sie bereits einmal, verschollen auf einer Südseereise, und entführt worden schon zweimal, und lebensgefährliche Verletzungen simuliert hatte sie bereits ein Dutzend Mal), und bis dahin würden sich die drei von der Handlung noch herrlich amüsieren. Nach der Mittagspause mußte das Exposé der Redaktionsleiterin vorgelegt werden, und wenn die es absegnete, und das würde sie, weil sie selber die Serie nicht anschaute, und es ihr im Grunde egal war, wer wie ums Leben kam, wenn die es also absegnete, konnte man es den Freien schicken, damit die mit der Stoppuhr in der Hand die Dialoge zu den Beats, den Handlungsabschnitten, schrieben.

Im Büro der Redaktionsleitung brummte und summte es. Das Faxgerät schnitt ununterbrochen Meldungen ab, die in einen Korb darunter fielen, die beiden Telefone klingelten, und zwischendurch piepte ein Handy. Ein Drucker arbeitete auf Hochtouren, und ein Fernseher in der Büroecke lief mit ausgeschaltetem Ton.

Gudrun Wächter-Tauber saß hinter ihrem Schreibtisch, als Dodo mit der Szene hereinkam, arbeitete an ihrem Computer, sah ab und zu auf das ausgeklappte Laptop, das neben ihr stand, und diktierte dabei auf ein Tonband. Dodo stellte sich immer vor, daß ihre Vorgesetzte irgendwann im Rausch der Technik den ultimativen Yuppie-Orgasmus bekommen würde. Es mußte sie einfach erregen, die ganzen piependen und flimmernden Geräte, anders hielt man das doch gar nicht aus. In Gedanken sah sie ihre Chefin mit zerwuschelten Haaren und hochgeschobenem Rock in ein Diktiergerät stöhnen, während sie mit jedem neuen Fax, das ankam, das in ihr Büro eindrang, tiefer in ihren Sessel rutschte. Das Vibrieren des Handys im richtigen Moment wäre vielleicht der Höhepunkt, der Technikflash. Oder ob Frau Wächter-Tauber heimlich im Internet surfte und spezielle Adressen anwählte, um zu entspannen? Freuden einer Karrierefrau.

»Wir haben Frau von Adencron umgenietet«, rief Dodo schnell durch den Lärm hindurch, um sich wieder auf ihre Arbeit zu konzentrieren.

Gudrun winkte sie ungeduldig heran. Sie warf einen kurzen Blick auf die Plot-Skizze, die Dodo mitgebracht hatte.

»Wann hatte Melissa denn eine Affäre mit dem Chauffeur?«

»Das war, kurz nachdem Sie zu uns gekommen sind, Frau Wächter-Tauber«, sagte Dodo und bezweifelte insgeheim, daß die Redaktionsleiterin jemals hinter die Geheimnisse ihrer Serie steigen würde. Eigentlich, überlegte Dodo, hätte man sie vor Antritt des Jobs dazu zwingen müssen, alle bisherigen achthundertdreiundvierzig Folgen anzusehen und die Ahnenreihe der von Adencrons auswendig zu lernen. Aber das war wohl zuviel verlangt.

Gudrun zeichnete hastig die Seite gegen und setzte ihren Stempel darunter.

»Aber«, sagte sie, als Dodo sich mit dem Zettel aus dem Staub machen wollte, »kein Gedärm beim Unfall, ja? Wir sind hier im Vorabendprogramm. Sie wissen doch noch, was wir für einen Streß mit der Presse hatten. Nur weil Sie bei den Vorbereitungen für Melissas Geburtstag unbedingt eine Hausschlachtung in Nahaufnahme zeigen mußten!«

Dodo nickte unterwürfig und korrigierte ihre Vorgesetzte im stillen, daß es nicht wegen der Auswaschung der Schweinedärme Proteste gegeben hatte, sondern weil das Schwein nicht irgendein Schwein gewesen war, sondern ein Adelsschwein, genauer gesagt das Schwein, das Melissa Maxine zum bestandenen Abitur als Glücksschwein geschenkt hatte. Sie hatten das Schwein »Moulina« genannt, und es war rosarot und goldig rüsselnd durch mindestens dreißig Folgen getrabt und hatte sich damit ungeahnte Fanmassen erobert. Die Marketingabteilung hatte sogar ein Schweinespecial kreiert mit Fanartikeln, Zeitschriftenbeiträgen und bedruckten T-Shirts.

Aber davon hatte die Wächter-Tauber ja keine Ahnung, die hatte wieder nur die Innereien gesehen und als überzeugte Vegetarierin in die Fernbedienung gebissen. Als Ausgleich für die Tierfans hatten sie dann Simone, eine prätentiöse Perserkatze, eingebaut, die Melissa nun ständig mit sich herumtragen mußte, obwohl sie eine Katzenallergie hatte und insgeheim glaubte, die zickige Mieze sei ein Werk des Teufels.

Dodo faxte das unterzeichnete Exposé ihren freien Autoren und machte sich dann auf den Weg in die Produktionshalle. Bei den Drehterminen am frühen Nachmittag waren die drei von der Redaktion meistens anwesend, um sich schnell etwas auszudenken, falls eine Szene nicht so funktionierte, wie die Freien sich das am heimischen Schreibtisch ausgedacht hatten.

Die Produktionshalle lag in einem Nebengebäude, das man durch den Keller erreichte. Dodo kam der Weg dorthin immer vor wie der in eine andere Welt. Unten und in der Halle gab es keine Fenster. Die Luft roch ganz eigenartig nach Bügelstärke und künstlichem Nebel. Dodo stellte sich manchmal vor, sie würde sich auf dem Weg zum Set in eine der Serienpersonen verwandeln. Mit jedem Schritt wurde sie adliger, reicher, schöner, exaltierter. Sie mußte durch ein Labyrinth von Gängen gehen, an den Garderoben der Darsteller und an der Maske vorbei, dann am Archiv links und am Kostümfundus wieder rechts. Da wurde sie stutzig. Die Tür zum Fundus war sonst immer verschlossen. Sie öffnete vorsichtig die Tür einen Spaltbreit.

Peggy saß auf einem hohen Stapel Teppiche, den sie das letzte Mal für einen Orienturlaub von Dr. Bismarck gebraucht hatten, und knöpfte Louis-Alexandre gerade die Hose auf. Er hatte nichts darunter. Jetzt wußte Dodo auch, wieso sich sein Schwanz auf dem Bildschirm immer so unter den Bundfaltenhosen abzeichnete. Peggy stützte sich mit den Ellenbogen auf dem Teppich ab und stellte die Füße auf. Louis-Alexandre schob seine Finger von der Seite in Peggys Slip, der offensichtlich sehr dehnbar war, und zog ihr mit der anderen den Reißverschluß der Bluse herunter.

»Oh, ich wußte gar nicht, daß Peggy so schöne Brüste hat«, dachte Dodo.

»Komm, wir machen das hier mal weg«, raunte Louis-Alexandre und schob Peggys Slip zur Seite.

Er angelte ein Kondom aus seinem Jackett, das neben Peggy auf dem Teppich lag und zog es sich über. Er bog

Peggys Beine an den Kniekehlen zurück und flüsterte: »Ich steck ihn dir jetzt rein, ja? Komm, heb den Hintern mal ein Stück hoch, ja, das ist gut, so komme ich besser rein.«

Er fickte sie mit bebenden Pobacken, und Peggy legte ihm die Beine um die Taille. Louis-Alexandre beugte sich leicht nach vorne und stützte sich auf Peggys Brüsten ab, die jetzt heftig hin und her schaukelten. Peggy steckte ihm ihre Hände entgegen, und Louis-Alexandre lutschte an ihren Fingerspitzen. Peggy schob sie zwischen ihre Beine, hielt sich die Schamlippen auseinander und rieb sich mit Mittel- und Zeigefinger ihren Kitzler.

Louis-Alexandre flüsterte: »Ah, Peggy, du bist ja eine Löwin, meine Wildkatze«, fing an, lauter zu stöhnen, und Dodo schloß ganz leise die Tür.

Grinsend dachte sie: »Auch eine Möglichkeit, hier mitzuspielen«, und ging weiter in die Halle, wo Margot schon stand, pflichtbewußt wie immer, und sie spöttisch ansah: »Na, auch im Fundus aufgehalten worden? Ich wußte gar nicht, daß Peggy sich für die Kleidung der Schauspieler interessiert.«

»Für deren Unterwäsche offensichtlich schon«, sagte Dodo und grinste immer noch, und als Margot sie skeptisch ansah: »Nur kein Neid. Quickies am Arbeitsplatz erhöhen das Leistungsvermögen. Hab ich neulich gelesen.«

Margot wollte noch etwas erwidern, aber dann mußten sie still sein, weil mit dem Drehen begonnen wurde.

Melissa von Adencron trat auf und ließ einige Bosheiten gegen ihr Hausmädchen Jette fallen, bevor sie dann ihre verstoßene Tochter Lara zur Schnecke machte. Ganz leise war Peggy hinter Dodo und Margot getreten.

»Das ist gemein, wie sie das arme Kind behandelt«, flüsterte Peggy, noch etwas verschwitzt, »geschieht ihr ganz recht, daß Jette ihr gleich den heißen Tee überschüttet.«

Dodo nickte. »Die Wächter-Tauber hat Melissas Exekution abgezeichnet«, flüsterte sie zurück.

»Das hat sie auch nicht besser verdient«, flüsterte Peggy wieder und fuhr sich schnell durch die Haare.

Jette kam mit dem Tee, der natürlich kalt war, und Melissa begann schon, hysterisch zu kreischen, bevor die Tasse überhaupt umgestoßen war. Zeit, die Szene noch mal zu drehen, blieb nicht, das mußte auch so gehen. Der Regisseur winkte ungeduldig seine Leute zu sich. Dodo und der Pudel stöhnten insgeheim, denn natürlich würden sie die Beschwerdebriefe wegen der mißlungenen Teeszene beantworten müssen.

In der nächsten Szene flegelte sich Louis-Alexandre auf dem Sofa. Er hatte sich offensichtlich noch nicht verausgabt im Fundus, er war charmant und konzentriert wie immer. Melissa mußte ins Zimmer rauschen und sich an ihn heranmachen. Einen tieferen Zweck hatte der Plot nicht, sie war einfach so, mannstoll, unberechenbar, skrupellos – wie aus dem wahren Leben. Genau das wollte das Publikum sehen, möglichst oft und möglichst in Nahaufnahme.

»Hach«, schwärmte Dodo, »der sieht wirklich klasse aus.«

»Louis-Alexandre ist der Hit«, sagte Peggy, und der Pudel verkniff nur wie üblich den Mund.

Dodo wunderte sich bei solchen Gelegenheiten immer, daß Margot nicht anfing zu kläffen. Melissa legte den Kopf auf Louis-Alexandres Knie und himmelte ihn an. Peggy klopfte mit dem Fuß auf den Boden und zischte: »So ein Miststück. Warum kann sie ihn nicht einfach in Ruhe lassen?«

Dodo klopfte ihr beruhigend auf die Schulter.

»Na, na«, brummte sie halb mütterlich, halb therapeutisch, »du bist hier in der Soap, Herzchen, nicht draußen. Immer auf dem Teppich bleiben«, bei dem Wort Teppich mußte sie schon wieder grinsen, »nur nicht reinsteigen. Das ist nicht gut für deine Gehirnzellen.«

»Wo nichts ist, kann auch nichts zu Schaden kommen«, bellte der Pudel, hob die wahrscheinlich feuchte Nase sehr hoch und stolzierte aus der Kulisse.

Die Szene war abgedreht, und obwohl Melissa zwischendurch lachen mußte, weil ihr Kopf genau in der Höhe von Louis-Alexandres wirklich erstaunlichem Gemächt gelegen hatte und sie sicher zu gerne zugebissen hätte, würde es auf dem Bildschirm halbwegs glaubwürdig aussehen.

»Das war ganz toll, Louis-Alexandre«, schmachtete Peggy, als die Schauspieler an ihnen vorbei in die Maske gingen.

Sie hatten sich in der Redaktion angewöhnt, die Darsteller mit ihrem Seriennamen anzureden, denn manche Namen aus der Soap und aus dem Leben draußen überschnitten sich, und so wußte jeder, wer gemeint war.

»Na, Kindchen, übernimm dich nicht«, stichelte Melissa, und Peggy wollte schon zurückzicken, als Jette sie zurückhielt.

»Reg dich nicht auf, gnädige Frau sind eben so, das war nur ein Scherz, sie spielt doch nur.«

Und Peggy lachte auch gleich, aber es klang zu schrill für Dodo, und sie beschloß, mehr auf Peggy aufzupassen.

Als Pedro am nächsten Tag in die Redaktion kam, verpaßte er wie üblich seinen Einsatz. Das kannte man an ihm, immer der falsche Satz mit der falschen Geste zur falschen Zeit. Pedro war so ein Mensch, der ständig störte. Mit seinen glänzenden Fischaugen sah er dann panisch um sich, daß alle Mitleid bekamen und sich sofort um ihn kümmerten. Das hätten Dodo und Margot auch diesmal getan, wenn sie nur gewußt hätten, was er im Redaktionsbüro wollte. Pedro stammelte etwas vor sich hin und ruderte mit den Händen durch die Luft.

»Was ist denn, Pedro«, sagte Dodo sehr freundlich und sehr langsam, »fehlt euch unten ein Script?«

Aber es fehlte kein Script, es fehlte ein Bild, genauer ein Gemälde, das in Maxines Zimmer, also in der Kulisse, über dem Kamin gehangen hatte, ein Gemälde von Louis-Alexandre, der ihr ja schon lange versprochen war. Der Aufnahmeleiter tobte, denn die nächsten Szenen sollten in Maxines Zimmer gedreht werden, und da konnte man nicht einfach etwas in der Kulisse ändern. Der Pudel kniff schon wieder den Mund zusammen. Dodo überlegte. Dann fragte sie:

»Aber ist nicht Maxine sowieso wütend auf Louis-Alexandre, weil er beim großen Gartenfest zu Ehren Dr. Bismarcks mit Jette geflirtet hat?«

Pedro nickte und knetete seine Chauffeursmütze in beiden Händen.

»Na also«, rief Dodo und klatschte in die Hände, »dann nehmt doch irgendein Bild, das ungefähr die Größe hat und verhängt es mit einem schwarzen Tuch, das ist dann sogar künstlerisch wertvoll.«

Pedro nickte dankbar und eilte zurück in die Halle. Der Pudel warf Dodo einen langen Blick zu. Dodo wich ihm aus, und als Peggy von einer Besprechung mit Frau Wächter-Tauber zurückkam, sprach niemand mehr von dem Vorfall.

Abends lag Dodo zu Hause in der Badewanne und träumte davon, mit Dr. Bismarck und Jette zusammen im Pool zu liegen. Das Wasser war warm. Jette saß neben ihr und seifte ihr mit einem großen Schwamm den Busen ein. Dr. Bismarck saß ihr gegenüber und lutschte an ihrem großen Zeh. Jette küßte sie auf den Mund. Ihre Zunge zuckte in Dodos Mund, während sie Dodos Oberschenkel unter Wasser streichelte. Dr. Bismarck nahm ihren Zeh aus dem Mund und kam langsam näher. Dodos Beine waren ausgestreckt und schwammen im Wasser. Dr. Bismarck und Jette saßen neben ihr und küßten ihren Hals und ihre Ohren. Dann zog Dr. Bismarck sie über sich und setzte sie sich auf den Schoß. Sein

Schwanz in ihr war hart und gleichzeitig ganz biegsam. Jette kniete sich neben sie und massierte mit einer Hand Dodos Busen und mit der anderen ihre Möse. Es gab kleine Wellen im Wasser, als Dodo auf Dr. Bismarck ritt, und immer, wenn sie an sich heruntersah und beobachtete, wie sich Jettes Finger in ihrer Möse bewegten, mußte sie leise keuchen.

Da klingelte das Telefon. Dodo war auf der Stelle verärgert, denn ihr Badezimmer und die abendlichen Orgien mit Jette und Dr. Bismarck waren ihr heilig. Wer Träume verkauft, muß auch welche haben dürfen, sagte sie sich immer. Sie nahm das Telefon vom Waschbecken. Es war Peggy, die ziemlich durcheinander klang. Dodo verstand gar nicht genau, worum es ging.

»Peggy«, herrschte sie sie an, »was willst du eigentlich?« Peggy schluchzte.

»Glaubst du«, schniefte sie dann, »daß Louis-Alexandre schon etwas mit Lara hat?«

Dodo stöhnte laut. »Nein«, und sagte dann: »Du weißt doch, daß er sich erst später in Lara verliebt, erst wenn sie die Tanzstunde bei Dr. Bismarck genommen hat und als Schlafwandlerin auf der Wiese herumtanzt. Da verliebt er sich erst in sie.«

Peggy schluchzte noch einmal und legte dann ohne ein weiteres Wort auf.

Dodo griff sich entnervt an die Stirn, total überarbeitet, die Frau.

Am nächsten Morgen gab Margot Dodo eine Szene, die auf ihrem Schreibtisch gelegen hatte. Louis-Alexandre verkündete in diesem Monolog, er habe sich in eine Unbekannte verliebt und werde die von Adencrons verlassen und fortan in einer anderen Stadt leben und nie mehr zum Schloß zurückkehren.

Dodo begriff gar nicht, was sie jetzt damit tun sollte. Der

Szene fehlten auch alle technischen Details und internen Kürzel, mit denen die Dialogschreiber in ihren Manuskripten kennzeichneten, wann die Szene ins Drehbuch einzufügen sei. Dodo sah Peggy streng an. Die murmelte:

»Ich meinte ja nur.«

Dodo überlegte kurz, ob sie sich aufregen sollte, aber schließlich hatte jede Soap-Redakteurin das Recht, Vorschläge zur Handlung zu machen. Also zerknüllte sie das Blatt, warf es in den Papierkorb und hoffte, daß Peggy ihren Testosteronstoß langsam verkraftet hatte und sich nicht weiter schriftstellerisch betätigen würde.

Nach der Mittagspause lag keine neue Szene auf ihrem Schreibtisch, und Dodo atmete auf. Allerdings blieb auch Peggy verschwunden.

»Sollte man das nicht Frau Wächter-Tauber mitteilen?« kläffte der Pudel, aber Dodo schickte sie mit den Gehaltsabrechnungen in die Buchhaltung. Das war ein weiter Weg, und bis dahin hatte Peggy genügend Zeit, wieder aufzutauchen. Leider tauchte der Pudel auf, und zwar in der Produktionshalle. Wahrscheinlich war sie da mit sich selbst Gassi gegangen.

Dort erwischte sie Peggy, die in Melissas Garderobe stand und deren extravagantestes Kostüm anprobierte: ein sonnengelbes Negligé, das an den Ärmeln und am Saum mit sandfarbenem Pelz verbrämt war, und in dem Melissa immer aussah, als trüge sie einen gerade erlegten Löwen um die Schultern. Peggy drehte sich vor dem Spiegel, lächelte und sagte sich selber leise irgendeinen Text auf.

»Jetzt reicht's«, schrie sie der Pudel an, riß Peggy das Kostüm von den Schultern und zerrte sie in die Redaktionsetage.

»Wenn die junge Kollegin hier Schauspielambitionen hat«, keifte sie Dodo an und zeigte auf Peggy, »dann sollte sie sich vielleicht mit Frau Wächter-Tauber über eine Versetzung unterhalten. Am besten, wir rufen sie gleich einmal an. Ich habe jedenfalls keine Lust, mit Möchtegern-Stars zu arbeiten.«

Nur mit größter Mühe gelang es Dodo, den Pudel davon abzubringen, Peggy bei der Vorgesetzten zu verpetzen. Sie versprach, darauf zu achten, daß Peggy von jetzt an so gewissenhaft wie früher arbeiten werde und gab ihr einen großen Stapel Textbücher zum Sortieren, damit sie ihren guten Willen beweisen konnte.

Einige Zeit ging das gut. Draußen im Gang hörte man Melissa und Louis-Alexandre heftig streiten. Margot sah Dodo fragend an, und Dodo, die gerade die Dialoge der Freien nachstoppte, murmelte:

»Vielleicht geht's um die Gehaltsabrechnung«, und dann ironisch: »Oder vielleicht streitet Louis-Alexandre die Vaterschaft ab.«

Peggy blickte kurz hoch, sortierte dann aber weiter. Dodo dachte schon, was immer mit Peggy los war, sei jetzt ausgestanden, aber da hatte sie sich geirrt.

Es war wieder mal Pedro, der die undankbare Aufgabe hatte, Katastrophennachrichten zu überbringen. Diesmal war gar nichts aus ihm herauszubringen. Er stand da, knetete seine Chauffeursmütze und schnappte nach Luft wie ein Karpfen. Ab und zu gurgelte es in seinem Hals, dann trat er mit dem Fuß auf, zog die Schultern nach oben und riß die Augen weit auf, während er beschwörende Gesten Richtung Tür machte. Schließlich japste er, daß sie alle mitkommen sollten, sie alle, Frau Wächter-Tauber, Dodo, Margot, alle, in die Produktionshalle. Dann bekam er einen Schluckauf. Er wieselte vor ihnen her durch die Gänge und hickste gelegentlich. Als sie keuchend ankamen, machte ihnen der Regisseur ein Zeichen, sich ruhig zu verhalten. Die Schauspieler und Kameraleute standen in den Kulissen und starrten auf Melissas Salon.

Dort stand Peggy mit einem riesigen Messer bewaffnet, das sie aus der Kantine besorgt haben mußte. Vor ihr preßte sich Melissa an die Kulissenwand und redete leise auf sie ein. Dodo ging ein paar Schritte näher, aber Peggy fuchtelte sofort mit dem Messer herum, und Dodo blieb genauso angewurzelt stehen wie die anderen auch.

»Du wirst Louis-Alexandre nicht bekommen, Melissa«, rief Peggy, »du bist ein Miststück. Du hast ihn gar nicht verdient. Aber ich. Ich weiß, daß du von Pedro schwanger bist und nicht von Louis-Alexandre. Du willst ihn nur reinreiten. Ich bin genauso schön wie du. Er wird sich in mich verlieben. Nicht in Maxine und nicht in Lara, in mich.«

»Herzchen, das ist eine Soap«, rief Melissa und versuchte, sich in Sicherheit zu bringen, aber Peggy war schneller, schnitt ihr den Weg ab und hielt ihr nun das Messer direkt an den Hals.

»Und daß du die arme Jette so quälst, ist jetzt auch vorbei«, schrie sie Melissa an.

Die Wächter-Tauber rief: »Peggy, ich werden Sie entlassen, jetzt hören Sie endlich mit dem Schmierentheater auf!« aber Peggy hörte sie nicht.

Der Pudel schüttelte den Kopf. »Komplett durchgeknallt«, flüsterte sie, »ich glaube, ich bin im falschen Film.«

Das brachte Dodo auf eine Idee. Sie schlich ganz langsam, so daß Peggy nicht auf sie aufmerksam wurde, zurück zu den Schminkspiegeln, wo Louis-Alexandre stand und fassungslos in die Kulisse starrte. Dodo beugte sich zu ihm und flüsterte ihm etwas zu. Louis-Alexandre nickte.

Dodo gab dem Techniker ein Zeichen, die Musik und die Scheinwerfer anzuschalten. Violinenmusik mit Harfe und

Flöten, die Erkennungsmelodie der Soap, schallte durch die Halle. Melissas Salon war jetzt hell erleuchtet.

Louis-Alexandre ging mit festen und deutlich hörbaren Schritten auf die Kulisse zu, warf sich in Pose und deklamierte: »Peggy, meine Liebste. Immer habe ich geahnt, daß du das gleiche für mich empfindest wie ich für dich. Nie habe ich so eine Frau wie dich getroffen. Du bist die einzige, die für mich zählt! Aber unsere Liebe braucht kein Blutopfer. Ich gehöre dir für immer und ewig!«

»O Herrin«, murmelte Dodo Margot zu, »sind unsere Dialoge wirklich so schlecht? Wo hat er nur diesen Ätztext her?«

Margot mußte gegen ihren Willen lächeln.

»Der guckt bestimmt heimlich ›Liebe, Haß und Ewigkeit‹ von der Konkurrenz, da sprechen sie wirklich so.«

Dodo kicherte. Louis-Alexandre goß sich wieder in Hamlet-Pose und schmachtete:

»Wirf das Messer weg, Geliebte. Diese Frau ist das doch gar nicht wert. Melissa, wer ist das schon? Wir wollen zusammen weggehen, nur du und ich! Komm zu mir, mein Engel, meine Angebetete.«

»Nu' ist aber gut«, seufzte Frau Wächter-Tauber und trat von einem Fuß auf den anderen, aber Peggy hatte es offenbar auch gereicht. Sie warf in weitem Bogen das Messer weg und stürzte mit einem lauten Schluchzer in Louis-Alexandres Arme. Zaghaft begann jemand ganz hinten zu klatschen, gab es aber schnell wieder auf. Peggy schluchzte, bis ein Arzt kam. Auf die Polizei hatte Melissa verzichtet. Sie wollte sowieso aussteigen und brauchte die Publicity nicht mehr.

Fax und Fernsehen waren abgeschaltet. Über beide PC-Bildschirme schwirrten geflügelte Toaster als Bildschirmschutz. Die Anrufe wurden ins Sekretariat umgeleitet. Im Redaktionsbüro war es zum ersten Mal, seit Gudrun Wächter-Tauber hier arbeitete, völlig still. Dodo und Margot saßen vor ihrem Schreibtisch und sahen sich an.

»Die arme Peggy«, meinte Dodo schließlich, »ich kann mir gar nicht erklären, wie das passieren konnte.«

»Ein halbes Jahr Klinik mit Fernsehentzug werden ihr schon helfen«, sagte Margot, deren Gesicht gar nicht wie ein Pudel aussah, wie Dodo plötzlich überrascht feststellte. »Und irgendwie«, redete Margot weiter, »zeigt es ja auch, daß unsere Soap gut gewesen ist, lebensnah, große Gefühle.«

Frau Wächter-Tauber und Dodo überlegten.

»Ohne Melissa sind die Adencrons sowieso so gut wie ausgestorben«, sagte die Redaktionsleiterin, » Louis-Alexandre und Jette haben auch keine rechte Lust mehr. Außerdem sind die Adencrons antiquiert. Ich meine«, sie machte eine große Geste durch ihr Büro, »das ist doch eher unsere Welt als ein Schloß: High-Tech, Business. Das interessiert die Leute.«

»Eine neue Soap«, staunte Dodo und zückte ihren Füller, »worüber denn?«

»Über Karrierefrauen«, sagte Frau Wächter-Tauber.

»Nein«, unterbrach Dodo, und beide sahen sie an, »über ein Daily-Soap-Team. Und als Titel nehmen wir: ›Das wahre Leben‹.«

Im Bermuda-Dreieck

Obwohl sich beide gerade das Rauchen abgewöhnt hatten, war es stickig im Auto. Das kam vom Streit. Dabei ging es um nichts. Sie waren einfach schon zu lange unterwegs, vom Grau der Autobahnen genervt und müde. Die Stimmung war während der letzten Minuten immer gereizter geworden.

Leon trommelte mit den Fingerkuppen auf dem Lenkrad herum, und Hanna sah schmallippig aus dem Fenster. Die Arme hatte sie fest vor der Brust verschränkt. Eine Haarsträhne fiel ihr immer wieder ins Gesicht, die pustete sie dann weg. Leon sah kurz zu ihr herüber und räusperte sich.

»Mach doch mal das Licht an«, sagte Hanna, »es wird ja schon dunkel. Und außerdem ist es zu heiß hier.«

Leon schaltete die Scheinwerfer an, und Hanna kurbelte die Fensterscheibe zur Hälfte herunter. Ein Windstoß fegte durch das Auto und wischte die Landkarten von Hannas Schoß auf den Boden. Hanna ließ sie da liegen. Leon sah das genau aus den Augenwinkeln.

»Mach zu, es zieht.«

»Ich brauche eine Zigarette«, sagte Hanna und kurbelte die Scheibe wieder hoch. Leon sagte nichts. Draußen jagten die Lärmschutzwände vorbei, eine häßlicher als die andere. Kurz vor dem Autobahndreieck überholte Leon einen Lastwagen. Der zog mit, und Leon fluchte.

»Paß auf«, fauchte Hanna, »da vorne ist unsere Abfahrt.«

Leon schaffte es knapp, sich vor dem Lastwagen wieder auf der rechten Spur einzufädeln und setzte den Blinker.

»Sind wir hier richtig?« fragte Leon, und Hanna klaubte die Straßenkarte wieder vom Boden auf und sah nach.

»Ja ja, das war unser Autobahndreieck. In etwa einer halben Stunde oder so müßte das Motel kommen«, und dann nach einer Pause, »ich brauche eine Zigarette.«

Leon sagte nichts. Wieder Lärmschutzwände, Waldgebiete, Notrufsäulen, weit hinten ein Fabrikgelände. Leon murmelte beschwichtigend:

»In einer halben Stunde liegst du in einer heißen Wanne und hast etwas gegessen. Dann wirst du auch wieder verträglicher. Eine Zigarette wäre wirklich nicht schlecht.«

»Es ist so ruhig hier«, sagte Hanna.

Und sie hatte recht. Seit einiger Zeit schon waren sie allein auf der Autobahn. Leon gab mehr Gas. Draußen wurde es schnell dunkler.

»Bald sind wir da«, sagte Leon, »bestimmt kommt das Schild gleich. Oder hast du wieder mal die Karte falsch rum gehalten?«

Hanna zischte: »Mach's doch selbst«, und warf die Karte auf den Rücksitz. Sie streckte die Beine aus, bog das Kreuz durch und verschränkte die Arme wieder vor der Brust.

Von Häusern und Fabriken war nichts mehr zu erkennen, vielleicht wurde es weiter hinten nebelig. Als nach weiteren zwanzig Minuten immer noch kein Schild gekommen war, kein Motelhinweis, keine Kilometeranzeige zur nächsten Stadt, kein anderes Auto, schenkte Hanna sich und Leon einen Pappbecher Kaffee ein.

»Ich muß mal«, sagte sie.

»Wir sind bestimmt falsch«, sagte er, »an der nächsten Tankstelle müssen wir wirklich mal fragen.«

Hanna griff hinter sich und nahm die Karte von der Rückbank. Doch, sie waren richtig gefahren, am richtigen Dreieck abgebogen und hätten jetzt eigentlich mitten in einem Industriegebiet sein müssen. Es würde schon eine Tankstelle kommen, immerhin war hier Deutschland und nicht der Dschungel.

Mittlerweile war es stockdunkel. Hanna öffnete noch einmal das Fenster, der Wind war jetzt eisig, und sie kurbelte es sofort wieder hoch. Im Wagen war es kalt geworden. Hanna zog sich eine Strickjacke an und begann Schlager zu summen.

»Oh, bitte nicht«, sagte Leon, »mach lieber das Radio an, die können wenigstens singen.«

Hanna drückte auf den Knopf, aber es rauschte nur. Sie versuchte der Reihe nach alle gespeicherten Sender, aber es kam gar nichts, keine Nachrichten, keine Musik, kein Hörspiel. Da fiel ihr auf, daß sie auch den Verkehrsfunk schon lange nicht mehr gehört hatten, obwohl der sich eigentlich automatisch einschalten sollte. Leon schob ihre Hand vom Radio weg und drehte selbst an allen Knöpfen, aber auch bei ihm rauschte es nur.

»Dreh um«, sagte Hanna, »fahr zurück.«

Aber die Leitplanke in der Mitte der Autobahn war durchgezogen und eine Ausfahrt war weit und breit nicht in Sicht.

»Das Motel muß ja irgendwann kommen«, sagte Leon, mehr zu sich selbst als zu Hanna, »wir sind doch nicht alleine auf der Welt.«

Hanna schüttete sich einen Cognac in ihren Pappbecher und sah wieder aus dem Fenster. Nichts.

»Das nächste Mal fahren wir nach Belgien in Urlaub«, sagte sie, »da sind die Autobahnen wenigstens beleuchtet.«

Leon schlug ein Spiel vor, Kitschreimen, das spielten sie oft, wenn sie im Stau standen. Leon gab eine Zeile vor und Hanna mußte den Reim darauf finden, dann ging es umgekehrt. So hatten sie schon ganze Epen der scheußlichsten Art gedichtet.

Leon sagte: »Wir sind die letzten Menschen, die da fahren

auf der Welt . . .«, ». . . und bekommen kein Motel für noch soviel Geld«, ergänzte Hanna, »doch wenn unsre Reise ein Ende hat«, »macht uns irgendein Monster platt«, dichtete Leon. Und Hanna schlug ihm auf die Schulter und sagte: »Hör auf. Blödes Spiel.«

Leon beschleunigte noch mehr. Dann fuhr er in Schlangenlinien.

Hanna zischte: »Laß das«, und Leon lenkte wieder auf die rechte Spur. Immer noch kein Abzweiger. Leon wurde müde, und Hanna konnte ihn nicht ablösen, weil sie mittlerweile noch einige Cognacs gekippt hatte.

»Mir ist kalt«, sagte sie.

Ihre Decken und Schlafsäcke lagen zusammen mit ihrem Zelt im Kofferraum, und hier im Auto hatte sie nur ein T-Shirt mit der Strickjacke und eine bunte Bermudashorts an. Grüne Blätter mit violetten und roten Blumen, dazwischen gelbe Schmetterlinge. Am Strand hatte sie witzig ausgesehen, hier im dunklen, kalten Wagen kam sie sich fehl am Platz vor, so als wäre sie verkleidet.

Leon hatte das grelle Muster zwar von Anfang an scheußlich gefunden, aber als er dann am Strand darauf kam, daß er durch die weiten Hosenbeine bis nach ganz oben herankam, und als Hanna dann, als sie merkte, daß ihm das Spaß machte, ihre Unterwäsche im Rucksack ließ, war er ganz verrückt nach diesen Bermudashorts geworden.

Sie hatten sich ein Spiel ausgedacht, bei dem Hanna, wenn der Strand so richtig rappelvoll war, sich vor den im Sand sitzenden Leon gestellt hatte, und so tat, als würde sie durch ein Fernglas aufs Meer sehen. Leon hatte dann mit der Hand über ihre Beine gestrichen, immer höher und ganz unauffällig, bis er mit den Fingerspitzen zu ihrer Pofalte und schließlich an ihr Schamhaar gekommen war. Viel weiter kam er nicht. Aber Hanna war, bis er soweit war, von diesem Spiel schon ganz naß bis in die Haarspitzen, »rollig«, sagte Leon dazu, so daß sie bereits nach ein paar Minuten das Spiel abbrachen und sich auch gar nicht mehr darum kümmerten, ob wohl jemand zugesehen hatte oder nicht, und zusammen ins Zelt krochen und sich da übereinander hermachten. Auf diese Weise verbrauchten sie eine Familienpackung Extrazarte in nur zwei Wochen.

Leon hatte irgendwann während dieser Zeltorgien vorgeschlagen, sie solle sich doch ein kleines Loch in die Bermuda schneiden, genau an der Stelle im Schritt, an der die Nähte zusammenliefen, dann könne er am Strand nicht nur ihr Mösenhaar streicheln, sondern ihr auch vor allen Leuten einen Finger hineinschieben. Aber das war Hanna dann doch zu gewagt. Und jetzt, hier im Wagen, war sie froh, daß sie es nicht gemacht hatte, obwohl die Versuchung groß gewesen war.

Mitten in ihre Gedanken hinein sagte Leon plötzlich: »Na endlich.«

Hanna sah zu ihm, und er zeigte auf ein neonbeleuchtetes, buntes Schild am Straßenrand, auf dem »Motel Nyx, 10 km« stand. Hanna fuhr mit dem Finger auf ihrer Straßenkarte entlang.

»Das ist aber nicht unser Motel.«

»Was soll das heißen?« fragte Leon und nahm ihr die Karte aus der Hand.

Hanna tippte auf eine Stecknadel, mit der sie die Wegstrecke markiert hatte.

»Hier, unser Motel liegt genau zwischen diesen beiden Autobahnkreuzen und müßte eigentlich ›Short Break‹ heißen. ›Nyx‹, was soll das überhaupt sein?«

»Ist doch egal«, sagte Leon, »der Name des Besitzers wahrscheinlich, Hauptsache, wir kommen endlich ins Bett, wir werden uns irgendwo verfahren haben.«

»Haben wir nicht«, sagte Hanna.

»Dann haben die eben den Motelnamen geändert, mein Gott, mußt du immer was zu meckern haben?«

»Aber die Karte ist von diesem Jahr«, beharrte Hanna.

»Halt jetzt die Klappe und freu dich«, sagte Leon, und Hanna kramte ihre Sachen zusammen.

Als sie auf den Parkplatz des Motels rollten, war der völlig verlassen. Aber immerhin, das Haus war erleuchtet. Leon und Hanna stiegen aus, schulterten ihre Rucksäcke und alles, was nicht im Auto bleiben durfte, und gingen hinein.

Innen empfing sie ein junges Pärchen, das sich engumschlungen an der Rezeption küßte. »Hey, ist doch alles in Ordnung«, flüsterte Leon, »wo man knutscht, da laß dich fröhlich nieder«, und dann: »Guten Abend, wir hätten gern ein Zimmer.«

Die junge Frau lächelte ihn herzlich an. Der Mann entzündete sich eine Zigarette und bot Leon und Hanna auch eine an. Hanna wollte dankbar zugreifen, aber als Leon sie streng ansah, sagte sie:

»Herzlichen Dank, aber wir gewöhnen es uns gerade ab.«

»Wie schade«, meinte der junge Mann, »so eine Zigarette ist doch das höchste«, und Hanna nickte und zuckte bedauernd die Schultern.

»So rein pro forma muß ich euer Kennzeichen aufschreiben«, sagte der Junge, und Leon buchstabierte »HH-MJ-63«.

»Nein, 67«, korrigierte Hanna und knuffte Leon. »So müde ist er schon.«

Das Mädchen lächelte und reichte Leon einen Schlüssel. »Wir geben euch extra das schönste Zimmer. Unsere«, sie lächelte noch breiter, »Hochzeitssuite.«

»Wir waren darin jedenfalls sehr glücklich«, sagte der junge Mann und küßte den Hals des Mädchens, »das war vielleicht heiß bei uns«, hauchte er.

Hanna und Leon grinsten sich an und wollten ihre Sachen ins Zimmer tragen. Aber die beiden protestierten und trugen sie hinter ihnen her.

Das Zimmer war groß und geräumig. Die Tapete sah aus wie Seide und hatte ein gold- und rosafarbenes Muster aus lauter Löwenköpfen. Auf den vier Bettpfosten machten kleine Löwenfiguren Männchen, und auch die Handtuchhalter im Bad waren bronzene Löwenköpfe. Das war kitschig, aber auch wieder lustig. Allerdings roch es etwas eigenartig, süßlich und nach etwas, was Hanna bekannt vorkam, das ihr aber nicht gleich einfiel. Doch dann hatte sie es: Bauschutt, wie absurd.

Die junge Frau stellte Leons Rucksack auf das Bett und holte einen Parfumflakon aus ihrer Jackentasche. Damit sprühte sie einige Male im Zimmer herum. »Mein Lieblingsparfum«, sagte sie, und schmiegte sich an ihren Freund, der sich neben sie gesetzt hatte.

Hanna hätte sich gerne in eine heiße Wanne gelegt, sie war müde und durchgefroren, und außerdem hatte sie wohl einen Cognac zuviel getrunken. Auch Leon trat von einem Fuß auf den anderen, und Hanna wußte, daß er darauf wartete, sich die Jeans ausziehen zu können, weil er sich einen leichten Sonnenbrand auf Rücken und Po geholt hatte und der Hosenbund scheuern mußte. Aber die beiden küßten sich weiter und hatten Hanna und Leon anscheinend ganz vergessen. Hanna räusperte sich, und langsam löste sich das Pärchen voneinander.

Das Mädchen steckte sich eine Zigarette an und sagte: »Ich laß euch die Packung mal hier liegen«, und dann gingen sie endlich.

»Die passen aber besser in die Hochzeitssuite als wir«, feixte Leon, und Hanna sagte: »Das liegt ja wohl an uns.«

Sie zog sich aus, ließ die Bermudashorts einfach fallen und

ging endlich ins Bad. Leider gab es da nur eine Dusche, aber immerhin besser als nichts. Als sie sich abtrocknete, war ihr noch immer so, als wäre sie beschwipst, außerdem bewegte sie sich, als hätte sie Muskelkater. Sie streckte sich, und Leon meinte, als er ins Bad kam:

»Ich hab die Fahrt auch noch in allen Knochen, außerdem bin ich hundemüde, ich weiß kaum noch, wie ich heiße.«

»Gute Nacht, Hubert«, sagte Hanna und ging ins Bett. Sie spürte noch das Vibrieren des Autositzes am ganzen Körper, als sie einschlief. Leon brauste sich nur kurz ab, kam dann zu Hanna unter die Decke und kuschelte sich an sie.

Da ging die Zimmertür auf. Hanna war viel zu müde, um sich darüber zu wundern. Leon hatte sie wahrscheinlich falsch abgeschlossen. Das Pärchen kam wieder herein. Das Mädchen hatte ein langes weißes Negligé an und einen Myrtenkranz auf dem Kopf, der Junge trug eine etwas altmodische Feinrippunterhose. Beide hielten Kerzenleuchter in der Hand. Man hörte ihre Schritte nicht, sie schwebten fast über dem Teppich.

Leon hob wie in Zeitlupe den Kopf. Jetzt sah man erst, wie jung die beiden wirklich waren, sie konnten kaum volljährig sein. Die beiden Leuchter hätten eigentlich kaum Licht geben können, aber das ganze Zimmer war schwach rötlich erleuchtet bis in die Ecken. An der Wand sah Hanna ein Flackern, seltsame züngelnde Muster.

»Aber wer wird denn hier so einfach einschlafen wollen im schönsten Zimmer des Motels«, flüsterte das Mädchen, beugte sich über Leon und küßte ihn auf die Stirn. Ihre Lippen fühlten sich fiebrig an, und die Stelle, wo sie ihn berührt hatten, brannte. Die Kerzenleuchter stellten sie auf die beiden Nachttischchen neben dem Bett. Sie zog sich aus, Hanna schüttelte Leon, aber auch er wurde nur sehr schwer wach. Sie fühlte sich jetzt wirklich betrunken. Der Junge kletterte zu ihr unter die Decke, und das Mädchen küßte Leons Brust. Hanna fielen immer wieder die Augen zu, sie hatte ein Summen im Ohr, das sie fast völlig betäubte.

»Ah, Moment mal, was soll denn das, was ist denn hier«, murmelte Hanna, aber das Mädchen streichelte ihr mit seidenweichen Fingern über die Brust und kicherte: »Wir haben heute unseren Hochzeitstag. Und ihr beide seid so nett, den möchten wir gerne mit euch zusammen feiern. Du bist genauso eine schöne Braut wie ich.«

»Du brauchst nicht nervös zu sein«, sagte der Junge zu Leon und küßte ihn auf den Mund, »es wird wie von selbst gehen.«

Die beiden waren ebenso bestimmt wie geschickt, als sie Hanna und Leon auszogen. Hanna versuchte Leon anzusehen, aber auch ihm fiel es anscheinend unendlich schwer, sich zu bewegen, so daß er gar nicht den Kopf hob, als sie seinen Namen flüsterte.

Es war ganz allmählich immer wärmer im Zimmer geworden, und die Hitze legte sich wie ein nasses Handtuch über Hanna, füllte ihren Kopf aus wie brodelnde Milch, die im Topf immer höher steigt. Der Junge hatte sich jetzt auf allen vieren über Hanna gekniet, kraulte mit der einen Hand ihre Möse und stützte sich mit der anderen neben ihrem Kopf ab. Seine Zunge leckte durch ihr Ohr. Er nahm ihre Brustwarze in den Mund, als er anfing, ihren Kitzler zu reiben. Dann setzte er sich auf die Fersen und bog Hannas Beine weit zurück. Sie fühlte seinen Schwanz erst an ihrem Möseneingang und dann langsam in sie eindringen. Er stieß nur ein kurzes Stück, zog sich zurück und drang wieder in sie ein. Er spielte mit seinem Schwanz zwischen ihren Schamlippen, ohne tiefer in sie hineinzurutschen. Dann, mit nur einer einzigen Bewegung, war er ganz in ihr und fickte sie schnell.

Hanna drehte den Kopf zur Seite. Das Mädchen hatte sich

auf Leon gesetzt, der jetzt ganz nah bei ihr lag, und kreiste gerade mit dem Becken. Als sie sah, daß Hanna sie beobachtete, griff sie hinüber und rieb Hannas Kitzler. Sie und der Junge küßten sich, während sie Hanna und Leon bearbeiteten. Irgendwann hörte Hanna ihren Mann wie durch eine dicke Watteschicht hindurch stöhnen, und sie wußte, was das bedeutete, aber dann vergaß sie ihn, weil auch sie kam.

Der Junge zog seinen Schwanz aus ihrer Scheide, aber das Mädchen hörte nicht auf, sie zu befingern, sondern krabbelte zu ihr herüber, während der Junge um das Bett herum zu Leon ging.

Das Mädchen legte sich auf Hanna und rieb ihre Möse an Hannas, dann schob sie sich tiefer und begann, Hanna zu lecken. Sie kniete zwischen Hannas Schenkeln, und ihr weißer Hintern war steil in die Höhe gerichtet.

Der Junge hatte Leons Schwanz in den Mund genommen und lutschte ihn. Leon stöhnte. Der Junge saugte weiter an Leons Schwanz, langte gleichzeitig zu seiner Freundin hinüber und schob ihr von hinten zwei Finger in die Möse. Er fickte sie mit der Hand, während er Leon immer noch weiterlutschte. Dann nahm er seine Finger aus ihr heraus und steckte einen davon in Leons Hintern.

Hanna hörte ihn kurz grunzen. Sie kannte auch das Geräusch, weil sie es manchmal genauso bei Leon machte. Allerdings war das bei ihr gewöhnlich der Abschluß einer Handschellen-Session, bei der sie Leon an Händen und Füßen am Bettgestell ankettete, damit er sich ihr ausliefern mußte. Sie konnte nicht genau sagen, warum, aber plötzlich ging ihr durch den Kopf, daß sie froh war, jetzt keine Fesseln zur Hand zu haben, dann kam sie zum zweiten Mal.

Hanna und Leon lagen im Bett der Hochzeitssuite wie erschlagen. Sie konnten sich kaum bewegen, so bleiern fühlte sich alles an. Hanna war schwindlig. Alles drehte sich. Dicke

Schweißtropfen rollten über ihre Schläfen. Die Muster an den Wänden flackerten unruhig. Hanna sah aus den Augenwinkeln feuerspeiende Drachen, einstürzende Häuser, schnell über die Tapete jagende Wolken und schloß die Augen.

Das Pärchen lag zwischen ihnen und hatte sich eine Zigarette angezündet. Das Mädchen steckte sie Leon in den Mund, und auch der Junge schob Hanna eine zwischen die Lippen. Hanna sog gierig daran. Aber die Zigarette schmeckte ihr nicht. Entweder mußte der Tabak um ein vielfaches stärker sein als die Zigaretten, die sie gewöhnt war, oder sie hatten irgend etwas daruntergemischt. Hanna hatte das Gefühl, ihre Zunge verbrenne. Die beiden Wochen Entzug und Seeluft hatten wohl doch etwas genutzt.

Auch Leon nahm seine aus dem Mund, hustete und drückte sie dann im Aschenbecher auf dem Nachttisch aus. Das Pärchen ärgerte sich offensichtlich darüber, denn sie steckten sich gleich eine neue an, bliesen sich den Rauch gegenseitig ins Gesicht und kicherten. Leon sah das alles wie in einem langsam laufenden Film ohne Ton. Die beiden waren so unwirklich, daß Leon die Finger nach ihnen ausstreckte, um sicher zu sein, daß sie wirklich da auf ihrer Bettdecke saßen. Draußen war es immer noch dunkel, obwohl bald Morgen werden mußte. Das Mädchen steckte sich eine zweite Zigarette an, obwohl ihre erste noch brannte, und auch der Junge hatte die Packung bereits wieder in den Händen.

Hanna hatte plötzlich das Gefühl, zu ersticken. Die jagenden Wolken auf der Tapete hatten sich zu Rauchschwaden verdichtet, die sich von der Tapete gelöst hatten und jetzt durchs Zimmer schwebten. Ihre Haut brannte, als käme sie einer großen Flamme zu nahe. Sie wollte es sich nicht eingestehen, weil sie es nicht verstand, aber mit einem Mal hatte sie panische Angst. Gemeinsam standen sie aus dem Bett auf und sammelten ihre Sachen zusammen.

»Ihr könnt noch nicht gehen, wir sind noch nicht fertig«, rief das Mädchen.

»Genug gefeiert«, meinte Leon beschwichtigend, dessen Stimme höher und kurzatmiger war als sonst, »wir müssen früh los, wir haben noch einen langen Weg, aber es war sehr schön mit euch, wir legen das Geld auf den Rezeptionstresen, ruht euch nur weiter aus.«

Der Junge sprang auf, griff sich einen Leuchter, dessen Kerzen anscheinend kein bißchen heruntergebrannt waren und stellte sich vor die Tür.

»Ihr bleibt!« rief er.

Aber Leon schob ihn beiseite und nahm Hannas Hand, als sie nach draußen liefen. Hanna hatte nur noch den Wunsch, aus dem Haus zu kommen, warf zwei Scheine auf den Tresen, und dann stürmten sie hinaus. Je weiter sie von dem Motel wegkamen, desto kühler wurde es, und es fiel ihr wieder leichter, zu atmen und sich zu bewegen. Die bleierne Müdigkeit war wie weggeblasen, und sie fühlte einen Herzschlag im Hals, als hätte sie lange die Luft angehalten.

Draußen war es kühl, und es dämmerte noch nicht einmal richtig. Sie setzten sich ins Auto, und Hanna gab Gas. Mit quietschenden Reifen rasten sie vom Parkplatz auf die Autobahn. Die war wie in der Nacht menschenleer. Hanna und Leon sprachen kein Wort. Leon fuhr zum xten Mal die Strecke auf der Karte mit dem Finger ab, kam aber immer wieder an der Stecknadel aus, mit der sie das Motel markiert hatten.

Dann ging plötzlich das Radio an, und sie hörten den Verkehrsfunk. Leon atmete tief ein und aus, und Hanna begann zu zittern. Sie nahm den Fuß vom Gas und fuhr ein Tempo, bei dem der Wagen sich nicht so anhörte, als würde er sich jeden Moment in seine Bestandteile zerlegen. Es war immer noch dunkel. Leon legte seine Hand auf Hannas

Bermudashorts und klopfte ganz leicht ihr Knie. Hinter einer Kurve sahen sie Rücklichter. Vor ihnen fuhren Lastwagen, Autos und zwei Motorräder. Am Rand standen Notrufsäulen, und bald war über ihren Köpfen ein Streckenschild.

»Sieh mal«, sagte Leon, »wir waren tatsächlich richtig, die übernächste Ausfahrt ist unsere.«

Ein Mercedes blinkte sie mit seiner Lichthupe an, der Fahrer zeigte Hanna einen Vogel, als sie auf die rechte Spur wechselte, und er an ihr vorbeifuhr. Hanna und Leon winkten ihm fröhlich zu. Der Fahrer glotzte zu ihnen herüber, konnte den Blick kaum von ihnen weg auf die Straße zwingen und tippte sich schließlich fluchend an die Stirn.

Dann kam ein Schild, auf dem »Short Break, Motel & Restaurant« und ein Symbol für eine Tankstelle stand. »Wir müssen sowieso tanken«, sagte Leon und Hanna fuhr ab.

Der Tankwart war gleichzeitig Hotelportier. »Wie sehen Sie denn aus«, sagte er, als Hanna und Leon eintraten.

Sie sahen sich an, und erst im Neonlicht der Tankstelle bemerkten sie, daß sie über und über voll Ruß waren. Hannas Shorts hatte ein großes Brandloch auf einer Seite, und Leon fehlte eine Haarsträhne.

»Hatten Sie einen Unfall?«

»Ähm, ja, aber schon erledigt«, sagte Leon, »wir hätten jetzt gerne etwas zu essen, und wenn Sie uns auf der Karte vielleicht zeigen könnten, wo wir hergekommen sind?«

Er gab dem Tankwart die Karte, und der fuhr mit der Fingerkuppe den Weg entlang bis zur Stecknadel. »Da. Da hätten Sie sich gar nicht verfahren können. Zwischen den beiden Autobahndreiecken ist ja nichts.«

»Aber wir haben die Nacht in einem Motel verbracht«, sagte Hanna, und ihre Stimme war ein bißchen zu hoch, »warum steht das denn nicht auf der Karte?«

»Kann nicht sein«, sagte der Tankwart, »wir sind das einzige Motel auf dieser Strecke.«

»Es hieß Nyx«, sagte Leon.

»Aber ich sag's Ihnen doch, wir sind die einzigen hier. Vor Ewigkeiten war da mal irgendwo eins, aber das ist längst abgebrannt. Das hat mein Vater mir immer erzählt, als ich klein war, damit ich nicht mit Streichhölzern spielte. Irgendwelche blöden Teenager haben das abgekokelt. Zigaretten im Bett wahrscheinlich. Genau in der Hochzeitsnacht. Der ganze Kasten ist abgebrannt. Wird vielleicht auch was mit den Leitungen gewesen sein.«

»Ah ja«, sagte Leon, und Hanna sagte »hm«, und sie sahen sich nicht an, bis sie wieder im Auto saßen.

Sie hatten genau vor einer Reklametafel geparkt. Eine Frau war darauf abgebildet, die links schön und jung war und rechts ein Gerippe. Darunter stand: »Der Bundesgesundheitsminister informiert: Rauchen gefährdet die Gesundheit.«

Leon und Hanna husteten, bis sie rot anliefen.

Däne à la carte

»Das, worauf die Dänen besonders stolz sind, sind ihre Würstchen. Wagen Sie nicht, eines zu beleidigen oder abzulehnen, das wäre ein Nationalverbrechen.«

Der Fahrer verstand nicht, wieso viele im Bus bei dieser Warnung anfingen zu lachen. Er gab sich nur Mühe, uns auf den Tag in Kopenhagen vorzubereiten und an seinen Einblicken in die dänische Kultur teilhaben zu lassen, und wir hatten nichts Besseres zu tun, als ihn auszulachen. Er schüttelte verärgert den Kopf und stellte das Mikro ab.

Der Bus bog in den Rostocker Hafen ein, wo er auf die Fähre nach Dänemark verladen werden sollte. Wir fuhren vorbei an hochaufgeschütteten Bergen aus Kohle, Kies und Sand, an Kränen, an Hafenarbeitern, die über riesigen Händen noch größere, grell eingefärbte Handschuhe trugen. In der Wechselstube gab es Prospekte über Hotels, Sehenswürdigkeiten und Restaurants in Kopenhagen. Für viele war es offensichtlich das erste Mal, daß sie sich mit der Stadt beschäftigten, in der wir in ein paar Stunden ankommen würden. Für mich auch.

Was wußte ich von Dänemark: Große, blonde Männer, über zwanzig Museen, Frederik, einer der wenigen unverheirateten Prinzen Europas, die kleine Meerjungfrau. Und jetzt: Würstchen. Daß »der Däne« sich praktisch von »pølsern« ernährt, wußte ich dank des eifrigen Busfahrers. Über die Würstchen der Dänen, an die die Lacher im Bus gedacht hatten, wußte ich nichts.

Ich hatte eine Reisetablette geschluckt, die mich halb komatös im Sitz liegen ließ, teils wegen der Fähre, deren Schaukeln ich schon haßte, bevor es überhaupt anfing, teils, damit ich das Krampfadergeschwader besser ertrug, das hier auf Butterfahrt ging, um bei der Überfahrt Kaffee und Schokolade zu kaufen und sich in Kopenhagen Sonnenhüte mit dem Schriftzug »God dag!« zu kaufen, die wie Eierwärmer auf den spärlich behaarten Köpfen sitzen würden. Eigentlich, so würde ich bei diesem Anblick denken, müßte auf den Hüten »Det passer mig ikke« stehen, es paßt mir nicht. Ehrlicher wär's.

Es ging weiter. Jetzt, mit hundert Mark in Kronen und Öre in der Tasche, waren wir schon fast Dänen. Die Überfahrt verschlief ich, auf eine Ledercouch geworfen. Ab und zu sah ich im Reisetabletten-Delirium Stützstrümpfe an mir vorbeistapfen, neben den Stützstrümpfen pendelten pralle Einkaufstaschen. Bei dem Gedanken an Kaffee und Schokolade oder, noch schlimmer, an Butter wurde mir schlecht, und ich zwang mich, schnell wieder einzuschlafen.

Man könnte glauben, zwischen Kopenhagen und dem Rest der Welt ist nichts. Nur Windkrafträder, die alles zermahlen, was der Stadt zu nah kommt. Zwischen Traumresten, die durch meinen Kopf schwappten wie lauwarme, zartbehäutete Milch, fragte ich mich, was ich in Kopenhagen eigentlich tun wollte. Ehrlich gesagt, ich wußte es nicht. Ich hatte nur eine winzige Handtasche dabei, in die keine Pläne, geschweige denn Vorstellungen oder Wünsche paßten. Meinen Kopf konnte ich ebenfalls vergessen, den würde ich dank der chemischen Keule den Rest des Tages unterm Arm tragen.

Das erste, das ich sah, waren die Türme. Ich glaube, der Busfahrer, der mittlerweile nicht mehr wegen der verunglimpften dänischen Würstchen schmollte, erzählte irgendeine Sage, wieso Kopenhagen so viele Türme hat. Dann mußte ich aussteigen und in einem Kiosk, der einem Bekannten des Busfahrers gehörte, ein Eis kaufen. Denn das dänische Eis, das »is«, ist »das Beste, an dem man in Kopenhagen lecken kann«. So formulierte es der Busfahrer und erntete damit wieder ungeahnte Heiterkeitserfolge bei der Zombiegruppe aus Zingst, die sich mittlerweile mit Underberg betrunken hatte und bereits beim Zwangseis die ersten Sonnenhüte erstanden hatte. Der Busfahrer schaukelte uns zu einer Stadtrundfahrt durch die Straßen Kopenhagens.

Am Tivoli hielt der Bus an, und wir bekamen fünf Stunden Freigang. »København«, sagte ich bei dem Drachenbrunnen vor dem Rathaus, vor dem eine Gruppe Indios Panflötenmusik spielte. »Det glæder mig at gøre Deres bekendtskab«, es freut mich, Ihre Bekanntschaft zu machen. So las ich es aus meinem winzigen Jensen-Wörterbuch. Dann ging ich los.

Ein Pärchen kam mir entgegen, schwatzend, lachend, sich küssend: ein Mann mit Aktenkoffer im Nadelstreifenanzug und an einer Hand ein Junge in schwarzem Leder mit Nieten und Halsband. Sie alberten herum, und ich lächelte sie an, bis ich bemerkte, daß sie außer mir niemandem auffielen. Und ich schämte mich kurz. Hare Krishna Jünger sangen vor einer Kirche, in der ein Buchbazar abgehalten wurde. Reggae kam aus einer Torausfahrt. Ich wünschte mir sehr, niemandem aus dem Bus zu begegnen, die Stadt sollte ganz mir alleine gehören.

Ganz ohne Vorbereitung sah ich es plötzlich in einer Nebenstraße, in der Købmagergade. In der Broschüre der Wechselstube im Rostocker Hafen hatte nichts davon gestanden, der Busfahrer mit seinen unfreiwilligen Kalauern hatte es nicht angepriesen. Es standen keine Hinweisschilder an den Geschäften. Niemand nahm Notiz davon.

Es war ein dreistöckiges Haus mit großen Fenstern, über

42

denen sich dunkelrote Baldachine blähten. Dieses ganz besondere Rot kannte ich bis dahin nur von zwei Dingen: von fast schwarzen Nelken, die sich nie richtig öffnen und kaum riechen, aber neben jeder anderen Schnittblume in der Vase unsterblich sind, und von meinen Schamlippen ganz innen, wo sie glänzen wie blanker Samt und man kleine Äderchen sieht. Auf der Fassade stand »Museum Erotica«. Eine Sammlung dänischer Würstchen? Oder vielleicht eine Sonderausstellung »Woran Dänen am liebsten lecken«? Egal, auf jeden Fall Kulinarien.

Man mußte eine Treppe in den ersten Stock hinaufsteigen, roter Kokosläufer mit schwarzen Eisenschlaufen auf weißem Marmor, eine Schneewittchen-Treppe. An den Wänden hingen Bilder von Früchten und Brüsten, von Landschaften und Bauchnabeln. Es war nur wenig los, Museen müssen so sein, je leerer, desto besser für die wenigen, die da sind. Im ersten Raum, in dem auch die Kasse war, stand in der Mitte ein riesiger Penis aus Gold, ein gigantischer »pølser«, der auch als Springbrunnen witzig gewesen wäre. Ein Winzkind stand davor und versuchte zur Gaudi seiner Eltern mit seinen noch unsicheren Beinchen daran hochzuklettern. »Sehr symbolisch«, dachte ich und ging direkt durch in den zweiten Raum, der dunkler aussah.

Im Dämmerlicht erwartete mich ein Wachsfigurenpärchen. Ich glaube, es sollte eine Szene aus Fanny Hill sein. Eine Frau lag auf dem Sofa, die Röcke, Unterröcke und Unterunterröcke hochgerafft, die Beine weit gespreizt. Vor ihr stand ein Mann mit Mozartfrisur, Jabot und Schößchenfrack, der ihr seinen erigierten Penis entgegenhielt. Während er völlig gebannt mit seinen Glasaugen in ihre weitaufklaffende Scham starrte (mich wunderte, daß der Künstler keinen Speichelfaden aus Wachs aus seinem leicht geöffneten Mund tropfen ließ), sah Fanny fast unbeteiligt an ihm vorbei in einen kleinen Spiegel, der ihr gegenüber an der Wand hing. Eine Szene, aus dem Leben gegriffen.

Den Penis fand ich nicht so interessant. Ihm sah man deutlich an, daß er aus Wachs und auch nicht mehr der neueste war. Es hatten wohl schon viele Besucherinnen heimlich daran herumgegriffen, so daß er jetzt eine etwas unnatürliche Oboenform hatte, aber die Möse interessierte mich, weil sie erstaunlich lebendig aussah. Während das Gesicht der Frau das typische Schaufensterpuppencharisma hatte, wirkte ihre Möse auf mich sehr individuell, fast als hätte der Künstler die Arbeitszeit, die er beim Gesicht gespart hatte, hier hinzugefügt.

Ich beugte mich über die Kordel, die neugierige Besucherinnen wie mich auf Abstand halten sollte, und sah mir die Hautfältchen, die weiche dunkelblonde Behaarung und den Kitzler aus Wachs genau an. Plötzlich fiel ein Kegel hellen Lichts an meinem Gesicht vorbei auf die Frau, so daß ich die verschiedenen Einfärbungen der inneren Schamlippen erkennen konnte. Ich zuckte sofort zusammen und drehte mich um. Ein Aufseher in Uniform stand hinter mir und nickte mir zu. Ich lächelte ihn an und betrachtete die Frau noch einmal, dann ging ich weiter. Der Wächter blieb im Halbdunkeln zurück und sah sich deutlich interessiert an, was ich mir angesehen hatte, als sähe er es zum erstenmal, obwohl er doch jeden Tag hier sitzen und die beiden bei ihrem Tête à Tête beobachten mußte. Auch das aus dem Leben gegriffen.

Im nächsten Raum war die Geschichte der pornografischen Fotografie zu sehen. Hier gefiel mir vor allem ein Bild in Postkartengröße, das einen als Fakir verkleideten Mann zeigte, der nackt zwischen zwei Tischen stand, auf denen jeweils eine nackte Frau mit weit geöffneten Beinen lag. Sein Penis schien sich gerade im Moment der Aufnahme zu erheben. Die Frauen wölbten sich mir leicht entgegen, und der

44

Fakir spielte an ihren Mösen herum, während er mich fest ansah, als wolle er mich hypnotisieren.

Ich beugte mich noch weiter zu dem Bild. Da kam es mir vor, als habe er seine Hände eine Winzigkeit bewegt, als sei sein Finger, der bisher auf dem Kitzler der Frau rechts neben ihm gelegen hatte, tiefer in ihre Möse gerutscht und als habe seine andere Hand, die sich bis dahin locker auf dem Venushügel der linken Frau ausgeruht hatte, fester zugefaßt. Er selbst zeigte keinerlei Regung, aber ich sah die Bauchdecke beider Frauen leise beben und nahm die Knie enger zusammen.

Was hatte der Fotograf im Moment der Aufnahme getan, hatte er atemlos dagestanden und sich von vier Augen (zwei männlichen und zwei weichen, dunkelroten, glänzenden in der Körpermitte) in Trance versetzt gefühlt? Oder hatte er schnell den Fotoapparat fixiert, um jeden Moment zu den Tischen zu laufen, den Fakir wegzustoßen und selbst seinen Platz einzunehmen? Ich löste mich von der Fotografie, um mich weiter umzusehen, aber ich dachte immer wieder an sie, als ich eine Reihe weiterer Fotografien betrachtete. Auch als ich an Fetischen aus Afrika und Asien vorbei eine Treppe hochging, dachte ich noch an den Fakir. Auf der Hälfte der Treppe wurde mir klar, daß er in dem Moment zwischen den beiden Frauen das gefunden hatte, wonach ich suchte.

Ich kam in ein Gay-Zimmer, in dem man auf Monitoren strippende Männer in Lack und Leder sehen konnte. Handschellen und Peitschen hingen an den Wänden, und in der Mitte stand eine große Glasvitrine mit Dildos. Ich lernte, daß Schwanz auf dänisch »hale« heißt. Einige hatten die Form von Gemüse. Ich erinnerte mich an eine riesige saure Gurke und an einen Kaktus mit kleinen spitzen Stacheln aus weichem Gummi. Andere waren als geballte Faust oder als Militaria gestaltet. Immer noch dachte ich an den Fakir auf dem Foto, und so wie mich erst einer und dann noch ein Besucher ansah, kam in mir der Verdacht auf, daß ich nun einen ähnlichen Blick hatte.

Aus dem Nebenraum kamen laute Stimmen und Musik, und ich fand erst ein Schild, auf dem »biograf« stand und dann ein Kino, das durch einen Vorhang von den Museumsräumen getrennt war. Die Wand war schwarz gestrichen, die Türöffnung hatte die Form eines schmalen Ovals, einer Ellipse vielleicht, und der Samtvorhang, der sich in schweren Falten bis zum Boden stauchte, war hellrosa und dunkelrot innen. Sie wissen schon, dieses ganz bestimmte Dunkelrot. Um das Türoval herum waren verschiedene Felle und Pelze geklebt, Persianer und Synthetik, zotteliges dunkles Lammfell und Matratzenfüllung aus Roßhaar.

Ich trat durch die »skede« ein und setzte mich auf einen der Klappstühle. Es war etwas stickig, und außer mir gab es kaum Besucher. Es wurden Interviews mit dänischen Pornofilmern und -darstellern gezeigt, kurze Ausschnitte aus halbkünstlerischen und manchmal bemüht avantgardistischen Produktionen und wieder Interviews. Ich begann, mich im Zuschauerraum umzusehen. Ich war die einzige Frau. Einige Reihen hinter mir saß ein junger Mann, den ich sofort zum originalen Dänen erklärte, denn er war groß, muskulös und hellblond. Und weil gerade eine der seltenen, optisch stark verfremdeten Fickszenen auf der Leinwand zu sehen war, bemerkte er meinen Blick nicht, sondern sah erst, daß ich ihn ansah, als die Szene vorbei war.

Ich verließ das Kino. Was hätte ich tun sollen? Aufstehen, mich neben ihn setzen und meine Hand auf seine Hose legen? Was ich wollte, war »kønslig omgang«-Geschlechtsverkehr, aber wie sollte ich das anfangen? Daß ich den Raum wechselte, erwies sich als Glücksgriff, denn im nächsten Zimmer ging es weniger künstlerisch zu.

Das Museum hatte eine Videowand errichtet, ein Dutzend Fernseher übereinander und noch mehr in die Breite, und auf jedem Fernseher lief ein Porno. Die Bilder wechselten so schnell wie in einem Musikvideo, und ich hatte Mühe, in der Bilderflut die Szenen zu entdecken, die mich interessierten. Vorsorglich war dieses Zimmer hell erleuchtet. Auch die großen Fenster waren leicht geöffnet, so daß von unten der Straßenlärm heraufklang. Wenige, unbequeme Stühle standen herum. Ein Ventilator schrabbte an der Decke, und trotz allem wirkten die Filme pornografisch, da war nichts zu machen.

Ich fühlte einen Blick im Nacken. Das war ungewöhnlich, weil die anderen genau wie ich gebannt auf die Mösen und Schwänze starrten, die vorne über die Bildschirme flackerten. Ich drehte mich um. Der Däne. Ich hätte ihn mir wirklich nicht dänischer ausdenken können. Er hatte bestimmt irgendwo einen Anker auf dem Oberarm tätowiert, und bestimmt fiel ihm gleich eine blonde, fast weiße Haarsträhne in die Stirn. Da fiel ihm eine blonde, fast weiße Haarsträhne in die Stirn, und ich ergab mich.

»Hvor er toilette?« las ich mühsam aus meinem Zwergjensen ab, als eine Aufseherin vorbeikam. Ich sagte es so laut, daß der Däne es hören mußte. Sie zeigte auf eine Tür neben dem Kino, und ich sammelte meine Handtasche und die Museumsbroschüre zusammen und stand auf.

Es fügte sich alles zusammen, die Toiletten waren nicht nach Männern und Frauen getrennt, man betrat einen kleinen Vorraum, und von da gingen links und rechts zwei Toiletten ab. Wenn er mir jetzt folgen würde, würde sich niemand etwas dabei denken. Ich schloß die Tür hinter mir, drehte aber nicht den Schlüssel herum. Die andere Tür hatte offengestanden. Wenn nicht noch jemand kam, würde er genau wissen, in welchem Raum ich war, und am grünen Feld unter der Türklinke würde er sehen, daß ich ihn erwartete. Der Raum war fast drei Quadratmeter groß und sauberer als eine Küche in einem Studentenlokal. Grauer Marmor, eine schmeichelnde Beleuchtung, ein in die Wand eingelassenes Becken, das ein Körpergewicht leicht tragen konnte. Wer immer diesen Waschraum konstruiert hatte, er mußte an etwas Ähnliches gedacht haben wie ich jetzt. Fieberhaft blätterte ich in meinem Wörterbuch, aber die Jensenredaktion hatte das Wort »Kondom« wohl für nicht so wichtig gehalten. Auch »ficken« stand nicht drin. Statt dessen solche unpraktischen Sätze wie »Har De et program?« – Haben Sie einen Spielplan?

Die Tür im Vorderraum ging auf. Jetzt würde es sich entscheiden, ob Völkerverständigung auch ohne Worte möglich war, oder ob ich den dänischen Nackenblick total mißverstanden hatte. Ich hörte keine Schritte. War er es oder nicht? Da schob sich unter meiner Tür ein Kondom durch. Das hieß für mich »Lad det smage!« - guten Appetit. Ich hob es auf und öffnete die Tür, der Däne huschte herein und drehte schnell den Schlüssel herum. Die Haarsträhne fiel ihm schon wieder ins Gesicht, und er schnaufte ein bißchen.

Wir standen in dem engen Raum und sahen uns an. Er sagte etwas, aber ich hatte weder Zeit noch Lust, in meinem Diktionär nachzusehen. Er hielt das Kondom hoch, das ich auf das Waschbecken gelegt hatte, wedelte damit durch die Luft und grinste. Ich grinste zurück. Grinsen ist international, stellte ich fest. Ich knöpfte sein Hemd auf und hängte es an die Türklinge. Er war bestimmt kein Seemann, aber die Vorstellung gefiel mir. Wieder einmal erfuhr ich, daß Klischees Klischees sind, weil sie eben doch oft stimmen. Er hatte tatsächlich eine Tätowierung auf dem Oberarm, wenn auch keinen Anker, sondern ein asiatisches Zeichen, das ich mir gerne für eine eigene Tätowierung abgezeichnet hätte.

Er preßte mich an die Wand und leckte mir über die Lippen. Langsam öffnete ich den Mund, er küßte mich und legte dabei seine Hände auf meinen Po. Er hatte starke Hände, und groß waren sie, wie die der Arbeiter am Rostocker Hafen. Seine Zunge schmeckte frisch und salzig, und als ich seinen Hals ableckte, während er mir die Bluse aufknöpfte, fühlte ich, wie feinporig seine Haut war. Alles an ihm war, ja, sonnig, mir fiel in dem Moment kein anderer Begriff ein. Ein sonniger Däne, der in jeder Hand eine meiner Brüste hielt und sie hungrig ansah. Ich legte ihm die Arme um den Nacken und drängte mich an ihn heran. Er brummte manchmal wie ein Bär in einem Zeichentrickfilm oder so, als müsse er sich räuspern, und ich legte ihm dann jedesmal den Zeigefinger auf den Mund, damit uns niemand entdeckte. Ich wollte ihn jetzt haben, meinen Dänen.

Er hielt mich ganz fest und tastete sich am Bauch abwärts zwischen meine Beine. »Det synes jeg om«, das gefällt mir, hätte ich sagen können, wenn ich damals dänisch gekonnt hätte. So stöhnte ich nur, und das begriff er auch. Seine Hand schlich sich unter meinen Slip, mit der anderen zog er meinen Rock hoch. Und selbst, als ich begann, seinen Penis durch die Jeans zu streicheln, schloß er nicht die Augen, sondern sah mich unentwegt an, und sobald sich unsere Blicke kreuzten, strahlte er.

Er zog seine Hose aus und warf sie übers Waschbecken. Wir preßten und rieben uns aneinander, und seine haarlose Haut war viel wärmer als meine, obwohl er nicht schwitzte, auch nicht unter den Achseln oder in der Falte zwischen den Oberschenkeln und Hoden. Sein Penis war hart und aufgerichtet, als ich die Spitze küßte und über das Fädchen leckte. Da hätte unser Busfahrer wohl »Velbekomme« gesagt, Mahlzeit. Aber von Würstchen keine Spur, damit mußte er wirklich etwas anderes gemeint haben.

Mein Däne küßte mich mit einer weichen, geschmeidigen Zunge wie Seetang, während er mit einer Hand meine Möse streichelte und mit der anderen die Spalte zwischen meinen Pobacken rieb. Schließlich rollte er sich das Kondom über, und ich beugte mich über das Waschbecken. Sein Schwanz schlüpfte in mich hinein, und ich spürte, wie sich die Vorhaut in mir vor- und zurückschob bei jedem der sanften Stöße. Er kam schnell und ganz leise. Ich schmiegte mich an ihn, sein Penis auf Halbmast noch in meiner Möse, und er umarmte mich fest und brummte wieder.

Er drehte mich um, strahlte mich an und kniete sich vor mich. Er war soviel größer als ich, daß er seinen Hals ziemlich verrenken mußte, also balancierte ich meinen Hintern auf die Kante des Waschbeckens, die Innenarchitektin dieses Toilettenraums mußte mit so etwas wirklich gerechnet haben. Ich streichelte ihm durch die weichen, sonnigen Haare, als er mich leckte. Er strich über meine Schamlippen und suchte sich schließlich mit der Zungenspitze den Kitzler. Wieder dachte ich an Seetang, als seine Zunge an ihm herumspielte. Er steckte mir erst einen, dann einen zweiten Finger in die Möse und leckte mich dabei weiter, als wollte er mit der Zunge eine Kirsche vom Boden eines Eisbechers fischen, ein Kulinariker. Und als ich kam, saugte er sich mit den Lippen fest und nagte ganz sacht mit den Schneidezähnen an meinen Mösenlippen.

Wir hatten die Toilette lange besetzt, und als ich wieder flach atmete, machte ich mir Gedanken, ob es wohl schon jemandem aufgefallen war. Ich griff schnell nach meiner Bluse, aber er nahm sie mir aus der Hand und zog mich ganz in Ruhe wie eine Kleiderpuppe an. Sein Kondom warf er in die Toilette, das war vielleicht nicht Abfallbeseitigung nach EU-Norm, aber trotzdem irgendwie völkerverständigend. Nach einem langen Kuß verließ er mich, und als ich ein paar

Minuten später durch den Raum mit der Videowand ging, fand ich ihn nicht mehr.

Das Krampfadergeschwader im Bus, das schon wieder Pfennigskat spielte und keinen Blick mehr an die dunkler werdende Stadt und die letzten Sonnenstrahlen auf den Türmen verschwendete, war inzwischen komplett betrunken. Dänisches Bier auf Underberg scheint eine ziemlich teuflische Mischung zu sein. Jedenfalls trugen sie alle diese Hüte auf ihren Vorstadtdauerwellen und Kurzhaarschnitten und fanden das ganz in Ordnung. Ich kuschelte mich erschöpft in meinen Sitz und blätterte in meinem dänisch-deutschen Minijensen. »På gensyn«, lernte ich, heißt: »Gute Nacht.«

Jung, weiblich, ledig *findet*

Liebe Veronika,

fast ist es mir etwas peinlich, nein, schon gelogen, es ist mir sagenhaft peinlich, daß ich Ihnen schreibe, aber mir sind alle Ideen ausgegangen, wie ich mein trostloses Liebesleben sonst auf die Reihe bekommen soll. Mein Problem sind, auf den Punkt gebracht, die Männer. Ich verstehe sie einfach nicht. Immer, wenn ich eine Verabredung habe, geht sie schief. Wenn ich einen interessanten Mann kennenlerne, entpuppt er sich unter Garantie bald als Psychopath. Anscheinend ziehe ich magnetisch Männer an, die irgendeinen Knacks haben. Die Frage ist nur: Warum?

Ich bin viel unterwegs, habe eine ganze Reihe unterschiedlicher Interessen, mein Beruf macht mir Spaß, und obwohl ich nicht Cindy Crawford bin, sehe ich auch ganz gut aus (ich lege Ihnen ein Foto bei, falls ich ein Wahrnehmungsproblem haben sollte).

Ich verlange wirklich nicht, daß sich jemand vom Kleiderschrank schwingt, beim Sex ein Batman-Kostüm trägt oder den dreifachen Rittberger zwischen den Laken schlägt. Er muß auch kein Rosengewächshaus leerräumen und mir vor die Haustüre schütten, mir kein Harfenkonzert komponieren oder eine Plakatwand mit Liebesschwüren mieten, aber ein bißchen Phantasie ist doch wohl nicht zuviel verlangt, oder?

Ich möchte einfach nur jemanden kennenlernen, mit dem ich im Bett Spaß habe, mit dem ich im Wohnzimmer reden und in der Küche kochen kann, mit dem ich mich im Keller nicht vor Spinnen fürchten muß und mit dem ich im Treppenhaus um die Wette rennen kann. Einen Mann für jeden Teil der Wohnung also.

Können Sie sich erklären, warum das so ein Problem ist? Vielleicht sollte ich mir lieber einen Staubsauger oder eine Küchenmaschine anschaffen. Die scheinen mir manchmal noch flexibler zu sein als diese merkwürdige Gattung Mensch mit den behaarten Beinen und den zuckenden Kröpfen. Vielen Dank im voraus.

Ihre Sibylle (29).

Liebe Sibylle,

ich möchte Sie erst einmal beruhigen: Sie sind sehr attraktiv, daran liegt es sicher nicht. Es kann natürlich sein, daß Sie unbewußt Männer anziehen, mit denen eine »normale« Beziehung von Anfang an unwahrscheinlich ist. Oder daß Sie einfach für das vertikale Leben einen anderen Partner bräuchten als für die Horizontale. Sie können sich also überlegen, ob Sie statt einen Mann einen Mann für jedes Zimmer suchen – wenn Sie so flexibel sind.

Möglich wäre auch, daß Sie bis jetzt einfach eine Pechsträhne hatten oder zu verkrampft suchen, und der Mensch Ihres Lebens vielleicht schon längst neben Ihnen wohnt oder am Schreibtisch neben Ihnen arbeitet. Oder vielleicht sind Männer einfach nicht das richtige für Sie. So, wie Ihr Brief klingt, sind Sie eine bodenständige, sympathische Person, so daß ich nicht annehme, daß Sie Menschen in irgendeiner Weise »verschrecken«. Um all das beurteilen zu können, müßte ich aber mehr über Sie und Ihre bisherigen Erfahrungen wissen. Erzählen Sie mir mehr über sich?

Herzliche Grüße von Ihrer Veronika.

Liebe Veronika,

na, da habe ich ja doch noch Hoffnung, daß ich nicht rettungslos verkorkst bin. Wenn ich Ihnen alle meine schiefgegangenen Dates schreiben würde, könnte ich ein Buch daraus machen mit dem Titel »Pleiten, Pech und Pannen«. Dabei ist mein Leben, von den Männern mal abgesehen, sehr nett und angenehm.

Ich arbeite als Gutachterin für eine Bausparkasse und verdiene damit auch nicht schlecht, bin finanziell also unabhängig. In meiner Freizeit besuche ich Kurse über afrikanischen Tanz, sehe mir Kunstausstellungen an oder lade Freunde ein, um zusammen etwas Schönes zu kochen.

Ich lebe mit einem Hamsterpärchen, das ein wesentlich aufregenderes Liebesleben hat als ich, in einer kleinen Wohnung am Stadtrand. Sie heißen Killer und Löwin. Manchmal beneide ich meine Hamster wirklich: sie verabreden sich am Laufrad, haben keine großen Balzrituale, sondern kommen gleich in ihrer Höhle lautstark zur Sache. Und so, wie die beiden anschließend futtern, hat es auch beiden gefallen. Ich stehe dann nachts auf und sehe ihnen beim Knabbern zu und überlege mir, warum es so einfach ist, jemanden ins Bett zu bekommen, aber so schwer, jemanden auszusuchen, den man dann auch noch beim Frühstück ertragen kann. Ich verlange auch gar keinen Supermann, er darf ruhig seine Macken haben, nur bin ich eben nicht scharf auf einen psychischen Rundum-Pflegefall.

Da war zum Beispiel dieser Gebietsdirektor, Manni, mit dem ich im Büro immer nur am Rande zu tun hatte. Manchmal haben wir uns über das Wetter unterhalten oder darüber, wie schwierig es ist, eine Jeans zu kaufen, die überall paßt, oder wo es in Schweden am schönsten ist. Irgendwann stand er dann vor meiner Tür mit zwei dicken Reisetaschen und fragte allen Ernstes, ob er bei mir einziehen dürfte, ich sei genau die Frau, mit der er von jetzt an leben wollte. Dabei hatte er so einen irren Fünfziger-Jahre-Blick drauf, so als wolle er jede Minute anfangen, einen Schlager zu singen, während die Nachbarn sich in einer Reihe aufstellen und Samba tanzen. Ich versuchte, möglichst höflich abzulehnen. Er fing noch im Treppenhaus an zu weinen und wüste Verwünschungen auszustoßen, bis ich ihm die Tür vor der Nase zuknallte, weil es mir zu bunt wurde. Im Büro spricht er seitdem kein Wort mehr mit mir, was mir egal wäre, wenn er nicht allen erzählen würde, ich hätte ihn belästigt.

Oder dieser andere aus dem Afrodancekurs, der mich von Anfang an mit Komplimenten überschüttete und witzige Geschichten aus einem Workshop über Voodoo erzählte, den er mal gemacht hatte. Nach dem Kurs gingen wir zu mir (bis dahin war kein einziges Wort über Sex gefallen), und er war genau bis zur Haustüre aufmerksam und zuvorkommend. Dann aber! Während ich vor dem offenen Kühlschrank hockte und ihm die Getränke aufzählte, zog er sich in Windeseile aus, legte sich splitternackt aufs Sofa, hatte sich sogar schon ein Kondom übergezogen und sagte nur im Diktatorton: »Bedien mich jetzt erstmal, nachher werde ich dann etwas trinken.« Das ist doch krank, oder finden Sie das nicht auch merkwürdig?

Viele Grüße von Ihrer Sibylle

Liebe Sibylle,

aber wegen eines Mannes, der anscheinend seine Sehnsüchte in Sie projiziert hat und nun beleidigt ist, und eines zweiten, der offenbar psychischen Schaden in einem Voodoo-Seminar genommen hat, können Sie doch nicht der Ansicht sein, daß Sie prinzipiell mit Männern kein Glück haben. Wer weiß, was Ihrem Kollegen in seinem Leben schon alles passiert ist. Da muß doch noch anderes vorgefallen sein.

Ihre Erfahrungen interessieren mich! Ich gebe Ihnen hier meine private Faxnummer, dann sind nicht immer so große Lücken zwischen unseren Briefen, als wenn sie erst in der Redaktion von einem Schreibtisch zum nächsten sortiert werden.

Bitte melden Sie sich wieder (und hören Sie nicht auf, währenddessen weiterhin die Blicke schweifen zu lassen). Ihre vorbildlichen Hamster fand ich übrigens sehr goldig. Ich habe auch einen, der Wombat heißt und der mir bei einem Seminar in Pinneberg zugelaufen ist.

Herzlichst, Ihre Veronika

Liebe Veronika,

Sie haben recht, so ist es angenehmer. Der Gedanke, daß vielleicht ein ganzes Team meine Briefe liest, hat mich auch lange davon abgehalten, Ihnen überhaupt zu schreiben. Wie sind Sie eigentlich an diesen Job gekommen? Ist es nicht fürchterlich entnervend, den ganzen Tag frustrierte Leute zu therapieren und zu lesen, wie immer die gleichen Menschen immer die gleichen Fehler machen? Und natürlich haben Sie auch recht, daß noch anderes passiert ist.

Da war zum Beispiel der Maschinenbaustudent, Helmut, den ich durch eine Kontaktanzeige in der AStA-Zeitung kennengelernt hatte, weil ich jemanden als ständige Mitfahrgelegenheit suchte. Natürlich kannte ich die ganzen bösartigen Gerüchte über Maschinenbaustudenten. Ich wußte, daß sie alle rotkarierte Hemden tragen, daß sie alle freiwillig zwei Portionen von dem Mensamampf in sich hineinschaufeln, daß sie Schrauben und Drahtstücke vom Bürgersteig aufheben, weil man die ja noch mal brauchen kann, und daß sie nicht in ganzen Sätzen reden können. Aber wie gesagt: Ich hielt das alles für bösartige Gerüchte. Bis ich Helmut traf.

Wir saßen bei einem Eisbecher im Straßencafé, und er

redete schon seit zehn Minuten kein Wort. Dann fragte ich ihn, was denn so seine Hobbies seien, und er sagte »Lesen«. Das fand ich erstaunlich. Aber als ich ihn fragte, was er denn so lese, sagte er »die Tageszeitung«, und weil wir hier ja drei haben, fragte ich ihn, welche, und er wußte es nicht. Wir schwiegen also weiter, und als ich den Eisbecher aufgegessen hatte, sah er mich mit puterrotem Gesicht an und sagte: »Ficken?« Da habe ich mir ernsthaft überlegt, lesbisch zu werden.

Halten Sie es für einen Fehler, daß ich ihn nie wieder angerufen habe?

Ihre Bille

Liebe Bille,

was hältst Du davon, wenn wir Du sagen? Ich habe bei Deinem Fax so lachen müssen, weil ich auch mal mit einem Studenten dieser Sorte ausgegangen bin, allerdings war das ein Bauingenieur, die man bei uns »Bau-Igel« nennt, und gegen den war ein platter, ölverschmierter Autoreifen auch eine wirklich charmante Begleitung. Du hattest also sicher recht, auf sein »Angebot« nicht zu reagieren.

Ich habe Psychologie studiert und die erste Zeit im Krankenhaus in der Drogenberatung gearbeitet. Aber weil ich, seit ich klein war, einen Fimmel für Adelshäuser habe, war es gar keine Frage, mich zu bewerben, als eine Stelle bei der Yellow-Press ausgeschrieben wurde. Davon abgesehen ist das Gehalt auch besser als im Krankenhaus. Und manchmal lernt man sogar so nette Menschen wie Dich kennen. Bei solchen wie Deinen Typen hätte ich allerdings die Flucht ergriffen. Obwohl ich es persönlich, wenn es zur Situation paßt, ganz schön finde, wenn jemand deutlich sagt, was er möchte, wäre mir das auch zu plötzlich gekommen. Gab es noch mehr von der Sorte?

Neugierig: Deine Veronika (Vroni)

Liebe Vroni,

ich muß Dir sagen, daß es mir richtig Spaß macht, Dir das alles zu erzählen. Erlebnisse dieser Art gab es eine ganze Reihe. Halt mich bitte nicht für verklemmt. Ich schätze es auch mehr, wenn jemand, der nur auf einen Onenightstand aus ist, das direkt sagt, anstatt mich stundenlang mit seiner Kindheit und kulturellen Bildung zu bearbeiten, aber was dieser Maschbauer sich bei seiner Aktion gedacht hat, kann ich echt nur raten. Aber es gibt ja auch welche, die sind auf den ersten Blick wirklich nett, und auf den zweiten auch, nur dann kippt das irgendwann um, und die Sache ist gelaufen.

Ich erzähl Dir jetzt mal die Geschichte von Sandro, die wirklich vielversprechend anfing. Später hab ich noch oft darüber gelacht, aber währenddessen kam ich mir eher vor, als wäre ich in einem Sketch von Loriot. Sandro war eine der unterhaltsamsten Verabredungen, die ich je gehabt habe. Er tanzte gut, redete wie ein Wasserfall, sprühte vor Charme und sah auch sofort, wenn mein Glas leer war. Später küßten wir uns dann engumschlungen neben der Sektbar. Sandro küßte sehr hingebungsvoll, und er streichelte mein Gesicht und meinen Hals, als wäre es das einzige, was er von jetzt an tun wollte.

Als er mich nach Hause brachte, fragte er höflich vor der Haustür: »Darf ich bei dir schlafen?« Und ich nahm ihn unter der Bedingung mit in mein Bett, daß es beim Nebeneinanderschlafen bleiben würde. Ich halte nichts von Konventionen, und ich versuche, immer so zu handeln, daß ich hundertprozentig dahinter stehen kann. Was ich wollte, war, in seinem Arm zu liegen und ihn im Dunkeln zu küssen, bis wir müde wurden. Genauso war es dann auch, und bis auf, daß er beim Schmusen meine Brüste unter dem T-Shirt streichelte, passierte nichts. Er küßte begeistert meinen Hals und meine Ohrläppchen, streichelte mir das Gesicht und übers Haar und flüsterte immer wieder: »Du bist ganz wunderbar, ganz wunderbar.« Das war eine Nacht, an die ich wirklich gerne zurückdenke, weil nichts gekrampft war.

Wir verabredeten uns für das übernächste Wochenende bei ihm (er wohnte etwa eine Stunde von mir entfernt), und es war klar, daß ich über Nacht bleiben würde. Sandro behandelte mich allerdings von Anfang an wie eine angereiste Cousine, die man zum Entertainen aufs Auge gedrückt bekommen hat und nölte an allem herum, obwohl das zweite Treffen seine Idee gewesen war. Er nahm nicht meine Hand, er machte mir keine Komplimente, er fragte wenig, und wenn, dann machte er mehr Konversation als mit mir zu reden. Ich fragte mich zum hundersten Mal, wann sich mein charmanter Aufreißer in diese Trantüte verwandelt hatte. In einer Kneipe saßen wir uns gegenüber, und er ging auf keinen Scherz ein, langweilte sich offensichtlich mit mir zu Tode und hielt immer eine Armeslänge Abstand.

Anstatt aber den Abend einfach mit Kopfschmerzen, Hühneraugen oder anstehender Klausur zu beenden, spulte er irgendein verkorkstes Kavaliersprogramm ab, erzählte Uraltwitze, über die ich weder lachen konnte noch sollte, redete kaum und wenn, dann über Themen, zu denen mir gar nichts einfiel, und machte Gesten, die wie einstudiert aussahen.

Als wir in der Straßenbahn Bekannte von ihm trafen, stellte er mich ihnen demonstrativ nicht vor. Das machte mich wütend, und ich beschloß endgültig, ihn für diesen Abend mit sich selbst zu bestrafen. Er war offensichtlich nicht in der Lage, dieses Horror-Date zu beenden, also würde ich es auch nicht tun, das geschah ihm recht, daß er sich noch weiter mit mir langweilte. Ich dagegen begann mich langsam wieder zu amüsieren, als ich ihm wie bei einem Laborversuch zusah, wie er versuchte, die richtige Stimmung aufkommen zu lassen.

Bei sich zu Hause ließ er mich im Flur stehen, um im Keller nach Kerzen zu suchen, und ich dachte: »Jungejunge, wenn du mit diesen Kerzen den Abend retten willst, müssen das aber Hightech-Kerzen sein.« Es waren ganz normale weiße Haushaltskerzen, und erwartungsgemäß brachten sie es nicht.

Das wäre seine letzte Chance gewesen. Er hätte sagen können: »Ich hab plötzlich tierische Lust, Kuchen zu backen. Komm, das machen wir jetzt.« Er hätte vorschlagen können, vorsintflutliche Zeichentrickfilme auf arte anzusehen oder Monopoly zu spielen. Er hätte irgend etwas tun können, um das Fiasko zu vermeiden, auf das wir da zusteuerten, aber er konnte es eben nicht. Er war auf romantischen Abend programmiert, und das mußte nun durchgezogen werden mit allen Mitteln, egal, was passierte – oder eben nicht passierte, und zwischen uns passierte gar nichts.

Ich saß neben ihm auf dem Sofa, Kerzen brannten, wir tranken Wein, und ich fragte mich, was wohl als nächstes hereinbrechen würde. Noch nie haben zwei Menschen sich sexuell so uninteressant gefunden. Noch nie waren zwei Menschen voneinander so abgeturnt und zogen es trotzdem durch. Es lief viel zu laut irgendeine Klassik-CD, was den Vorteil hatte, daß wir nicht mehr mit Fastgesprächen aneinander vorbeireden mußten, und ich zuckte bei jedem Paukenschlag zusammen.

Das Sofa war so ein Klappsofa, das sich in der Mitte durchbiegt, und bei dem das Sitzkissen immer weiter nach vorne in die Kniekehlen rutscht, bis man mit den Knien in Höhe der Ohren dasitzt. Wir saßen da wie zwei Kleinkinder auf dem Topf, und unsere gelegentlich hervorgepreßten Sätze hatten auch ein dementsprechendes Niveau. Er hatte pflichtbewußt seinen Arm um meine Schultern gelegt und machte keinerlei Anstalten, mich zu küssen oder zu streicheln oder sich auch nur halbwegs zu entspannen. Er saß da wie in der Totenstarre, und auch sein Humor war mittlerweile ins Koma gefallen. »Soll ich mal das Sofa ausklappen«, sagte er schließlich im Ton von »Ist das okay, wenn ich mir diesen Pickel vor deinem Badezimmerspiegel ausdrücke?« »Mach mal«, sagte ich. Und er regte sich auf. Das sei ja sehr romantisch: Mach mal!

Ich konnte mich nicht genug wundern. Glaubte er denn wirklich, daß ich dieser Pappkulisse von Gemütlichkeit irgend etwas abgewinnen könnte? Es mußte ihm doch klar sein, daß er mich genauso langweilte wie ich ihn. Er erinnerte mich immer noch an eine Laborratte im Laufrad, und allmählich bekam die Ratte einen Kollaps. Ich fragte mich, ob er tatsächlich versuchen würde, so etwas wie Sex zu veranstalten. Ob er überhaupt einen hochkriegen würde, fragte ich mich auch. Während er das Bett machte, dachte ich daran, daß ich früher im Physikunterricht mit mehr Enthusiasmus gesessen hatte, und da stand ich immerhin glatt ungenügend.

Ich schminkte mich ab. Er lag schon im Bett, als ich zurückkam. Er litt, aber er dachte, er müsse tun, was ein Mann tun muß, und drückte hastig seine Zigarette im Aschenbecher aus. Ich hatte Mitleid mit ihm, aber gleichzeitig fand ich, daß er es nicht anders verdient hatte. Und wenn ich ehrlich bin, war ich auch höllisch gespannt, was jetzt passieren würde. Wir fummelten ein bißchen aneinander vorbei, und ich überlegte, ob es uns vielleicht doch noch gelingen könnte, uns im Dunkeln gegenseitig zu vergessen und uns einfach als zwei warme, ausgezogene Körper zu sehen, die jetzt rein körperlichen Spaß haben konnten oder nicht.

Ich überlegte das, während mein Kopf auf seinem Bauch lag. Ich hatte ihm noch nicht zwischen die Beine gelangt, wußte also nicht, ob er eine Erektion hatte oder ob er, genau wie ich, in dem Moment eine Leonidaspraline oder eine neue Folge von »Unsere kleine Farm« um Klassen aufregender finden würde.

Während ich ihm da schwer im Magen lag, kam mir unvermittelt die Idee, es ihm französisch zu machen, der Einfall war ganz plötzlich da. Ich hatte es nämlich noch nie am lebenden Objekt probiert, sondern immer nur an Futtermöhren auf dem Bauernhof meiner Eltern oder an Bananen. Ich dachte mir also, wenn ich alles falsch mache, ist es mir bei diesem Typen auch egal. Aber dann dachte ich, wer elegant aussieht, muß noch lange nicht gewaschen sein, also ließ ich es und legte mich wieder neben ihn.

Das nächste, was ich überlegte, als er mir träge die Schultern tätschelte, als sei ich eine Schildkröte, die man aufs Umtopfen in ein neues Gehege vorbereitet, war, ob ich vielleicht mal versuchen sollte, einen Orgasmus vorzutäuschen. Das hatte ich nämlich ebenfalls noch nie gemacht und fand es an sich auch unmöglich, aber interessiert hätte es mich doch mal, ob ein Mann es mir abnehmen würde. Doch auch das tat ich nicht, weil ich bis zum Zeitpunkt, wo ein Gehechel, Gestöhne und Gezucke glaubwürdig gewesen wäre, noch wach bleiben mußte, und das war bei der überwältigenden Leidenschaft neben mir nicht so einfach.

Also verfolgte ich eine andere Strategie und schlief ihm einfach weg, gerade als er sich dazu überwunden hatte, seine Hand auf meinen Busen zu legen (wie sich ein Fremdenlegionär auf die Wanderdüne schleppt nach wochenlangem Marsch durch die Wüste). Als er merkte, daß ich nichts mehr sagte und tief und regelmäßig atmete, nahm er die Hand von meiner Brust, drehte sich um und schlief auch ein.

Am nächsten Morgen dachte ich, das war's, das kann er nicht mehr überbieten. So heilig können ihm Konventionen doch gar nicht sein. Jetzt wird er mir einen Kaffee geben und dann vorschlagen, ein Taxi zu rufen. Aber nein, wir mußten unbedingt noch zusammen frühstücken. Ich kam aus dem Staunen nicht mehr heraus. Vielleicht war das eine besondere Form von Masochismus. Erregung durch Langeweile. Ich weiß es nicht. Labor hin oder her, ich wollte jetzt wirklich nur noch weg und unter Leute, die interessant waren und mir das Gefühl gaben, interessant zu sein. Ich fragte nach dem Telefon wegen eines Taxis, aber er versicherte gleich, natürlich werde er mich zur Bahn bringen. Gut, also auch das noch.

Und da am Bahnsteig kam dann wirklich die Höhe, da hätte ich ihn fast geschüttelt und angeschrien: »Überprüf mal deine Wahrnehmung oder was hast du eingeworfen?« Da küßte er mich nämlich, so wie er mich am Tag vorher abgeholt hatte, brüderlich auf die Wange und sagte danach tatsächlich: »Es war schön mit dir.« Er konnte wohl wirklich nicht anders. Also gab ich meinen Widerstand endgültig auf und fügte mich in die Regeln, die er hier runterbetete. Ich küßte ihn also ebenso keusch und sagte: »Ich ruf dich an.« Denn das sagt man doch in so einem Moment, oder? Rufen Sie nicht uns an, wir rufen Sie an. Ich habe seine Telefonnummer sofort, als ich wieder zu Hause war, vernichtet und nie wieder etwas von ihm gehört.

Vroni, was ist mit den Männern los? Das fragt Dich
Deine Bille

Liebe Bille,

warum um Himmels willen hast Du Dir diesen Krampf angetan? Also, ich hätte das nicht durchgezogen, Laborinteresse hin oder her. Ich lebe da eher nach dem Känguruhprinzip: alles in den Beutel und ab durch die Mitte.
Deine Vroni

Liebe Vroni,

und Du? Wann warst Du denn das letzte Mal ein Kängu-
ruh? Erzähl! Oder erkennst Du als Psychologin die hoff-
nungslosen Fälle sofort?

Deine Bille

Liebe Bille,

leider, leider nicht. Neulich war ich zum Beispiel auf einem
Kongreß, wo es um rechtliche Grundlagen der Lebensbera-
tung in Zeitschriften ging. Das ist für den Fall wichtig, daß
sich jemand umbringt, nachdem er deinen Beratungsbrief
bekommen hat, und die Familie dich dann verklagt, was mir
beides hoffentlich niemals passieren wird.

Auf diesem Kongreß war auch ein junger Mann, der mich
sofort, als ich reinkam, angebaggert hat. Die ganze Palette:
»Hier hab ich Ihnen einen Kaffee mitgebracht«, »Ist das Ihre
Arbeit, das ist ja interessant«, »Sie sehen übrigens klasse aus,
wenn ich das so sagen darf«, »Hm, riechen Sie gut, was für
ein Parfum ist denn das?« Das komplette Programm. Und
weil es auf solchen Tagungen immer sterbenslangweilig ist,
war ich auch gar nicht abgeneigt, ein bißchen zu flirten.

Nach einer Weile setzte er sich neben mich, sah mich völlig
begeistert an und sagte dann plötzlich: »Wissen Sie was? Sie
haben so eine vertrauenserweckende, ruhige Ausstrahlung.
Sie erinnern mich schon die ganze Zeit an meine Therapeutin,
die ich mit vierzehn hatte.« Ich hatte ihn natürlich für einen
Psychologen gehalten, der an dem Kongreß teilnahm, aber
er war in dem Hotel, in dem das Ganze stattfand, als Hilfs-
kellner angestellt.

In der Mittagspause stand er dann wieder neben mir und
erzählte mir, wie grauenvoll seine Entjungferung gewesen sei,
und andere Dinge, nach denen ich mich sicher nicht erkun-
digt hätte. Daß alles schiefgelaufen sei und daß seine Eltern

mittendrin im Raum gestanden hätten. Und daß seine Freundin ein paar Tage später gedacht habe, sie sei schwanger, und daß er sich aus Verzweiflung betrunken auf die Eisenbahnschienen gelegt hätte und daß der Zug dann knapp neben ihm auf dem Nachbargleis vorbeigefahren sei. Und alles, was mir dazu einfiel, war: »Tscha, wieder eine Sache in Ihrem Leben, die nicht geklappt hat.« Das war natürlich nicht nett, aber ich hatte auch wirklich keine Lust, ihn mir jetzt ein paar Tage am Stück anzutun. Du verstehst das, gell?

Deine Vroni

Liebe Vroni,

manchmal denke ich, das kann doch nicht alles sein, diese Dates, bei denen man viel redet, aber kaum was sagt. Und egal, ob man miteinander ins Bett geht oder nicht, im Grunde bleibt man sich doch fremd. Ehrlich gesagt habe ich auf den ganzen Zirkus gar keine Lust mehr. Da muß doch noch mehr sein.

Weißt Du, was ich mir überlegt habe: Sollen wir uns nicht mal treffen, zu einem Titanic-Talk über Katastrophen aller Art? Könnte doch lustig werden, oder?

Bussi, Deine Bille.

Liebe Bille,

Du hast mich in einem Deiner ersten Briefe gefragt, ob ich Dir sagen könnte, was mit den Männern los ist. Die Wahrheit ist: Ich kann es nicht. Ich habe keine Ahnung. Was ich aber mittlerweile weiß, ist, daß ich Dich wirklich sehr sympathisch finde. Göttin sei Dank hast Du offensichtlich auch Lust, mich kennenzulernen, das freut mich!

Vielleicht habe ich ja doch mal recht gehabt, und der Mensch, den Du suchst, ist schon die ganze Zeit in Deiner Nähe. Jedenfalls weiß ich, welche Tageszeitung ich lese, und ich halte Mondrian auch nicht für eine Haarspraymarke. Ich sage bestimmt nicht »Ficken?« beim ersten Date zu Dir – obwohl ich während Deiner Schilderung der Nacht mit Sandro einige Male gedacht habe: Wäre ich jetzt an seiner Stelle, hätte ich aber begeisterter zugegriffen. Ich finde nämlich, daß Du Dich sehr lecker anhörst.

Deine Vroni

Liebe Vroni,

was meinst Du mit »lecker«? Flirtest Du etwa mit mir? Ein Fax-Blind-Date? Würde mich reizen. Übrigens erinnerst Du mich an eine Freundin aus meiner Schulzeit, in die ich schwer verliebt war. Die wollte auch Psychologin werden, hat sich dann aber wegheiraten lassen. Ich als Kulinarie? Klingt gut. Aber werd mal ein bißchen deutlicher. Du weißt ja, daß ich es mag, wenn man direkt über Vernaschungen redet!

Gespannt: Deine Bille

Liebe Bille,

Du klingst so lecker, daß ich mir schon ausmale, wie Du wohl schmeckst und wie Du riechst. Und wie weich sich wohl Dein Busen anfühlt, bevor ich über die Spitzen lecke, und sie sich ganz hart und empfindlich zusammenziehen.

Außerdem brauchst Du Dich bei mir nicht zu fragen, ob ich wohl eine Erektion haben werde oder nicht, denn ich bringe summendes, biegsames und sonstiges Spielzeug mit, wenn Du gern einen Schwanz in Dir hast. Und wenn nicht, dann drücke ich mich eng an Dich und küsse Dich so, als wäre es das einzige, was ich von jetzt an mit Dir tun will.

Aber dabei wird es nicht bleiben. Ich lege mich so auf Dich, daß wir zusammenpassen wie zwei Kuchenformen, und wenn Du dann die Beine ganz weit spreizt, und wir ein bißchen mit den Händen nachhelfen, dann liege ich so auf

Dir, daß mein Kitzler genau über Deinen reibt, wenn ich mich bewege. Glaub mir, daß das herrlich ist.

Und wenn Du gerne eine französische Vorspeise hättest, dann lecke ich Dir die Möse so, daß Du die Männer ganz schnell vergißt. Meine Hände schleppen sich nicht träge auf Wanderdünen. Meine Hände sind weich und schnell, und die Finger sind lang und schmal. Sie kommen überall hinein, in jede Ritze, jede Falte, in jede Öffnung, sie können Dich ganz ausfüllen und überall entlangstreicheln. Sie sind stark genug zum Kneten, scharf genug zum Kratzen und zärtlich genug zum federleichten Streicheln. Und ich bin sehr gespannt darauf, wie Du Dich anhörst, wenn Du *nicht* simulierst. Also, wie ist es? Appetit bekommen? Lädst Du mich mal bei Dir zum Essen (und Vernaschen?) ein?

Hungrig: Deine Vroni

Liebe Vroni.

Samstag: 20 Uhr. Pasta. Und wenn es heiß ist, gibt's auch noch Nachtisch ... Hummerzange unnötig, ich trage nie Korsagen oder BHs.

Deine Bille

Krötenwanderung

Wenn ich zu meiner Freundin Birte möchte, muß ich über die große Straße gehen. Wenn Birte ihre Freundin Wanja besucht, muß auch sie über die große Straße gehen. Und auch Natalie, Dorit und Almut müssen über diese Straße, denn wir alle wohnen in einem Dorf, und durch das Dorf hindurch läuft diese große, immer stark befahrene Straße.

Die Autos rasen Tag und Nacht vorbei. An den Lärm haben wir uns gewöhnt und die Katzen und alten Leute, wenn sie uns mal besuchen kommen, darauf gedrillt, erst zu beiden Seiten zu sehen und dann schnell über die Fahrbahn zu laufen. So schnell das eben geht, mit den Händen voll Einkaufstaschen, Krückstock oder einer Maus im Maul.

Aber nie wäre jemand von uns auf die Idee gekommen, ein Bürgerbegehren zu beantragen, um Tempo dreißig durchzusetzen. Die Autos, die ununterbrochen an uns vorbeibrausen, sind nämlich das einzige, was sich hier bewegt. Wenn auch die noch schleichen, fallen wir alle ins Koma. Vielleicht würde mal eines anhalten, wenn der Fahrer wüßte, daß junge, kraftvolle Frauen wie wir hier wohnen. Aber der einzige Grund, aus dem überhaupt jemand hier durchfährt, ist eben der, daß man bei uns noch ungestraft rasen kann.

Bei uns ist die Zeit nicht stehengeblieben, bei uns hat es sie nie gegeben. Die wenigen, einzelnen Gehöfte sind, als sie schon jahrelang verwaist waren, zu Spottpreisen an junge Paare oder Familien verkauft und dann auf der Landkarte unter einem elendig langen Namen zusammengefaßt worden, und seitdem sind wir nicht nur plötzlich Landratten, sondern auch Freundinnen, und seit der Eingemeindung eben ein Dorf. Kein schnuckliges Bauerndorf, sondern ein Straßendorf, ein Satellitendorf.

Manchmal habe ich das Gefühl, unser Dorf besteht nur aus Frauen. Die Männer arbeiten tagsüber in der Stadt, und abends sitzen sie in ihren Kellern oder Werkstätten und reparieren mit winzigen Schraubenziehern alles, was nicht kaputtgegangen ist. Draußen im Licht sind nur die Frauen. Und wenn eine von ihnen die Straße überquert, sehen wir anderen aus dem Vorgarten her oder lehnen uns aus dem Fenster und sagen dann zueinander: »Sieh mal, die Wanja geht wieder mit einem Stapel Bücher zur Almut.« Oder: »Die Isa ist auch mehr bei der Birte als zu Hause.«

Die Isa, das bin ich.

Und die Frauen haben recht. Drei-, viermal am Tag mache ich mich auf den Weg, an den Holunderbüschen vorbei zur Straße. Da klettere ich dann über die Leitplanken und warte eine Lücke in der Staubwolke der vorbeifahrenden Autos ab. Fünf Minuten brauche ich bis über die Straße, zwei weitere Minuten, bis ich bei Birte in der Küche sitze. Birte backt den besten Schokoladenkuchen im ganzen Dorf, denn Birte gehört die Bäckerei, und ihr Mann fährt tagsüber nicht in die Stadt, er steht in der Backstube. Aber das kommt aufs gleiche raus, denn auch Birtes Mann sieht man tagsüber nicht, und Birte vergißt ihn ganz bis zum frühen Abend, bis auch die anderen Männer heimkommen.

Heute hat Birte einen riesigen Schokoladenkuchen gebacken, denn wir haben etwas zu besprechen. Kaum zehn Minuten Autofahrt von unserem Dorf entfernt hat ein neues Einkaufszentrum aufgemacht. Wir wußten das schon lange, die Bauarbeiten hatten sich oft verzögert, weil lange nicht klar war, ob der Boden nicht doch noch absacken würde, denn wir leben in einem alten Sumpfgebiet. Jetzt hat das Einkaufszentrum also eröffnet. Dorit hat es schon im Vorbeifahren gesehen und erzählt davon.

Sie ist oft in der Stadt, weil sie als Werbetexterin bei einem Versandhaus arbeitet und sich neue Aufträge in ihrer Zentrale abholt. Dann kommt sie abends wie die Männer zurück, und ihr Twingo ist bis unters Dach mit Kartons bepackt. Meistens helfen wir ihr auspacken und staunen. In Dorits Wohnzimmer stapeln sich dann Gleitcremetuben, Kondome mit Fruchtgeschmack, Dildos und Lederwäsche. Denn Dorit ist bei einem Sexartikelversand angestellt und schreibt die Texte für den Katalog. Ihr neuester Artikel, für den sie Werbung machen muß, ist ein Pornobildband mit abwaschbaren Seiten. Erstens, so erklärt sie uns, kann man ihn mit in die Badewanne nehmen, zweitens kann man ihn mit feuchten Händen umblättern, und drittens kann man ihn seinem Mann ausleihen, ohne zu befürchten, daß nachher die Seiten zusammenkleben. Dorit ist wahrscheinlich die Kreativste von uns.

Die Belesenste ist Wanja. Sie ist Mitglied in einem Buchclub, und wenn sie die Bücher ausgelesen hat, trägt sie sie über die große Straße zu Almut, die in einem Wohnwagen lebt und sich im Sommer um die Schafe kümmert, die überall auf den Wiesen zwischen den Sümpfen grasen und blöken. Den Winter durch verspinnt sie Schafwolle und liefert sie bei einem Ökoladen in der Stadt ab. Abends läßt Almut die Schafe von ihren Hunden zusammentreiben. Die wissen, wo die Wege sind, so daß kein Schaf im Morast versinkt. Aber die Sümpfe sind hier sowieso fast trocken. Und dann zählt Almut sie, bis es dunkel wird, und nie schläft sie dabei ein. Die Bücher bringt Almut der Wanja wieder zurück, und die stellt sie in den Gemeindesaal.

Das ist die alte Sakristei, die niemand mehr braucht, weil

keine von uns zur Kirche geht. Wanja war früher, ganz zu Beginn der Eingemeindung, die Gemeindesekretärin. Das ist sie eigentlich heute noch, und die Schlüssel zur Kirche und zum Büro hat sie auch weiterhin, aber viel zu tun gibt es für sie nicht mehr. Wir haben auch keinen Pfarrer. Und eine Pfarrerin, die wir mal haben wollten, haben wir nicht bekommen, weil wir eine katholische Gemeinde sind.

Natalie sieht immer todschick aus. Es ist ihr egal, sagt sie, daß sie hier draußen nie jemand außer uns sieht. Sie ist für den Postschalter im Laden und auch für den Geldautomaten zuständig. Damit ist sie ja fast so etwas wie eine Beamtin, und da muß man, sagt sie, einfach gepflegt aussehen. Uns ist das sehr recht, denn Natalie ist immer ein schöner Anblick, und wir freuen uns jedesmal, wenn sie auf Birtes Sofa sitzt und die Beine übereinanderschlägt, so daß man das Strumpfband sehen kann, und dann die Lackpumps am großen Zeh baumeln läßt.

Und ich bin die Isa. Das hab ich schon gesagt.

Ich habe einen kleinen Laden neben der Kirche eingerichtet, aber die meiste Zeit bin ich draußen im Garten und pflücke Erdbeeren oder füttere die Katzen. Wenn eine von den Frauen kommt und etwas kaufen will, sehe ich das, weil sie ja über die große Straße muß, und dann gehe auch ich zum Laden und schließe kurz auf. Das klappt sehr gut.

Wir sitzen also gewöhnlich alle in Birtes Wohnzimmer. In der Schrankwand hinter uns steht Birtes Löwen-Sammlung und sieht uns zu. Sie hat über hundert Stück, asiatische aus Papier, Stofftiere und solche aus Elfenbein. Birte sieht auch selber ein bißchen so aus wie ihre Stofftiere mit ihrem strubbeligen blonden Kraushaar.

Zum Aufwärmen reden wir in Werbesprüchen. Das ist ein Spiel, mit dem wir uns immer wieder amüsieren können. Birte kommt mit dem Tablett ins Wohnzimmer und sagt:

»Mädels, das Verwöhnaroma, weil zu einem guten Gespräch eine gute Tasse Kaffee gehört. Ist er zu stark, seid ihr zu schwach.« Und Wanja sagt: »Hast du denn auch einen Cognac, egal welchen? So groß können die Unterschiede ja nicht sein.« Das geht so eine Weile, bis eine von uns ins Bad verschwindet, »damit's sauber und diskret« abläuft, und eine andere sagt: »Ja ja, die Geschichte dieses Dorfes ist voller Mißverständnisse.« Und dann geht's los.

Man sollte gar nicht glauben, wie viele Geschichten sich in so einem Dorf ansammeln. Die streunenden Katzen bringen sie von den Feldern mit. Die vorbeirasenden Autos wirbeln sie in großen Staubwolken zu unseren Häusern. Sie wachsen in unseren Erdbeerbeeten, und Almut kämmt sie den Schafen aus der Wolle und spinnt sie zurecht.

Almut ist die beste Geschichtenerzählerin, die wir haben. Sie setzt sich auf ihre überkreuzten Beine und nimmt ihre Wolle und den Spinnstein, fädelt den Faden hindurch, und während sie ihn durch den Stein zieht, um ihn zu glätten, erfindet sie Geschichten. Von Leuten, die mal hier gewohnt haben. Von Leuten, die in tausend Jahren mal hier wohnen werden, von Liebe und Zauberei, von verwunschenen Brunnen und großen Bränden.

Und wir alle kommen in den Geschichten irgendwann einmal vor. Almut sitzt da und sieht dem Faden nach, wie er knotig und unregelmäßig durch ihre Hand gleitet und glatt auf der anderen Seite des Steins wieder hervorkommt. Dann lugt sie unter ihren Ponyfransen hervor, um zu sehen, wer gerade am wenigsten damit rechnet, und diejenige strickt sie dann schnell in ihre Geschichte ein.

Aber wir, wir sitzen nicht einfach so da. Wir überlegen mit und erinnern sie an Dinge, die noch dazukommen müssen. Wir werfen Gegenstände, Stürme oder Gift in die Runde, und auch wenn die Geschichte schon ganz vertrackt ist von

Intrigen und Mißverständnissen, einer fällt immer etwas ein, eine gibt es immer, die den roten Faden wieder findet und alles zu einem guten Ende bringt.

Und je später der Abend wird, desto weniger klappern die Kuchengabeln. Wir sitzen im Halbdunkeln, bis Birte die Duftkerzen anzündet. Natalie hat die Pumps ausgezogen und die Füße in Dorits Schoß gelegt, die ihr die Zehen massiert. Ich lehne an Birtes großem weichen Bäckerinnenbusen, und wenn sie sich vorbeugt, um nach ihrem Cognacglas zu greifen, streichelt sie vorher kurz meinen Hals. Dann weiß ich, daß sie sich gleich bewegen wird. Wanja sitzt zu Almuts Füßen und legt den Kopf auf ihre Knie, wenn Almut einmal stockt, und hilft ihr mit einem Wort oder einem Satz weiter.

Heute ist das alles anders. Wir sitzen da, jede mit ihrem Teller und dem Schokoladenkuchen in der Hand und hören von Dorit, was es Neues vom Einkaufszentrum gibt. Das Zentrum ist groß. Der Verkauf ist phantastisch angelaufen. In der Umgebung gibt es nur die Stadt, aber die ist über eine Autobahnstunde entfernt, und einige andere Dörfer, die genau wie wir aus einzelnen Gehöften und einer großen Straße bestehen. Im Zentrum gibt es alles, und es gibt alles günstig. Das bedeutet viele neue Arbeitsplätze. Und genau das ist unser Problem.

Wanjas Mann hat es zuerst gesagt. Er ist Schuster, und weil im Zentrum noch einer gebraucht wird, will er sich da bewerben. Seine Chancen sind gut, weil das Zentrum Bewerbungen aus dem Umland bevorzugen will. Auch die anderen Männer wollen ihren Arbeitsplatz in der Stadt gegen einen im Zentrum tauschen. Sie sind Verkäufer, Friseur oder Postbeamter, alle könnten im Zentrum beschäftigt werden.

Wir wissen aber, wie das laufen wird. Erst schlafen sie morgens länger, weil das Zentrum ja nur einen Katzensprung entfernt ist. Dann kommen sie mittags nach Hause, um das

Geld für das Essen zu sparen. Und abends sind sie auch früher im Dorf. Sie sehen Wanja mit den Büchern zu Almut gehen, sie sehen mich, wie ich mit Birte die Katzen streichle, sie sehen Dorit die Kisten mit den Strapsen und Pornovideos ins Haus tragen, sie sehen, wie wir uns zur Begrüßung küssen, wenn wir uns vor der Kirche treffen. Wir würden uns beobachtet vorkommen und uns langsam, aber sicher mehr um die Männer kümmern als um uns. Und die würden durch das Dorf gehen und mit lauten und tiefen Stimmen über Dinge sprechen, die weit weg passieren. Sie würden die Kneipe wiederbeleben und sich nachts auf dem Heimweg vielleicht breitbeinig an Häuserecken stellen. Und daran würden dann die Hunde herumschnuppern, anstatt zwischen unseren Erdbeerbeeten zu dösen.

Nie würde es wieder so sein wie jetzt.

Die ersten Vorschläge sind alle unbrauchbar. Das Zentrum abbrennen, den Chefs unserer Männer sagen, daß die kündigen wollen, unseren Männern gut zureden, ihnen die Vorteile der Stadt vor Augen halten, das ist alles Unsinn. Das wird nicht klappen. Unsere Männer finden auch, daß wir uns freuen müßten. Einige wünschen sich jetzt Kinder, weil sie ja viel mehr Zeit haben, und sie sagen, daß sie uns jetzt viel mehr helfen könnten, im Garten und im Haushalt, und sie reden davon, einen Dartverein zu gründen oder eine Naturschutzgruppe.

Ich persönlich verstehe das alles nicht. Wir sind große, kräftige Frauen mit vollen Brüsten. Als wir aus der Stadt oder den umliegenden Orten mit unseren Männern in diese Einöde gezogen sind, weil die Grundstücke hier sagenhaft billig waren, waren wir es, die die alten Häuser geputzt, Türen gestrichen und Regale zusammengebaut haben. Wir haben das Unkraut von den Wegen gejätet und die Handwerker beaufsichtigt. Wir haben immer Getränkekisten getragen oder junge Hunde. Wir haben die Beete umgegraben und bepflanzt. Wir haben die Katzen gefüttert und die Schafe von einer Wiese auf die andere getrieben. Was wollen die Männer tagsüber hier bei uns?

Wanja erklärt es mir, als wir in Birtes Wohnzimmer sitzen. Sie hat das in einem Naturkundebuch aus ihrem Buchclub gelesen und weiß Bescheid. Das ist ganz wie in der Natur, sagt sie. Die Männchen, so sagt sie, krabbeln in der Laichzeit auf die Rücken der Weibchen und klammern sich ganz fest. Die Weibchen tragen sie dann bis zum Gewässer, wo sie ablaichen. »Ich trage keinen Mann irgendwohin«, das sage ich gleich. Und auch die anderen Frauen finden das ziemlich dreist von den viel kleineren Männchen, den Weibchen so die Luft abzuschnüren.

»Und was ist, wenn einer keine hat zum Ablaichen«, fragt Natalie. Das war eigentlich eher rhetorisch gefragt. Aber Wanja weiß auch das. »Dann klammern sie sich an ein anderes Männchen.« Das leuchtet uns ein.

Der ehemalige Wirt der Dorfkneipe, die mittlerweile geschlossen ist, hat irgendwann mal so einen Krach mit seiner Frau gehabt, daß man es überall hören konnte. Auf beiden Seiten der großen Straße. Sie ist dann ausgezogen, und er hat mit dem Pastor auf den Feldern und im Laden Händchen gehalten. Wir fanden das gut, aber die Kirche nicht, und die hat ihn dann auch abbeordert. Seitdem haben wir weder Kirche noch Kneipe. Aber wir waren schon damals lieber bei Birte.

»Und wie kommt das Weibchen aus der Umklammerung wieder heraus?« frage ich.

Es ist nicht meine Art, die Dinge zu nehmen, wie sie kommen, meistens kann man noch etwas retten. Wenn man zum Beispiel im Theater in der Stadt zu spät kommt, und die Garderobenfrau sagt, daß man nicht mehr hinein darf, dann darf man meist doch, wenn man erzählt, daß man in dem Dorf hinter dem neuen Einkaufszentrum wohnt und extra wegen der Aufführung in die Stadt gekommen ist. Aber Wanja weiß auch nicht, wie das in unserem Fall ist. Und wir essen noch ein Stück Schokoladenkuchen und überlegen. Das dauert den ganzen Nachmittag.

Dann hat Wanja eine Idee. Es mag sein, daß die Natur unseren Männern befiehlt, sich jetzt zum Laichen bereit zu machen, aber in unserem Dorf regiert nicht die Natur, sondern wir. Hier gibt es keine Zeit und auch kein Gesetz. Nur uns. Und so soll das bleiben. Wir überreden also unsere Männer, ein paar Tage Urlaub zu nehmen. Wir überreden sie, früher heimzukommen oder erst nachmittags in die Stadt zu fahren. Wir überreden sie, sich krank zu melden. Und dann zeigen wir ihnen, wie hilflos wir sind und wie sehr sie hier gebraucht werden.

Wir bestellen den Traktor vom Nachbardorf ab und sagen unseren Männern, er sei kaputt, und sie müßten das Heu von Hand mähen und wenden. Wir kochen alle Gerichte fettfrei und mit ganz leichten Zutaten. Wir lassen sie auf junge Katzen aufpassen. Wir beteiligen sie am Hausputz und schicken sie Almuts Schafe eintreiben, denn sie hat die Hunde vorübergehend zu ihrer Schwester gebracht. Und: wir reden ununterbrochen. Wir reden im Laden und auf dem Feld, wir reden auf der Straße und vor der Kirche, wir reden mit unseren Männern, und wir reden lautstark. Wir lachen auch viel. Wir laden alles auf sie ab, was unser Leben ausmacht und was ihnen auf die Nerven fällt.

Unsere Männer sind bald angestrengt, nervös und müde. Aber sie glauben, daß die Hektik, die wir ihnen zumuten, und die Arbeit, die wir ihnen geben, Ausnahmen sind, und außerdem wollen sie uns zeigen, wie wenig wir ohne sie bisher zurechtgekommen sind.

Als alles nichts nützt und die Männer weiterhin davon reden, den Job zu wechseln, um »hier ein idyllisches Familienleben« aufzubauen, nehmen wir einige Kilo zu, denn für das, was wir vorhaben, brauchen wir Kraft. Wanja hatte wieder die entscheidende Idee. In Sachen Einfällen ist sie wirklich unsere Geburtshelferin. Sie hat uns von Lysistrata erzählt, die die Frauen dazu brachte, sich ihren Männern zu verweigern, um einen Krieg zu beenden. Wir werden es umgekehrt versuchen.

Dorit versorgt uns mit Strapsen, Korsagen und französischen Höschen. Wir probieren alles in Birtes Wohnzimmer an. Wir sind wunderschön. Wir sind bereit. Wir sind zum Fürchten. Wir werden die Männchen umklammern und sie dabei plattdrücken. Diejenigen von uns, die mit Widerstand oder Schwierigkeiten rechnen, stattet Dorit mit Ratgebern, Büchern, Massageöl und Spielzeug aus. Der Natur ihren Lauf lassen wäre zu wenig, wir geben ihr einen Tritt.

Wie es bei den anderen läuft, kann ich nur vermuten, bei mir klappt es prima. Ich überfalle meinen Mann im Garten, wo er auf der Bank unter dem Apfelbaum sitzt und sich vom Heuwenden erholt. Ich knöpfe sein Hemd auf und ziehe ihm die Latzhose und die Boxershorts herunter. Er ist so überrascht, daß er sich nicht wehrt. Unter meinem Kleid trage ich die dunkelgrüne Seidenkorsage, die Dorit mir gegeben hat. Sie schnürt meinen Busen ganz hoch, und oben ist sie ein bißchen verrutscht, so daß eine Brustwarze heraussieht.

Mein Mann schluckt, er will wohl etwas sagen, aber ich verschließe ihm den Mund mit meinem und küsse ihn. Ich habe lange dunkle Strümpfe ohne Strapse an, und mein Slip ist in der Mitte offen. Mein Mann merkt es sofort, als er mir zwischen die Beine faßt. Sein Schwanz steht steil aufrecht und glänzt oben an der Spitze dunkelrot. Er sieht sich ängstlich um, ob auch keiner der Nachbarn vorbeikommt, aber ich weiß ja, daß sie alle beschäftigt sind. Ich rolle ihm ein Kondom über, besteige ihn und fange an zu reiten. Mein Mann streckt Arme und Beine von sich. Er legt den Kopf in den Nacken, rollt mit den Augen und keucht.

Ich löse die Samtbänder an meiner Korsage. Mein Busen quillt heraus. Ich schlinge meine Arme fester um seinen Hals, drücke sein Gesicht zwischen meine Brüste. Er versucht, meine Brustwarze zu lutschen, aber ich bin stärker als er, und weil ich auf ihm sitze, kann ich mich auch besser bewegen. Er gibt es auf. Ich fühle mich wie der fleischgewordene Sündenfall, wie ich unter dem Apfelbaum in meinem Garten auf meinem Mann reite und sich sein Schwanz in mir bewegt.

Ich mache eine kurze Pause, hebe den Hintern etwas höher und öffne die Knie. Nur zwei Finger meines Mannes passen zwischen meine Schenkel. Er reibt mich, und ich stoße zu, ich bin saftig, und es schmatzt in meiner Möse, wenn ich mich besonders heftig bewege. Gegen mich war Eva eine Klosterschülerin, und wenn sie auch etwas mit der Schlange gehabt haben mag, so hatte sie doch keine Ahnung, was man unter Apfelbäumen alles tun kann. Wir kommen kurz nacheinander, erst ich, dann er. Er japst, ich bin zufrieden.

Als er sich im Gras ausstreckt und einschläft, ziehe ich mich an und gehe zum Laden. Natalie steht schon da und erzählt, daß man sehen könnte, wie Almuts Wohnwagen wackelt. Wir lachen und gehen bei der Bäckerei vorbei.

Durch das geöffnete Fenster der Backstube sehen wir Birte und den Bäcker. Birte liegt nackt auf dem Tisch, ihre Beine baumeln links und rechts herunter. Der Bäcker ist über sie gebeugt und knetet ihren Bauch und ihre Schenkel. Er nimmt ein Nudelholz und rollt über ihr weißes Fleisch, das aussieht wie eingemehlt. Das kann aber auch daran liegen, daß sich Birte den Bäcker mitten bei der Arbeit genommen hat. Um sie herum stehen Schüsseln mit Teig, Backbleche mit Brotlaiben und Dosen und Flaschen mit Gewürzen und Fetten.

Der Bäcker arbeitet, denn Birte ist ein großer Teig, der nicht einfach mürbe zu kneten ist. Birte zieht die Beine an, ihre Möse muß jetzt naß und offen genau vor ihm sein. Der Bäcker liegt mit dem Oberkörper auf Birte. Sein Gesicht verschwindet in ihrem Bauch, mit den Händen versucht er, ihre Brüste zu umfassen. Birte lacht, und ihr ganzer Körper bebt und schaukelt dabei. Der Bäcker schaukelt mit. Er fällt auf die Knie.

Vom Fenster aus sieht man nur noch seinen Haarschopf. Sein Gesicht ist in Birtes Möse verschwunden. Mit seinen Armen hält er sich an ihren Hüften fest. Birte hat ihre Beine über seine Schultern gelegt und richtet sich jetzt halb auf. Sie greift in eine Schüssel hinter sich, rührt mit dem Finger durch den Schokoladenteig und leckt dann ihre Hand genießerisch ab. So schlecken beide.

Als sie den Kopf dreht, sieht sie uns am Fenster stehen. Natalie hat ihren Arm um meine Schultern gelegt, und ich schmiege mich an sie. Birte lächelt und zwinkert. Wir lächeln und zwinkern zurück. Dann kommt es ihr, und der Bäcker steht vom Boden auf, greift Birte und rollt sie auf den Bauch. Das Mehl staubt, und der Tisch schwankt unter Birtes Gewicht. Wir müssen uns schnell ducken, damit er uns nicht sieht.

Der Bäcker holt seinen Schwanz aus der Hose, gießt etwas Öl aus einer Flasche in die Pospalte und vögelt die eingemehlte Birte von hinten. Mit beiden Händen hält er ihre Knie fest, damit sie nicht vom Tisch rutscht. Dann kommt er mit einem langen Seufzer. Er zieht seinen Schwanz aus Birte, taumelt ein paar Schritte rückwärts und läßt sich auf einen Stuhl fallen. Birte gleitet vom Tisch, schlüpft wieder in ihr Kleid und huscht aus der Backstube. Der Bäcker sitzt da und hat immer noch seine Hose offen. Natalie und ich sehen uns an. Der ist mit seinen Kräften bald da, wo wir ihn haben wollen: am Ende.

Wanjas Mann ist da ein schwierigerer Fall. Der läßt sich nicht so einfach auf den Rasen zerren. Aber Dorit hat Wanja weiße Spitzenunterwäsche und ein Krankenschwesterhäubchen mit Kittel und Zubehör besorgt. Wanjas Mann mag weiße Wäsche und Krankenschwestern, weil das so »sauber und aufgeräumt« aussehe. Er hat tatsächlich »aufgeräumt« zu ihr gesagt. Und Natalie verspricht, wenn das alles nichts nützt, die beiden im Notfall einfach mal mit weiteren Krankenhausutensilien zu besuchen, sie lebt sowieso alleine und kann sich deshalb um unsere Männer mitkümmern.

Wir treffen uns neben einem Tümpel in den Sümpfen mitten unter den Schafen. Natalies Idee kommt gut an, denn auch Dorit und Birte wissen nicht mehr so recht, womit sie ihre Männer noch schaffen könnten. Also beschließen wir, sie untereinander zu tauschen, denn wir rechnen damit, daß die Männer dann verwirrt sein werden und sich nicht mehr trauen, sich lange im Dorf aufzuhalten, weil sie ständig befürchten müßten, sich zu verplappern. Die Natur hat das sehr geschickt eingefädelt: Wir spinnen unsere Netze, und die Männer verheddern sich darin. Das klappt seit tausend Jahren. Birte geht also zu meinem Mann, als ich bei Wanja Bücher ausleihen will, das habe ich zumindest zu Hause erzählt. In Wahrheit haben wir aber etwas anderes vor.

Wir gehen zusammen ins Bad, ziehen uns aus und duschen. Das Wasser ist angenehm warm, und Wanja hält die Brause, während ich sie von oben bis unten einseife. Als wir beide glitschen, reiben wir uns aneinander, und unsere Bäuche saugen sich aneinander fest. Ich drehe mich um, und Wanja umarmt mich von hinten. Die Brause stellt sie auf einen härteren Strahl und duscht damit meine Möse. Ich stelle einen Fuß auf die Duschabtrennung, damit sich die Scham-lippen teilen, und der Strahl meinen Kitzler massieren kann. Das ist so schön, daß ich bald laut stöhnen muß und mich fühle, als schwimme ein Schwarm winziger Fische zwischen meinen Beinen hindurch. Ich drehe mich um und streichle Wanja. Ihr Busen ist ganz weich.

Ihr Mann, der mit einem Bohrer in der Hand aus der Werk-statt gekommen ist, um zu sehen, wieso wir im Bad so lachen, steht hinter der halboffenen Tür und traut seinen Augen nicht. Wir haben die Duschkabine extra offengelassen, damit er zwei Nixen sehen kann, und Wanja windet sich in meinen Armen und steht mit breit gespreizten Beinen da, während ich ihre Möse reibe.

Auch die anderen Frauen geben sich Mühe. Das ist jetzt etwas schwieriger geworden, weil die Männer tagsüber wie-der zur Arbeit fahren und wir sie in den Abendstunden jagen und erlegen müssen. Aber es klappt doch.

Almut verzaubert Birtes Mann, der gar nicht weiß, womit er soviel Aufmerksamkeit verdient hat. Dorit weiht Almuts Mann in die Geheimnisse der Lack- und Lederspielzeuge ein. Und Natalie hat ein Schäferstündchen zwischen Schafen mit Dorits Mann. Alle paar Tage tauschen wir.

Die Männer haben völlig den Überblick verloren und treffen sich abends nun doch nicht, um die Kneipe in einem ersten Versuch wiederzubeleben, wie sie es eigentlich vorge-habt hatten. Sie trauen sich kaum auf die Straße. Sie reden auch kaum mit uns, und sie sehen ständig an uns vorbei. Wir überlegen uns inzwischen etwas Neues.

Es ist Sommer, und wir knöpfen unsere langen Blumen-kleider bis zu den Oberschenkeln auf und lassen die Büsten-halter in der Schublade. Wir tragen durchsichtige Blusen. Natalie kürzt sich die Röcke, daß man ihren Po sieht, wenn sie über die Leitplanken steigt, und auch, daß sie keinen

Schlüpfer mehr trägt, sieht man sehr gut. Unsere Haare tragen wir offen. Die Männer wissen, wenn sie nach Hause kommen, kaum noch, wohin sie sehen sollen. Und wir greifen weiterhin überall zu. Wo wir eine Gelegenheit finden, pflücken wir sie uns von den Bäumen und aus den Büschen, wir klauben sie aus dem Gras auf, wir ernten die Männer, wo sie reif sind, und machen Mus aus ihnen.

Wanjas Mann ist als erster soweit. Er lädt sie in ein Nachbardorf zum Essen ein, und während ihre Hand unter dem Tischtuch mit dem Reißverschluß zwischen seinen dünnen, schon etwas schlaffen Oberschenkeln spielt, bringt er ihr schonend bei, er würde sich demnächst ein Zimmer in der Stadt nehmen. Und er hüstelt und beugt seinen schmächtigen Oberkörper vor und legt Wanja eine Hand auf den Arm, weil er furchtbar viel Arbeit hätte und nur noch am Wochenende nach Hause kommen könne. Wanja nimmt ihre Hand von seiner Hose und heuchelt Bedauern. Sie lehnt sich an ihn, ihre schweren Brüste liegen fast auf der Tischplatte, und sie flüstert, wie sehr er ihr fehlen wird, und daß sie noch einmal so richtig Abschied feiern sollten, ganz weiß und sauber und aufgeräumt. Und er nagt an seiner Unterlippe und schließt kurz die Augen. Auf seiner blassen Stirn stehen kleine Schweißtröpfchen. Wanja macht das wirklich gut.

Ich sitze zur selben Zeit mit meinem ein paar Tische weiter. Als der mitbekommt, was Wanjas Mann vorhat, leuchten seine Augen kurz auf, und ich beschließe, daß er nun angeschlagen genug ist, um zu Kompott verarbeitet zu werden. Ich erzähle ihm flüsternd, daß ich glaube, daß Natalie etwas mit Almuts Mann hat. Und daß Birte mir erzählt hat, daß Almut dafür vielleicht etwas mit einem anderen hat, und daß Dorit gesagt hat, Natalie könne gar nichts mit Almuts Mann haben, weil sie nämlich lesbisch sei, was ihr wiederum Wanja erzählt habe, aber das sei ein Geheimnis, und Genaues wüßte man auch noch nicht. Mein Mann wird abwechselnd rot und blaß und fühlt sich sichtlich unwohl. Soviel Verwicklungen sind zuviel für ihn. Darin erdrosselt er sich, da stolpert er, da will er lieber außer Reichweite sein, wenn daraus ein Strick wird. Ich hatte es nicht anders erwartet. Mein Mann ist ein guter Mann und ein typischer dazu. Er wird sich nicht im Zentrum bewerben, sondern in der Stadt bleiben.

Auch die anderen Männer sind fällig, das erzählen Dorit und Almut beim nächsten Treffen. Der eine spricht von einem Auslandsaufenthalt und der andere von einer längeren Vertreterreise. Unser sapphisches Dorf ist ein voller Erfolg. Wir gratulieren uns gegenseitig und erzählen uns bei Schokoladenkuchen und Cognac, wie wir die Männer überrumpelt haben. Das artet in ziemliche Schweinigeleien aus, und wir kuscheln uns aneinander, während eine erzählt, und streicheln uns unter den bunten Baumwollkleidern, wo es heiß und feucht ist.

Der letzte ist der Bäcker. Bisher hat er uns nie gestört, aber jetzt ist uns bewußt, daß er immer im selben Haus ist, wenn wir uns treffen. Und da steht er auch schon in der Tür, als hätte er es geahnt. Das ist noch nie vorgekommen. Ich habe noch keine rechte Idee, was jetzt zu tun ist und lasse meine Hand erstmal, wo sie ist, unter Birtes Rock, wo sich mein Zeigefinger in ihrer Möse krümmt und mein Daumen wie ein Schmetterling auf ihrem Kitzler flattert. Almut ist da viel cleverer als ich.

Sie sieht den Bäcker an und knöpft sich ihr Leinenkleid auf. Auch Wanja, die zu ihren Füßen sitzt, zieht sich die Bluse über den Kopf, und Natalie schlüpft aus ihrem Hosenanzug. Die drei stellen sich nebeneinander. Jetzt habe auch ich endlich begriffen, was sie vorhaben. Ich nehme meine Hand zwischen Birtes Beinen weg und ziehe meine Shorts und das

Hemd aus. Auch Birte und Dorit sind jetzt nackt und stellen sich dazu. Dann gehen wir langsam auf den Bäcker zu.

Der sieht auf unsere wippenden Brüste und blonden, braunen und schwarzbehaarten Schamhügel und weiß gar nicht, wie er sich drehen und wenden soll. Wir kommen immer näher. Wir sind größer und schwerer als er, auch unsere Schultern sind breiter. Unsere Münder sind leicht geöffnet und unsere Augen fixieren ihn. Er schwitzt so, daß es ihm in die Augen fließen muß. Als sich die ersten Hände nach ihm ausstrecken, glaube ich einen Moment lang, daß ihn jetzt der Schlag treffen wird, aber er dreht sich nur um und rennt aus der Wohnung.

Wir laufen ihm nach. Er rennt über den Feldweg zur Kirche. Wir, immer noch nackt, rennen ihm nach, die Luft ist kühl auf unserer Haut, und das Gras ist ganz weich auf dem Weg durch die Sümpfe. Wir lachen und springen. Wir holen weit mit den Armen aus, um noch schneller zu laufen. Unsere Haare werden in der Luft zu Fahnen. Unsere Brüste und Bäuche schaukeln. Man sieht ganz deutlich die Muskeln an unseren Oberschenkeln. Aus unseren Achselhöhlen rinnt Schweiß. Wir strecken das Kinn und den Oberkörper vor und jagen ihn geduckt. Wir rufen ihm hinterher, er dreht sich um, stolpert, rappelt sich wieder auf und rennt weiter. Er läuft an der Kirche vorbei, am Laden vorbei, an meinem Erdbeerbeet vorbei und am Ortsausgangsschild vorbei. Dann ist er weg, und wir bleiben keuchend stehen. Wir strecken uns und schütteln unsere Haare überkopf aus.

Eingehakt gehen wir zurück zu Birte und ziehen uns an. Wir warten noch bis zum nächsten Morgen, aber der Bäcker kommt nicht mehr zurück.

Die Straße, die durch unser Dorf führt, ist stark befahren. Die Autos rasen vorbei. Den ganzen Tag und die ganze Nacht. Es ist nicht ungefährlich, die große Straße zu überqueren, aber wir sind schnell und haben starke Beine, mit denen wir große Schritte und Sprünge machen können. Wir sind dazu bestimmt, sie zu überwinden. Wir schaffen es immer.

Eines Morgens, als wir in meinem Garten beisammensitzen, sind wir alle etwas unruhig. Almut erzählt eine Geschichte aus der alten Zeit, als hier noch nicht unser Dorf, sondern nur Schlamm und Morast war, in dem Geister, Schlangen und Getier hausten. Dann bricht sie plötzlich ab und sagt: »Und was ist mit den anderen Dörfern? Mit anderen Sümpfen? Ist jetzt nicht die Zeit dafür?« Und da hören wir es auch, wie es uns ruft von der anderen Seite der großen Straße. Wir wissen sofort, was zu tun ist, packen Rucksäcke mit Kuchen, Wein und Büchern voll, schnallen sie fest auf unsere Rücken und machen uns bereit für eine lange Wanderung.

In der Höhle der Löwin

Als ich dem alten Mann auf Zimmer drei erzähle, daß ein
Zirkus mit einem großen roten Chapiteau und gelben Seilen
in der Stadt ist, wird er blaß. Ich schließe das Fenster, weil
ich annehme, daß ihm plötzlich kalt geworden ist oder daß
er sich vor dem Wind fürchtet. Nach seinem Aberglauben
sollen alte Menschen den Wind meiden, weil er sonst ihre
Seele packt und sie davonträgt, und die Menschen dann so
lange leben müssen, bis sie ihre Seele wiedergefunden haben.
Das dauert in der Sage eine Ewigkeit, und vor der Ewigkeit
fürchtet er sich wie alle alten Leute.

Ich denke, daß er mir gleich wieder sagen wird, daß ich
um jede Falte dankbar sein muß, um jeden Altersfleck, den
ich auf meiner Haut einmal sehen werde, weil das beweist,
daß meine Seele noch tief in mir steckt und nicht vom Wind
davongetragen werden kann, und ich durch die Welt irren
muß, um sie wiederzufinden. Ich kenne alle die alten Geschichten der Leute hier, und wenn meine Kinder groß genug
sind, werde ich sie ihnen weitererzählen.

Der Alte sagt nichts. Er starrt mich an. Ich erzähle weiter.

Wagen habe ich gesehen. Aufwendig restaurierte Zigeu-
nerwagen mit Schnitzereien und bunten Butzenscheiben.
Clowns auf Stelzen sind durch die Stadt gezogen. Einen Bären
hatten sie dabei. Ich werde mir die Vorstellung nicht ansehen.
Ich weiß, daß man Bären auf heiße Kochplatten stellt, um sie
zum Tanzen zu bewegen, und ich will mir das nicht ansehen,
die stumpfen Felle der Tiere, die kleinen Käfige, die trüb

tränenden Augen. Aber ihm, der bleich und papieren in den Kissen liegt, erzähle ich davon, weil er selber nicht mehr auf die Straße gehen kann und darauf angewiesen ist, daß ich ein Stück von draußen mit meinen Erzählungen auf seine Bettdecke trage. Das ist meine eigentliche Aufgabe hier im Heim, obwohl sie mich »Krankenschwester« nennen. Ich erzähle Geschichten.

Der Alte antwortet mir nicht.

Ich rede von Kindern in schwarzen Overalls mit bunten Punkten und Fühlern auf dem Kopf, die Flic Flacs geschlagen haben, vorwärts und rückwärts. Einer mit einem Falken auf dem Arm war dabei, halb als Ritter und halb als Burgfräulein verkleidet, und es gab auch einen zierlichen stillen Mann, der aussah, als sei alles an ihm zum Lieben gemacht, und der sagte, er könne Geister sehen, alte Feldherren, große Dichter, sogar die Vorfahren von jedem, der die Vorstellung besuchen würde. Von wilden Tigern haben sie den Leuten auf dem Bürgersteig erzählt, von einem Magier, der auf einer Frau aus dem Publikum Kontrabaß spielen wird. Einen hinkenden Zwerg mit einem kleinen Buckel habe ich gesehen, der in der Parade mitging. Ab und zu hob ihn ein Muskelmann hoch und trug ihn ein Stück auf den Schultern.

Der Alte beginnt zu husten, ich klopfe seinen Rücken, ich flöße ihm Tee ein, ich nehme sein Gesicht in meine Hände. Er starrt mich an. Ich bekomme eine Gänsehaut und sehe sofort zum Fenster, ob ich es nicht richtig geschlossen habe. Es ist zu. Sein Gesicht ist kalkweiß geworden. Er würgt ein paar Worte hervor: »Ein hinkender Zwerg? Mit einem Buckel? Wie alt?« Dann hustet er wieder.

»Nicht alt, vierzig vielleicht, vielleicht älter, schwer zu schätzen.«

»Ein rotes Chapiteau?«

»Feuerrot. Gelbe Schnüre. Sie haben die Wagenburg schon

87

halb aufgebaut. Die Tigerkäfige stehen nicht am Rand, sagen die Leute, sondern mitten unter den Wohnwagen. Das muß stinken, aber die werden ja wissen, was sie tun.«

Der Alte hustet. »Wie sah der Zwerg aus? Haben Sie sein Gesicht gesehen?«

Ich überlege. Faltig war es, aber alt sah es trotzdem nicht aus. Dann fällt mir etwas ein.

»Wahrscheinlich hat er ein Glasauge. Er hat mir eine Ermäßigungskarte in die Hand gedrückt, und da habe ich gesehen, daß seine Augen nicht die gleiche Farbe hatten.«

»Eins grün, eins blau«, sagt der Alte, »das blaue ist fast durchsichtig.«

»Genau«, sage ich.

»Ich kenne ihn«, sagt er.

»Woher?« frage ich und setze mich bequem an seinem Fußende zurecht, denn auf Geschichten aus den alten Leben, denen vor meinem, bin ich immer gespannt. Und zu einer guten Geschichtenerzählerin gehört auch, daß sie zuhören kann.

»Ich hatte gerade meine Lehre angefangen. Es gab wenig Geld, und ich habe fast alles gespart. Aber als der Zirkus in die Stadt kam, wollte ich hingehen. Das Chapiteau hatte so eine herrliche Farbe, ganz rot, und wenn innen die Lampen angezündet waren, leuchtete es im Dunkeln wie Feuer. Ich fand das sehr aufregend. Die merkwürdigen Gestalten, die man plötzlich in der Stadt sah, die schwarzen Frauen mit ihrem krausen Haar, die mittags mit großen Schlangen auf den Schultern in der Sonne saßen und sich räkelten. Ich mußte hin, auch wenn mein Meister einen Aufstand machte, weil ich fast einen halben Wochenlohn verpulvern wollte.

Ich ging alleine in die Vorstellung. Man saß auf harten Holzbänken, und es zog an allen Ecken. Ein glatzköpfiger Riese ging mit Popcorn und Zuckerstangen herum. Die

Vorstellung war eher mittelmäßig. Ein junges Mädchen, das einem Jongleur die Ringe zuwerfen mußte, hustete ununterbrochen rachitisch. Der Tanzbär sah krank aus. Eine dicke, blonde Frau führte Pudel vor, die sie sich wohl als Kind angeschafft hatte, und die Kapelle spielte ziemlich falsch, sie hatten ein kleines Schifferklavier dabei, das keinen einzigen richtigen Ton traf. Kurz vor der Pause überlegte ich mir, zu gehen, aber dann stellten sie in der Manege den Käfig für die Raubtiere auf, und ich beschloß, mir diese Nummer noch anzusehen.

Sie drehten die Gaslampen herunter, so daß alles lange Schatten warf. Die Kapelle spielte schräg einen Tango. Dann kamen die Raubtiere in die Manege. Sie sahen herrlich aus, groß, kraftvoll, ihr Fell glänzte, und die Augen konnte man selbst bis zu dem billigen Platz, auf dem ich saß, leuchten sehen. Ihre Zähne kamen mir ungewöhnlich weiß und riesig vor. Ich bemerkte, daß auch die Leute um mich herum gebannt auf die Tigerinnen und Löwinnen starrten. Eine Pantherin war auch dabei. Ich glaube, die Zeitung schrieb später, es sei die einzige Nummer mit gemischten Raubtieren, die im Augenblick auf Tournee sei. Und es waren alles nur Weibchen. Damit machte der Zirkus Werbung, denn weibliche Raubkatzen sind wohl aggressiver als männliche. Eine Frau kam in den Käfig.

Sie knallte nicht mit der Peitsche, die sie unterm Arm trug, sie schrie die Katzen nicht an, sie kam einfach herein und hob einen Arm hoch. Auf der ausgestreckten Hand trug sie etwas, ich konnte nicht gleich sehen, was es war. Ich kniff die Augen zusammen und sah, daß etwas Dunkles ihren Arm herunterlief bis zu dem schwarzen Kostüm, das sie trug. Blut. Sie hatte frisches Fleisch in der Hand. Und obwohl die abgestandene Luft im Chapiteau viel zu warm war, sehe ich es heute noch auf ihrer Hand dampfen. Wenn ich lange genug daran denke, sehe ich, wie es pulsiert, sich zusammenzieht und zuckt, und ich glaube, daß es ein frisches Herz ist, aber das ist Unsinn, Altersschwachsinn wahrscheinlich. Sie warf das Fleisch hoch, etwa in der Mitte der Manege, und die Katzen stürzten sich mit lautem Knurren und Grollen darauf und rissen sich ab, was sie bekommen konnten. Sie waren nicht gefüttert worden vor der Vorstellung! Die Leute beugten sich alle vor und starrten in die Manege.

Die Dompteurin konnte nicht mehr ganz jung sein. Sie hatte schwarze lange Haare mit silbernen Strähnen, und wenn das Licht der Gaslampen darauf fiel, sah sie selber wie eine Tigerin aus. Wenn sie lächelte, sah man ihre großen, weißen Zähne. Ihre Augenbrauen waren über der Nasenwurzel zusammengewachsen. Sie bewegte sich zwischen den Katzen wie, ja heute würde ich sagen, wie eine Stripperin, aber so etwas hatte ich damals natürlich noch nicht gesehen. Ich kam ja gerade erst aus der Schule.

Sie hatte große Brüste und muskulöse Arme und Beine. Sie kletterte an dem Käfiggitter hoch und rief etwas, und die Katzen setzten sich in Bewegung, liefen erst durcheinander und schließlich im Kreis. Eine riesige Tigerin blieb genau unter ihr stehen und streckte sich nach ihr. Die Dompteurin lachte, warf den Kopf in den Nacken und gab der Tigerin einen Kuß auf die Schnauze. Dann kletterte sie wieder herunter, und die Raubtiere stellten sich in einer Reihe auf. Die Frau setzte sich auf eine andere Tigerin und ließ sich eine Runde tragen. Die Leute hätten wahrscheinlich gerne geklatscht, aber sie trauten sich nicht. Auch als die Katzen zu einer Pyramide aufeinanderkletterten, hielt alles nur den Atem an, und niemand wagte zu klatschen.

Vom Finale der Raubtiershow habe ich noch Jahre später geträumt. Ich erinnere mich, daß ich im Zirkus in der Zugluft saß und nach der Nummer feststellte, daß ich völlig naßgeschwitzt war. Ich hab mir dann eine schwere Grippe geholt, und mein Meister hat deswegen getobt, aber das ist egal jetzt. Zeltarbeiter drehten die Gaslampen hoch und runter, so daß das Licht flackerte wie die Hölle. Die Frau riß sich den schwarzen Umhang herunter und trug darunter nur noch eine Art Geschirr aus Leder. Das war unerhört damals. Die Musik wurde lauter, und die Katzen liefen durcheinander, sprangen übereinander oder griffen sich an, und mittendrin tobte die Dompteurin, sprang über eine Pantherin, die ihr entgegenkam und streckte sich auf den Sägespänen aus und ließ eine Löwin über sich laufen. Es war atemberaubend.

Eine Lokaljournalistin wunderte sich in ihrem Artikel später, daß die Dompteurin für diese einzigartige Nummer noch keinen Preis bekommen hatte, alle anderen Zirkusse hatten Preise von Clownfestivals und Nachwuchswettbewerben, aber von dieser unglaublichen Dompteurin hatte noch nie jemand etwas gehört. In dem Moment des Finales dachte daran aber wahrscheinlich niemand, am allerwenigsten ich.

Ich sah die Dompteurin wie ein Derwisch durch die Katzen laufen und springen, ihre Brüste schwankten, und das Ledergeschirr verdeckte kaum etwas. Ihr Bauch war behaart, das sah man ganz deutlich. Ihr langes Haar hing wirr herab, und ihr erhitztes Gesicht hatte einen Ausdruck, wie ich ihn noch nie zuvor gesehen hatte. Ich begehrte sie so, daß es wehtat. Keine Sekunde konnte ich länger da herumsitzen und mir Clowns und Antipodennummern ansehen. Ich mußte sie kennenlernen, und wenn es irgendwie ginge, auch noch mehr. Schockiert Sie das?«

»Nein«, sage ich, »Sie haben ein Leben gehabt, bevor Sie herkamen, da gehört Sex dazu. Sie könnten jetzt noch, wenn Sie wollten, da hätte hier sicher niemand etwas dagegen.«

»Das gäbe was.« Der Alte lacht und zwinkert mir zu.

Ich lache mit. Dann will ich wissen, wie es weitergegangen ist.

»Haben Sie sie getroffen?«

»Ich strich draußen zwischen den Wohnwagen herum und versteckte mich, bis die Vorstellung aus und alle Zuschauer gegangen waren. Der Raubtierkäfig war nicht schwer zu finden, der Geruch war ziemlich streng. Ich hoffte, sie beim Füttern oder bei der Pflege der Tiere zu treffen und ansprechen zu können. Ich schlich an den verschlossenen Chapiteaueingängen vorbei und betete, daß mich niemand entdeckte und rausschmiß. Dann sah ich den Käfig. Sogar hier hielt sie die verschiedenen Katzen zusammen. Sie lagen träge herum, leckten sich gegenseitig das Fell, tranken, kabbelten sich oder tigerten in dem Käfig hin und her.

Und sie, die Dompteurin, stand mitten unter den Katzen, als wäre es ihr Wohnzimmer. Sie hatte noch immer nur das Geschirr an, es verbarg wirklich kaum etwas. Eine Gaslampe brannte an der Decke, und ich sah, daß sie tatsächlich ziemlich stark behaart war, nicht nur auf dem Bauch, sondern auch an den Beinen. Sie muß so um die fünfzig gewesen sein, aber sie bewegte sich wie ein junges, sehr durchtrainiertes Mädchen. Ich wollte schon zu ihr gehen, aber da sah ich, daß vor dem Käfig bereits ein Junge stand.

Ich kannte ihn aus der Schule, er war zwei Klassen über mir gewesen. Sie lachte, ein kehliges, rauhes Lachen, und ging näher an die Gitterstäbe heran. Er kam vorsichtig näher und umfaßte die Stäbe. Sie ging vor ihm in die Hocke mit weitgeöffneten Knien, und mir wurde schwindlig, als ich mir ausmalte, was er in dem Moment wohl alles zu sehen bekam. Gleichzeitig war ich gespannt, was er wohl machen würde, denn ich selbst hatte ja keine Ahnung, was man in so einer Situation tun könnte.

Er streckte die Hand aus und berührte durch das Gitter

hinduch vorsichtig ihre Brüste. Sie lachte wieder rauh. Der Geruch der Katzen erschien mir jetzt noch viel stärker als vorher. Seine Hand strich tiefer über ihren Bauch, sie hielt sich an den Stäben fest und bog ihren Oberkörper zurück. Dabei knurrte sie laut. Er war schließlich zwischen ihren Beinen angekommen. Und ich sah, daß er wie hypnotisiert auf seine Hand starrte, die sich zwischen ihren Schenkeln bewegte. Sie schmeichelte »leccornia« mit ihrer brüchigen Stimme, und es klang, als lerne sie das Sprechen gerade erst, »leccornia«, immer wieder nur dieses eine Wort, und der Junge ging schließlich um den Käfig herum, öffnete die Tür, die, ich verschluckte mich fast vor Schreck, nur angelehnt war, und trat in den Käfig. Ich hätte zu gerne gewußt, wie sich dieser Schulkamerad, der noch schmächtiger war als ich, bei so einer Frau verhielt, und ich ging noch ein paar Schritte näher, um beide besser beobachten zu können.

Da hielt mich etwas am Ärmel fest. Ich erschrak so, daß ich fast hingefallen wäre. Erst fand ich gar nicht, was mich festgehalten hatte, aber dann sah ich einen der Liliputaner aus der Show hinter mir stehen. Er hatte einen Buckel und verschiedenfarbige Augen, das eine so hellblau, daß es wie dickes Glas aussah, es war aber echt. Er sah mich böse an.

»Ich wollte sie nur kennenlernen«, flüsterte ich.

Er starrte.

»Es tut mir leid, ich wollte mich hier nicht einschleichen.«

»Ich heiße Artiglio«, sagte der Zwerg.

»Pablo«, sagte ich und dann, fast stotternd: »Angenehm.«

»Was glotzt du mich so an«, fauchte der Zwerg, »hast du noch nie einen Zwerg gesehen?«

Jetzt starrte ich vor Schreck wirklich. »Nein, tatsächlich nicht«, sagte ich, »aber ich habe nicht gestarrt. Sie haben gestarrt.«

Artiglio sah mich noch einmal scharf an, dann lächelte er.

»Schon gut.« Er deutete in Richtung des Käfigs. »Du willst Madame Moira kennenlernen?« fragte er, »das ist gefährlich. Frauen wie die Leonessa sind gefährlich.«

Ich lächelte wehmütig. »Aber aufregend«, seufzte ich.

Aus der Richtung des Käfigs hörte ich plötzlich ein Fauchen und einen unterdrückten Schrei. Etwas Schweres fiel um. Ich hörte Geräusche von Metall, Keuchen, das Zerreißen von Stoff und eine Menge, das ich auf die Schnelle nicht erkannte. Ich wollte hinlaufen, aber Artiglio hielt mich fest.

»Bleib hier, Kleiner. Das ist nichts für dich. Gib mir Geld, und ich sorge dafür, das alles gut wird für dich. Mach schnell.«

Ich hatte kaum noch etwas von meinem Wochenlohn übrig, aber Artiglio zerrte an meinem Ellenbogen und sah jetzt ängstlich aus, und ich überlegte nicht mehr, sondern gab ihm alles, was ich hatte.

»Mehr hab ich nicht.«

Er zog mich unter eine der Treppen, die zu den Eingängen des Chapiteaus hinaufführten, und machte mir ein Zeichen, daß ich mich still verhalten sollte. Madame Moira ging lautlos und leicht gebückt über den Platz, und als sie an uns vorbeikam, sah ich, daß ihr Oberkörper, ihre Brüste und ihr Gesicht blutverschmiert waren. Ich glaubte, mich übergeben zu müssen, aber ich konnte nicht wegsehen und atmete erst wieder richtig durch, als sie außer Sichtweite war.

»Was war da los?« fragte ich und krabbelte unter der Treppe hervor.

»Ist egal«, brummte Artiglio, »leccornia, leccornia, Madame schätzt frische Leckerbissen. Für dich wird alles gut werden. Ich mag dich, bist ein netter Junge. Bring mir übermorgen mehr Geld mit, und ich arrangiere für dich ein Treffen mit Madame Moira.«

»Mehr Geld hab ich nicht«, sagte ich verzweifelt.

»Hast du doch«, grinste Artiglio und brachte mich bis zum Ausgang, »und du wirst dafür etwas bekommen, das es wert ist, glaub mir.«

Als ich zwei Tage später in der Zeitung las, daß blutige Kleidungsstücke in einem Papierkorb in der Stadt gefunden worden waren und daß diese einem Jungen gehört hatten, der dieselbe Schule wie ich besucht hatte und daß weiterhin dieser Junge seit zwei Nächten verschwunden war, lief es mir kalt den Rücken herunter, aber ich ging nicht zur Polizei. Ich hatte die ganze Nacht von den Brüsten dieser Frau geträumt, von ihrem behaarten Bauch, von dem Raubtiergeruch, und ich war die ganze Zeit so erregt, daß ich an nichts anderes denken konnte. Ich mußte sie wiedersehen und wollte bis dahin gar nicht genau darüber nachdenken, was mit dem Jungen passiert war. Artiglio würde mir schließlich helfen.

Ich war den ganzen Tag über ungewöhnlich lichtempfindlich und zuckte ständig zusammen. Mein Meister schob es auf die Grippe und schickte mich laut schimpfend nach Hause. Immer, wenn ich etwas Rotes sah, traten mir die Schweißperlen auf die Stirn, egal, ob es das Hemd des Metzgers oder eine Anzeigentafel war.

Als es dunkel war und die Vorstellung gerade vorbei sein mußte, schlich ich mich zum Zirkus. Artiglio erwartete mich schon. Ich gab ihm alles Geld, das ich gespart hatte. Er steckte es ein, ohne nachzuzählen oder etwas dazu zu sagen. Dann nahm er mich mit in den hinteren Teil des Wagendorfes.

»Zieh dein Hemd aus«, sagte er.

Ich rührte mich erst, als er mich mit Mist einrieb. Ich stank furchtbar und schimpfte wie ein Bierkutscher, aber Artiglio herrschte mich an, ich solle den Mund halten. Dann wickelte er mit geheimnisvoller Miene etwas aus einem Lederbeutel aus. Zunächst erkannte ich gar nicht, was es war, aber dann sah ich es deutlicher. Es war eine Tigerkralle, genauer gesagt die Krallen einer ganzen Pranke, an einem Lederhandschuh befestigt. Artiglio zeigte mir, wie ich hineinschlüpfen sollte. Mir kam das alles sehr merkwürdig vor, aber ich konnte nur noch an Madame Moira und ihren behaarten Bauch denken, und vor allem an das, was darunter lag und was ich vielleicht berühren würde, und ich begann zu schwitzen und fragte nicht weiter. Artiglio schob mich zu dem Käfig und rannte dann weg.

Drinnen stand Madame in ihrem Ledergeschirr. Ihre langen schwarz-silbernen Haare hingen herab. Sie sah mich mit zusammengekniffenen Augen an und winkte mich dann zu sich.

»Preda«, hörte ich sie leise murmeln, »preda«, und es kam mir vor wie eine Beschwörungsformel.

Ich hielt meine Krallenhand hinter dem Rücken verborgen und streckte die Hand nach ihr aus. Sie schlich näher an die Gitterstäbe heran. Ihre Augen glänzten fiebrig, und als ich lange hineingesehen hatte, kam es mir so vor, als verengten sich die Pupillen zu Ellipsen. Sie legte ihre Hand unter mein Kinn und zog mich näher zu sich heran. Ihre Fingernägel waren ungewöhnlich lang, und ich spürte ihren Abdruck, als ich ihr meinen Mund durch die Gitterstäbe entgegenstreckte.

Ihre Hände umfaßten meinen Hals, als ich sie küßte. Ich hatte erst einmal ein Mädchen geküßt, die Tochter des Meisters, aber nur ganz kurz, und sie war scheu und kindlich gewesen, während Madame Moira mich küßte, als wolle sie mich verschlucken. Sie saugte meine Zunge weit in ihren Mund, und ich spürte ihre Zähne am Zungenrand entlangfahren, als ich sie ein Stück zurückzog, um zu schlucken. Sie roch stark. Es erinnerte mich an einen Hund, wenn es geregnet hat, an den Schlachthof bei uns um die Ecke, wenn die Schweinehälften ausbluteten, und auch an ein Schwelfeuer wie das des Schusters, wenn er die alten Sohlen im Hof verbrannte. Es erregte mich sehr, obwohl ich nicht wußte, wieso.

Die Katzen im Käfig lagen träge herum, leckten sich die Pfoten und dösten. Madame kniete sich auf den Boden und öffnete die Beine. Sie nahm meine Hand und legte sie auf ihren Bauch. Erst zuckte ich zurück, dann aber berührte ich sie wieder. Die andere mit der Kralle versteckte ich immer noch hinter meinem Rücken. Die Haut fühlte sich ledrig an, die Haare waren zwar kurz und dünn, aber fast borstig, wenn ich sie gegen den Strich streichelte, und das tat ich, als ich dem Lederriemen folgte, der zwischen ihren Beinen verschwand.

Ich wagte nicht, hinzusehen, aber ich fühlte, wie der Streifen Haar sich verbreiterte, wolliger wurde und sich lockte. Ich griff tiefer und kam durch ihre Beine hindurch fast bis zu ihrem Hinterteil. Zur Mitte hin wurde meine Hand immer wärmer, als würde sie etwas anhauchen. Ich spürte Feuchtigkeit, kleine Tröpfchen und wieder das Gefühl, als atme dort zwischen ihren Beinen etwas. Ich hätte gerne tiefer getastet, aber der Lederriemen versperrte mir den Weg, und ich wußte nicht mehr, was ich tun sollte. Ich hatte ja überhaupt keine Erfahrungen. Und ich schämte mich auch ein bißchen, als ich um den Käfig herumging und die Tür öffnete, weil ich so eine glatte, fast haarlose Mädchenhaut hatte, weil ich dünn und ungelenk war, weil ich gar nicht wußte, was ich mit einer Frau wie ihr tun sollte.

Vorsichtig stieg ich über einen zuckenden Tigerinnenschwanz und stand dann mitten unter den Raubkatzen, die dunkelhaarige mit den silbernen Strähnen mir gegenüber. Sie schnallte sich das Geschirr ab und legte sich auf den Boden, der mit Stroh und Sägespänen bedeckt war. Sie drehte sich auf die Seite, schmiegte sich an eine Löwin, die träge neben einem Wassernapf lag. Die Flanke des Tieres hob und senkte sich ruhig. Ich knöpfte mein Hemd auf und zog meine Hose aus. Sie waren fast hart durch den Dreck, mit dem mich der Zwerg eingerieben hatte. Die Gaslampe an der Decke wurde langsam schwächer. Ich hoffte, daß sie noch lange genug brennen würde, damit ich sehen konnte, was ich mit Moira tun würde. Sie sah mich an und wieder erschien es mir, als seien ihre Pupillen länglicher und schmaler als normale.

Sie ging auf alle viere und streckte mir ihren nackten Hintern entgegen. Ich starrte gebannt darauf und sah etwas Rotes, Leuchtendes unter den schwarzen Locken hervorglänzen. Sie bewegte sich, sodaß ihre Brüste schaukelten, und da konnte ich nicht mehr anders. Ich preßte mich von hinten an sie, griff nach ihren Brüsten und rieb mich an ihr. Eine Pantherin gähnte mit weitaufgerissenem Rachen. Madame Moira keuchte laut und brachte grollende und fauchende Laute hervor. Mein Schamhaar war völlig naß von ihr. Ich überlegte nicht mehr länger und schob meinen Penis in sie hinein.

An Syphilis oder so etwas dachte ich in dem Moment überhaupt nicht, und glücklicherweise habe ich mir dabei auch nichts eingefangen, sonst hätte mich mein Meister wahrscheinlich umgebracht. Es war ein herrliches Gefühl. Sie saugte ihn genauso in sich hinein wie meine Zunge, als wir uns durch die Gitterstäbe geküßt hatten. Zwei Tigerinnen erhoben sich und liefen um uns herum durch den Käfig. Moira stieß mit ihrem Hintern gegen meinen Bauch, wand sich unter meinen Händen und stöhnte so laut, daß es sich anhörte, als sänge sie tief aus ihrem Bauch heraus. Ihre Haut schwitzte stark, der Geruch machte mich wahnsinnig. Ihre Haare hingen bis zu den Sägespänen hinunter, selbst wenn sie den Kopf in den Nacken legte, was sie oft tat. Die Löwin in der Ecke fauchte und biß nahe der Pfote einer Tigerin. Die sprang zur Seite. Ich war überwältigt und kam viel zu schnell, aber sie hielt mit und jaulte kurz auf. Ich zog meinen Penis aus ihr und legte mich neben sie auf den Rücken. Sie rollte sich zusammen. Die Raubkatzen strichen um uns herum.

Mir wurde langsam wieder klar, wo ich mich eigentlich befand und wußte nicht recht, ob ich lachen oder panisch die Flucht ergreifen sollte. Die Tiere strichen herum, die Pantherin packte sich einen Knochen, der irgendwo unter dem Stroh gelegen haben mußte, und kämpfte dann mit einer Tigerin darum. Die anderen Katzen wurden noch unruhiger, liefen jetzt schneller von einer Käfigseite zur anderen. Moira kümmerte sich nicht um sie.

Träge rollte sie sich über mich. Ihre Haut war glitschig von Dreck und Schweiß. Sie legte sich auf mich. Ich spürte, wie sich mein Penis bereits langsam wieder aufrichtete, und ich versuchte, sie zu küssen. Sie rutschte auf mir herum, während ich mir Mühe gab, meinen Penis wieder in sie gleiten zu lassen. Sie legte mir die Hände auf die Brust, als es mir endlich gelang, dann um den Hals. Dann drückte sie zu. Es tat weh, weil sie starke Hände hatte. Ihr Körpergewicht drückte mich tief in das piksende Stroh. Ich strampelte mit den Beinen und wehrte mich. Der Schwanz der Löwin peitschte mir ins Gesicht. Moiras lange Fingernägel bohrten sich in meinen Hals. Ich bekam Panik und strampelte heftiger. Dabei stieß ich mit dem Fuß gegen eine der Tigerinnen, die auch gleich mit der Tatze nach mir schlug. Sie erwischte mich nur leicht mit einer Kralle, aber die Haut platzte auf, und der Schmerz brannte hoch bis zum Knie.

Ich erinnerte mich an das, was Artiglio gesagt hatte, daß er sie eine »Leonessa« genannt hatte. Also holte ich aus und schlug sie mit der Krallenhand. Sie schrie auf, und ich warf sie ab. Die Striemen der Kralle zogen sich von der Schulter bis über eine Brust. Die Katzen umstrichen meine Beine und knurrten. Madame Moira griff mich wieder an, und ich schlug noch einmal zu. Blut strömte ihren Bauch hinunter. Sie stürzte sich auf mich, und ich schlug hart mit dem Hinterkopf auf. Mit letzter Kraft versuchte ich wieder, mich zu wehren und bemerkte gerade noch, daß sie zurücktaumelte und ebenfalls ins Stroh fiel. Ich konnte mich nicht rühren.

Eine Tigerin und die Löwin legten sich neben sie und leckten ihr das Blut vom Bauch und von den Brüsten. Die Pantherin beugte sich mit ihrem stinkenden Atem über mich, ich spürte eine riesige nasse Zunge, dann wurde ich ohnmächtig. Das letzte, was mir einfiel, war die Frage, was meine Eltern wohl auf meinen Grabstein schreiben würden. ›Wer sich in die Höhle der Löwin begibt, kommt darin um‹ vielleicht, oder ›Nach Entjungferung und tapferem Kampf von Raubtieren gefressen‹.«

»Aber gefressen wurden Sie nicht«, sage ich.

»Nein. Ich wurde wach, weil ich jemanden rufen hörte. Mühsam öffnete ich meine Augen und sah draußen vor dem Käfig die ersten Zeltarbeiter vorbeigehen. Niemand nahm Notiz von mir. Madame Moira schlief friedlich an eine Tigerin geschmiegt und knurrte manchmal leise. Ich sammelte auf, was von meinen stinkenden Kleidern übrig geblieben war, und verließ humpelnd den Käfig.

Ich traf Artiglio beim Waschen. Er stand nackt auf einem Hocker über ein Holzfaß gebeugt und seifte sich gerade den Oberkörper ein. Das Wasser dampfte.

»Na, war das nicht ein gewaltiger combattimento, ein großes Erlebnis?« rief er mir zu.

Ich zog mich an, so gut es ging.

»Ich wollte Ihnen die Kralle zurückgeben«, sagte ich und reichte ihm den Handschuh.

Er nahm ihn und stieg umständlich vom Hocker herunter. Da sah ich, daß ihm das linke Bein fehlte. Der Stumpf war grob vernarbt. Entweder hatte ihm eine Maschine sein Bein weggerissen oder etwas hatte es ihm abgebissen. Er sah meinen Blick und grinste.

»Bene, die Kralle hätte ich damals mal haben sollen, dann hätte ich vielleicht gewonnen, und die Leonessa wäre heute meine Frau.«

»Aber wie sind Sie ihr denn entkommen, ohne die Kralle?« fragte ich.

Und ich dachte an meinen Schulkameraden, der mit Sicherheit schneller und stärker als dieser Zwerg gewesen war. Artiglio grinste.

»Erst dachte ich, ich müßte sterben, aber dann bin ich durch die Gitterstäbe entwischt, da paßte ich gerade durch, nur mein Bein haben sie noch erwischt. An diesem Abend mußte Madame das Fleisch für ihre Katzen in der Stadt kaufen. Genau wie heute.« Er lachte schallend, und mir wurde übel.

Den Zirkus habe ich gemieden, bis er die Stadt verlassen hatte, aber irgendwie hatte ich das Gefühl, daß sie wieder auftauchen würden. Und ich wette, Madame und ihr Zwerg sind keinen Tag älter geworden – im Gegensatz zu mir.« Und der Alte hustet wieder.

Ich starre ihn an. »Wieso haben Sie mir die Geschichte denn nie erzählt?« frage ich.

»Weil man so etwas seiner Pflegerin eigentlich nicht erzählt. Aber ich bin jetzt so alt und schon so lange bei Ihnen, da geht das.«

Ich sehe ihn weiterhin entgeistert an.

Plötzlich lacht er schallend. »Jetzt sind Sie mir auf den Leim gegangen. Ich alter Mann hab Sie drangekriegt, meine Kleine. Ja, Sie sind nicht die einzige Geschichtenerzählerin hier.«

Ich lache auch, aber unsicher. Dann decke ich ihn zu und öffne das Fenster einen kleinen Spalt, weil die Luft im Zimmer stickig geworden ist. Ich stehe lange am Fenster, und obwohl ich den Zirkusplatz von hier aus nicht sehen kann, kommt es mir so vor, als käme aus der Richtung, in der er sein muß, ein roter Schein, wie von einem Feuer.

Der Alte schläft tief.

Ich gehe zu seinem Bett und hebe vorsichtig die Decke ein wenig in die Höhe. Sein Fuß liegt auf dem Laken. Alt. Deutlich geädert. Weißhäutig. Nein, nicht ganz weiß: Vom Knöchel bis zum Schienbein ziehen sich drei rötliche, fleischige Narben.

Susanna im Bade

Sanne war froh, daß es draußen regnete. Das gab der Ausstellung mehr Atmosphäre. Sie saß in einem der beiden
Kellerräume des Museums auf einer abgeschabten Leder-
bank und streckte den Rücken. Die Räume im Erdgeschoß
war sie im Eilschritt abgegangen. Die ständige Sammlung
kannte sie sowieso, und die Wechselausstellung über chine-
sische Landschaftsmalerei interessierte sie nicht. Sie war auch
nicht zum Spaß hier oder weil man an einem Sonntagnach-
mittag sonst nichts Gescheites tun konnte, sondern weil sie
auf der Suche war. Sie suchte Körper. Darstellungen von
Gesichtern oder Gliedern, die ihr weiterhelfen würden. Zu
Hause auf dem Schreibtisch stapelten sich Werbeprospekte,
Produktinformationen, Fachzeitschriften. Alle wollten witzige, gerne auch zweideutige Sprüche und Slogans, aber seit
Tagen fiel ihr schon nichts Vernünftiges mehr ein. »Kunst
kippen« wie sie das nannte, half meistens, zwischen all den
Bildern und Skulpturen hing immer irgendwo etwas, das ihr
wieder einen neuen Anstoß gab oder sie aufmunterte.

Diesmal war es eine Fotoserie mit Schwimmbädern aus
aller Welt. Eine Frau in einem Moorbad in Mexiko. Zwei
Kinder auf einer Spaßbadrutsche in den Niederlanden, ein
alter Indianer in einer heißen Quelle, eine nackte Frau, auf
dem Rücken schwimmend, in Budapest. Und draußen der
Regen.

Sanne hatte sich auf die Bank gesetzt, die mitten im Raum
stand, und sah abwechselnd auf die großformatigen Fotos

und durch die vergitterten Fenster auf den Gehweg. Verwaschene kalte Farbtöne, auf grobkörnigem Papier abgezogen innen und weich umspülte Füße und Beine draußen. Es kamen nur selten Leute vorbei, aber wenn, dann traten ihre Schuhe immer in die Pfütze vor dem Fenster. Der Regen prasselte an die Scheibe. Sanne ließ sich durchfließen von den Geräuschen und den Farben der Fotografien.

Dann kam ein Schuh, der trat nicht in die Pfütze, der ging auf Parkett und hatte drei Takte. Der gehörte einer alten Frau mit Krückstock, die in den Ausstellungsraum gekommen war und sich jetzt neben Sanne auf die Bank setzte, so daß sie auf die gegenüberliegende Wand sah.

»Was für schöne Bilder«, sagte die Frau und roch ein bißchen nach Chlor. Sanne überlegte kurz, ob sie sich ärgern sollte, weil die Wörter in ihre Regenstimmung eingetaucht waren und jetzt in leise schwappenden Wellen auf sie zuschwammen. Sanne nickte nur kurz.

»In der Therme in Prag war ich früher oft. Reiner Jugendstil. Wenn man sich unter den Säulen treiben ließ und sich in den riesigen Spiegeln betrachtete, die zwischen den Palmen aufgestellt waren, fand ich mich immer schön, viel schöner als draußen auf den Straßen oder auf der Bühne.«

Das war schon nicht mehr geschwommen, das war gekrault, und weil ein weiteres Nicken unhöflich gewesen wäre, sagte Sanne: »Sie waren Schauspielerin?« und beschloß, den Museumskeller so schnell wie möglich zu verlassen, bevor die alte Dame ihr von Rheumabädern und Zipperlein erzählte.

»Sängerin. Altistin. Ein bißchen Tänzerin auch, es ist gut, wenn man von allem was kann. Die Bäder, ich sag's Ihnen, waren das beste an den Tourneen. Ich hab oft zu den Veranstaltern gesagt, das Programm ist mir egal, Interviews und Empfänge und all das, von mir aus. Aber abends muß ich in ein Bad, am liebsten allein, oder«, sie lachte leise, »mit jungen schönen Menschen.«

Sanne war gegen ihren Willen amüsiert und lachte auch.

»Klingt gut«, sagte sie.

»Da auf dem Foto zum Beispiel«, sagte die Chlorstimme, »das ist das Bad in Budapest nach dem Umbau. Früher gab es da riesige Mosaike aus Marmor und grünem Glas. Am Rand wärmten junge Frauen in weißen Kleidern die Handtücher vor. Und da, wo sie jetzt das Gerüst sehen, da gab es früher einen Brunnen. Unter diesem Brunnen hab ich gestanden, und ich weiß noch genau, wie warm das Wasser war, als Valeska Gert mich da geküßt hat. Sie war verrückt nach Luxus und Eskapaden.«

»Sie waren mit *der* Valeska Gert im türkischen Bad? Mit der Tänzerin?« sagte Sanne und drehte sich ganz zu der Frau herum, »im Ernst?«

»Ja ja, sie war grad auf einer großen Europatournee. Ich hatte ein längeres Engagement in einem Hotel, und wenn sie abends von der Bühne kam, ließ sie die Männer im Foyer stehen und ging mit mir. Obwohl sie den ganzen Abend getanzt hatte, war sie ausgelassen wie ein Straßenmädchen. Aber sie war nicht halb so schön wie Sie, obwohl sie natürlich eine großartige Künstlerin war. Was für schönes, schweres Haar Sie haben. Früher hatte ich Unmengen von Locken, aber jetzt bin ich nur noch eine alte Frau. Übrigens heiße ich Alma.«

»Sanne«, sagte Sanne und fragte: »Wen haben Sie denn noch gekannt?«

»Ach, wenn man eben damals so kennen mußte. Der Freud hatte immer so eine komische gestreifte Badehose an und stolzierte am Beckenrand auf und ab wie ein Pfau. Und Claude Debussy war das Wasser immer zu warm, der war für Thermen unbrauchbar, aber der saß sowieso lieber an seinem Klavier. Aber Kokoschka mit seinen komischen großen Ohren und den Farbresten unter den Fingernägeln, mit dem gab's immer einen Riesenspaß. Und die andere Malerin, die Paula Modersohn, die war damals gerade in Paris, als ich ein Engagement an der Oper hatte, wissen Sie. Die konnte stundenlang von einem Beckenrand zum nächsten schwimmen. Die war überhaupt nicht müde zu kriegen.

Am meisten habe ich die Nächte mit Isadora Duncan in Wien geliebt. Das war eine Frau, die hat sich vor nichts gefürchtet, sie hätte sogar nackt getanzt, wenn es für den Ausdruck nötig gewesen wäre, wissen Sie. Dabei war ihre Art zu tanzen ja sowieso schon ein Skandal damals, als alle noch im Tutu rumhüpften. Isadora hatte irgend jemanden becirct, daß wir auch nachts in die Schwimmhalle durften. Das war noch, bevor ihre Kinder ertrunken sind. Danach ging sie überhaupt nicht mehr ins Wasser, aber vorher, da war sie großartig. Sie hatte eine ganz weiche Haut«, und sie strich Sanne mit dem Handrücken über das Gesicht, eine kalte Hand, und Sanne zuckte leicht zusammen.

»Wenn es heute noch richtige Maler gäbe«, sagte Alma und legte zwei schon viel wärmere Finger unter Sannes Kinn, »dann würden sie Sie bestimmt malen wollen. Ihr Mund ist perfekt, alle hätten ihn küssen wollen, und es wären bestimmt auch eine Menge Dichter gekommen, die etwas über Ihre Augen geschrieben hätte, oder über Ihre Brüste.« Sie lachte. »Über meine haben sie geschrieben, und die waren nicht halb so verführerisch wie Ihre.«

Alma legte ihre andere Hand federleicht auf Sannes Brust. Die Brustwarze richtete sich auf, und Sanne wurde rot. Sie vergewisserte sich mit einem Seitenblick, daß sonst niemand im Raum war. Sie war sich ziemlich sicher, daß die alte Frau entweder allerhand durcheinander brachte oder sich alles ganz bewußt ausgedacht hatte. Aber egal: diese Geschichten waren genau das, was zu den Fotos und dem Regen noch gefehlt hatte.

Sanne hatte Durst bekommen. Und jetzt merkte sie auch, daß sie Kopfschmerzen hatte, daran war bestimmt das Neonlicht des Museums schuld.

»Wissen Sie«, sagte Alma und legte endlich wieder die Hände in den Schoß, »daß Sie eine Haltung wie eine Tänzerin haben? Sie sitzen so gerade, und Ihr Nacken hat so eine schöne Biegung.«

Sie strich mit einer warmen Fingerkuppe kaum merklich über Sannes Hals und hinterließ eine kribbelnde Gänsehaut. Sanne schluckte, diese Frau war ihr unheimlich, sie mußte fast achtzig sein.

»›Der Hals einer Frau‹, so sagte das Gottfried immer zu mir, Gottfried Benn, der nachher so schaurige Gedichte über Wasserleichen geschrieben hat, ›der Hals einer Frau ist der Weg zu ihrem Inneren‹. Etwas pathetisch, aber trotzdem nett. Finden Sie nicht? Obwohl: Gottfried hab ich ja nicht im Bad getroffen, sondern nur auf dem Trockenen. Er war kein großer Schwimmer. Dafür hat er um so mehr gebechert. So, meine Liebe, jetzt muß ich aber gehen, ich alte Frau hab Sie auch sicher gestört.«

»Aber nein«, sprudelte es aus Sanne hervor, und prompt wurde sie für den nächsten Tag zum Mittagessen eingeladen, und sie freute sich schon auf neue Geschichten.

Als Alma sich verabschiedet hatte und ging, bemerkte Sanne, wie jugendlich und leicht ihr Schritt war. Der Stock war wahrscheinlich reine Koketterie. Sanne warf noch einen Blick auf die Fotografien und ging dann auch. Ihr schwindelte, als sie aufstand, und die Treppe kam ihr merkwürdig lang vor.

»Hoffentlich bekomme ich keine Grippe«, dachte sie, als sie an dem Kiosk vor dem Museum stand, um endlich etwas zu trinken. Sie nahm noch eine Flasche Sprudel mit für die Heimfahrt und beschloß, sich zu Hause erst einmal hinzulegen.

Almas Wohnung bestand aus Nippes und Antiquitäten. In einem großen Aquarium bewegten sich Algen und Grünpflanzen, Bläschen stiegen auf, Fische entdeckte Sanne nicht. Alma lief geschäftig hin und her, deckte den Tisch und trug das Essen auf. Hier in der Wohnung brauchte sie offensichtlich keinen Stock. Auch ihre Stimme war weniger brüchig als in der Ausstellung. Vielleicht hatte es am Licht gelegen, daß Almas Haare ihr im Museum grau erschienen waren, hier sah Sanne jedenfalls, daß sie hellblond waren. Ein Duft von Fisch und Gewürzen stieg zu ihr herüber. Sie setzten sich. Es gab Muscheln und Hummer, und Alma zeigte ihr, wie man die Panzer mit dem Messer aufbrach. Es schmeckte fremd und gut, aber sehr salzig, und Sanne trank fast eine ganze Flasche Wein.

Als sie aufgegessen hatte, war Sanne schläfrig wie nach einem Festessen, und ihr schwindelte. Sie lehnte sich auf ihrem Stuhl zurück, und Alma brachte eine Schale mit heißem Wasser und Tüchern. Sie nahm Sannes Hände und tauchte sie in die Schale. Sie hatte wohl Zitrone und Kräuter beigemischt, denn es duftete stark, und Sanne überließ ihre Hände ganz denen der alten Frau und schloß die Augen.

Almas Hände strichen über Sannes Handteller, tasteten sich zu den Fingerkuppen aufwärts und fanden auch die Stellen zwischen den Fingern. Sanne spürte, wie eine feine Schweißspur von ihren Achselhöhlen aus an ihren Brüsten entlangfloß. Als Alma ein Frotteetuch nahm, betrachtete Sanne durch halbgeöffnete Lider, wie jung Almas Hände aussahen. Weiße starke Hände ohne Altersflecke und fast ohne Runzeln.

Alma umfaßte Sannes Schultern, Sanne stand auf, und

Alma brachte sie zur Tür. Sanne war nun entsetzlich müde, und ihre Beine gingen ganz schwer. Sie versprach Alma anzurufen, bedankte sich für das Essen und schleppte sich nach Hause. In ihrem Wohnzimmer fiel sie auf die Couch und schlief sofort ein.

Sie wurde erst wieder wach, als sie Daniels Schlüssel an der Haustür hörte. Sie drehte unendlich langsam den Kopf, konnte es aber nicht über sich bringen, aufzustehen. Draußen regnete es wieder. Daniel knipste das Licht an und schüttelte sich, an der Spitze seiner römischen Nase hing ein großer Regentropfen. Er kam von der Arbeit, seine Latzhose und seine Haare waren voller Farbspritzer. Sanne lag da, wünschte sich etwas zu trinken, sagte aber kein Wort. Daniel sah sie und küßte sie auf die Wange.

»Ah, eine warme weiche Frau auf dem Sofa«, sagte er, zog sich komplett aus und ließ seine Kleider auf dem Fußboden liegen.

Sanne sagte gar nichts. Normalerweise nannte sie ihn jetzt ihren »muscleman«, denn er war, seitdem er die Uni verlassen und eine Lehre als Maler angefangen hatte, zum wahren Kleiderschrank mutiert, und kämpfte zum Spaß mit ihm, aber danach war ihr heute nicht. Daniel schlüpfte zu ihr unter die Decke und begann sie mit seinen riesigen Händen zu streicheln.

»Na, Schatz, noch müde? Na warte, das haben wir gleich«, sagte er und tastete sich zwischen ihre Beine vor.

»Ich hab keine Lust«, sagte Sanne.

Und Daniel grinste. »Die kommt schon, laß mich mal machen.« Und nach einigen Minuten: »Du wirst ja gar nicht feucht, normalerweise fließt du doch über, wenn ich dich so reibe. Hast du was?«

»Laß mich«, sagte Sanne, »ich fühl mich nicht so richtig.«

Daniel stand auf, sagte: »Dann eben nicht«, saß noch einige Sekunden auf der Sofakante und strich über die Narben auf seinen Unterarmen – Relikte aus früheren Beziehungsendphasen vor Sanne. Schließlich griff er sich seine Boxershorts aus dem Kleiderstapel.

»Geh doch wieder raus in den Regen und kühl dich ab«, murmelte Sanne, als er aus dem Wohnzimmer ging.

Am nächsten Tag war Sanne richtig krank. Ihre Beine waren angeschwollen, Geräusche hörte sie wie durch nasse Watte, und sie hatte Schwierigkeiten, die Gegenstände scharf zu erkennen. Ein Wasserhahn tropfte. Das machte sie ganz wahnsinnig. Sie setzte sich auf, jede Bewegung tat ihr weh, und ihr Kopf war ganz schwindlig. Aber sie mußte diesen blöden Hahn finden, der Ton war viel zu laut. Daniel war früh morgens zu einem Kunden auf die Malerbaustelle gefahren, und er würde auch nicht vor dem Abend zurücksein. Ihr Busenfreund, mit dem sie sich Leitzordner voller Briefe und Faxe schrieb, wohnte zu weit weg und steckte gerade im Magisterstreß und ging nervlich auf dem Zahnfleisch. Den konnte sie unmöglich stören. Sanne fiel nur noch Alma ein. Sie rief sie an, und die versprach auch sofort zu kommen.

Alma war nicht nur die geborene Gastgeberin, sondern auch die geborene Krankenschwester. Sie wickelte Sanne kalte Tücher um die Stirn, rieb ihren Rücken mit Salbe ein und flößte ihr Tee ein. Und Alma erzählte Geschichten, herrliche Geschichten von fremden Städten und Frauen mit Pfauenfedern auf der Stirn. Von geschminkten Männern, die miteinander Tango tanzten und Pferdekutschen auf den Straßen. Von Radrennen und Nackttänzerinnen in Hinterhoflokalen. Sanne lehnte sich an sie, während Alma erzählte und dabei mit der Hand über Sannes Haare strich. Plötzlich brach Alma ab und nahm Sannes Gesicht in beide Hände.

»Wissen Sie, was ich immer mache, wenn es mir nicht gut

geht? Ich fahre zu einem Freund, der hat ein wunderbares Haus am Stadtrand. Im Keller dieses Hauses, da gibt es eine heiße Quelle, ein kleines Bad mit Mosaiken an den Wänden und Pflanzen drumherum. Dieses Bad wirkt bei mir immer Wunder. Ich hab den Schlüssel, und mein Bekannter ist gerade verreist. Kommen Sie, ziehen Sie sich was über, da fahren wir jetzt hin, dann geht es Ihnen gleich besser.«

Sie zog Sanne hoch. Die ganze Zeit plauderte sie auf Sanne ein, die sich eine Jeans und einen Pulli und dann noch einen Mantel anziehen ließ. Im Treppenhaus stützte sie sich auf Alma, die ihr mit einemmal ein ganzes Stück größer vorkam. Das lag daran, daß Sanne nur mit Mühe ihr Kreuz ganz aufrichten konnte, jeder einzelne Wirbel zog sie nach unten. Alma ging ein wenig zu schnell, und Sanne mußte tief atmen, um Schritt halten zu können. Sanne sah auf Almas Hals, der war glatt und rosig.

Der Weg durch Korridore, Wendeltreppen und durch ganze Zimmerfluchten hindurch kam Sanne ewig lang vor. Dann aber standen sie vor einer großen verzierten Holztür. Alma schloß auf und schob Sanne in den Raum. Er war fensterlos und rundherum mit bunten Mosaiken eingefaßt, auf denen eine Löwenherde eine Antilope zerfleischte. In den Ecken standen Rohrstühle, auf denen Handtücher lagen und Kerzenständer, die Alma jetzt anzündete. Das Wasser war von unten beleuchtet und blubberte. Es roch nach Zimt und Lavendel.

Alma schloß die Tür ab, zog Sanne aus und strich, als sie zitternd vor ihr stand, über ihren Bauch und ihre Hüften. Ihre Berührungen waren fest und warm.

»Sie werden gleich fühlen, daß es Ihnen besser geht«, murmelte sie und half Sanne die Stufen hinunter.

Sanne sank in das heiße Wasser und fühlte sich schwer und benommen. Ihre Arme und Beine zitterten jetzt stark wie bei

Schüttelfrost. Sie atmete den Duft ein und wurde immer gleichgültiger. Sie konnte die Augen nur mit Mühe offenhalten und sah, daß sich Alma auszog und zu ihr ins Bad stieg. Es kam Sanne vor, als drehte sich der ganze Raum um sie herum. Sie wollte etwas sagen, aber dann hatte sie es schon wieder vergessen und lag einfach nur im Wasser.

Irgendwann hörte sie eine Tür hinter sich quietschen. Am Wannenrand stand ein weißbärtiger Mann mit einer gestreiften, etwas zu großen Badehose. Er stützte die Hände in die Taille und kicherte. Seine Brille war ein bißchen beschlagen, er legte sie weg und zog die Badehose hoch. Kein Zweifel, Sigmund Freud. Jetzt wurde sie völlig verrückt. Vielleicht hatte Alma sie mit Drogen vergiftet? Oder jemand erlaubte sich hier für eine blödsinnige Fernsehshow einen Scherz?

Sigmund Freud tauchte den dicken Zeh ins Wasser, und Alma strahlte zu ihm hoch. Dann reichte sie ihm die Hand, und Freud ging langsam die wenigen Schritte durch das Becken, während Alma ihn mit Wasser begoß. Dabei scherzten und lachten sie die ganze Zeit, auch wenn Sanne nicht verstand, worüber sie sich unterhielten.

Die Tür ging wieder auf, und eine schmale große Frau mit fuchsroten Haaren kam herein. Sie schritt majestätisch auf Alma zu und ging dann durch das Wasser. In der Mitte blieb sie stehen und streckte die Hand nach Sannes Gesicht aus. Die Hand war kalt und hatte ungewöhnlich lange Nägel. Die Frau beugte sich zu ihr herüber und küßte sie fest auf den Mund, ihre Zungenspitze leckte über Sannes Lippen. Sie schmeckte nach Wodka. Sanne wußte, woher sie die Frau kannte, das war Anita Berber, die Tänzerin von dem Dixgemälde. Sie hatte sie nicht gleich erkannt, weil sie ohne Schminke ganz anders aussah.

Sanne fühlte Panik in sich hochsteigen, konnte aber keinen Finger rühren.

Immer mehr Menschen gingen durch das Becken und wurden von Alma mit Wasser übergossen. Da war Isadora Duncan mit ihrem weißen Seidenschal, der sie erdrosselt hatte und den sie selbst im Wasser nicht ablegte. Da war Gala, die Muse, die Sanne einen langen spöttischen Blick aus ihren eng zusammenstehenden, kalten Augen zuwarf, und ein schüchterner, häßlicher, aber sehr höflicher Mann, Rilke, der gleich aus seinen Elegien rezitierte.

Sannes Augen drehten das Weiß nach vorne. Alma stand, weizenblond und üppig bis zu den Oberschenkeln im heißen Wasser, eine schöne junge Frau mit kräftiger Stimme, die pausenlos scherzte und lachte. Sie bog sich vor und zurück, drehte sich um sich selber und streckte sich. Sanne versuchte sie anzusprechen, aber ihre Stimme krächzte nur, und an Aufstehen war gar nicht zu denken. Ihre Knie fühlten sich an wie in der Krümmung festgeschraubt, und ihre Muskeln waren zu schwach.

Alma strahlte sie an, und unter Plätschern und Kichern sagte sie mit einem Augenzwinkern:

»Vielen Dank, Kindchen. So ein Bad ist der reinste Jungbrunnen, finden Sie nicht?«

Trio infernale

Er war dreifarbig: rot, gelb, grün – ein Ampelcocktail.

»Besser hätte ich ihn auch nicht mixen können«, rief Pauline und nahm das Glas vom Tablett. »Auf die Liebe und das Leben.«

»Auf das Ende der Uni, nie wieder Copyshop, nie wieder krampfhaftes Wachhalten mit Traubenzucker und Koffeinkompretten in langweiligen Vorlesungen, nie wieder Referate, die mit den heruntergeleierten Lebensdaten von irgendwem anfangen«, toastete ein junger Mann neben ihr zurück.

Pauline stand an einem ewiglangen Tresen im »Pommel«, der Kartoffelkneipe, die mehr und mehr zum Schickitreff herunterkam, und feierte ihren Studienabschluß und den Arbeitsvertrag, den sie seit dem Vorabend in der Tasche hatte. Das Kellerlokal war brechend voll. Die Bedienungen, die alle in Kartoffelsäcken herumliefen, balancierten übervolle Tabletts durch die Menge und trillerten auf einer Schiedsrichterpfeife, wenn sie im Gedränge steckenblieben. Und weil sie praktisch gar nicht vorwärts kamen, trillerten sie ununterbrochen.

Pauline fühlte sich, eingeklemmt, schweißig und im lauten Technosound zuckend, wie auf einer kleineren Ausgabe der Loveparade und freute sich, daß nun wirklich alles vorbei war, Prüfungen, Klausuren, Stellenangebote, Vorstellungsgespräche. Sie schloß die Augen, saugte an ihrer alkoholischen Ampel und schwang die Hüften hin und her.

Der junge Mann, der sich als Ansgar vorgestellt und

angeblich mit ihr zusammen studiert hatte, obwohl sie ihn in der Uni nie getroffen oder wahrgenommen hatte, freute sich, weil er den Hüftschwung aus nächster Nähe mitbekam und rieb sich an ihr. Pauline lachte.

»Na mal nicht so hastig«, kicherte sie, »erst erzähl ich dir den dümmsten Job während des Studiums. Ich war nämlich . . .«

». . . ein singendes Glückwunschtelegramm«, ergänzte Ansgar und riet weiter: »Medikamententesterin, Telefonakquisiteurin für eine Handyfirma, Nackttänzerin, Leibsklavin.«

Pauline lachte, bestellte mit einem Handzeichen einen neuen Cocktail und legte Ansgar den Arm um den Nacken.

»Alles falsch, ich war Cocktailhostess, und zwar eine mit einem wahnsinnig netten Chef, von dem ich . . .«

». . . flachgelegt wurde«, lachte Ansgar.

»Von dem ich nach der Messe, bei der ich ihm das bunteste Gesöff, seit es Fruchtsaft gibt, mixen sollte, nie wieder etwas gehört habe.«

»Wie ich dich einschätze, wirst du dich grausam rächen«, sagte Ansgar und versuchte Pauline näher an sich zu ziehen. Aber die schlüpfte aus seinem Arm und kletterte wieder auf den Barhocker.

»Vielleicht«, sagte sie, »schreibe ich mal ein Buch und setze ihm darin ein Denkmal.«

»Das müßte aber schon ein erotisches Buch werden«, brummte Ansgar ihr ins Ohr.

Pauline schob ihn weg und griff nach ihrem nächsten Drink, einem »Elchtest«, der auf der Schiefertafel über der Theke mit dem Motto »Wer wird denn gleich umfallen?« angekündigt war.

»Wieso glaubst du denn, daß ich auf solchen Schweinkram stehe«, empörte sie sich und lachte.

Sie hatte mittlerweile ordentlich einen im Tee, so daß sie wahrscheinlich auch in Kichern ausgebrochen wäre, wenn Ansgar ihr das Telefonbuch vorgelesen hätte.

»Ich glaube, ich weiß ziemlich genau, worauf du stehst«, murmelte Ansgar und wollte sie auf den Hals küssen, als sich ein älterer Mann dazwischenschob, sich als Knut vorstellte und Pauline nach dem Elchtest fragte.

»Du bist doch eine Erste-Klasse-Frau. Kippst du auch so schnell um wie die A-Klasse«, versuchte er zu witzeln.

Pauline gab sich keine Mühe zu lächeln. Das war so ein Exemplar von Mann, dem man eine Keule in die Hand drücken, ein Fell umhängen und ihn mit einer Zeitmaschine in die Steinzeit beamen könnte. Er würde den anderen Neandertalern gar nicht auffallen.

Sie versuchte wieder, mit Ansgar zu flirten, der ihr gefiel, weil er sehr feingliedrig war, und sie grobe Männer verabscheute, und er sich außerdem gut bewegte. Pauline vertrat seit ihrer Grundschulzeit die Ansicht, daß man zwangsweise Ballettunterricht für Jungen und Kampfsport für Mädchen auf den Stundenplan setzen müßte. Aber bisher hatte sie niemanden von der Idee überzeugen können. Hartnäckig wie sie war, man könnte sogar sagen, ausgesprochen lästig, wenn es sein mußte, würde sie es weiter vorschlagen und Platzhirsche von Knuts Art konsequent ignorieren. Außerdem trug Knut Kordhosen, und Leute, die freiwillig Kordhosen tragen, hielt Pauline für potentiell verhaltensgestört, wenn sie dann auch noch Rauhhaardackel mochten, waren sie es sogar ganz sicher. Aber Knut ließ nicht locker.

»Wir könnten ja irgendwohin gehen, wo es ruhiger ist«, schlug er vor, »vielleicht zur Bootsausleihe an den See. Ist doch warm genug draußen.«

»Vielleicht«, gab sie zurück, »sollten wir uns lieber im See treffen, das würde Sie zumindest etwas abkühlen. Aber jetzt entschuldigen Sie mich, Elche wie ich stehen unter Naturschutz«, dann drehte sie ihm den Rücken zu.

Und da sah sie Ansgar wieder genau ins Gesicht, denn mittlerweile war er um Knut und sie herumgeschlichen. Er wollte sie eigentlich auf den Nacken küssen, nahm aber dann den Mund.

»Ich bin irre flexibel«, grinste er, und Pauline leckte erst sich über die Lippen, dann ihm.

Er zog sie näher an sich heran und flüsterte:

»Laß mich dein Kleinwagen sein.«

Pauline zwinkerte, kippte den Rest des Elchtests, sagte: »Na mal sehen, wer hier Standvermögen hat«, und zog ihn durch das Gewühl Richtung Ausgang. Den Neandertaler beachtete sie schon gar nicht mehr.

Auf dem Weg zu Ansgar sprachen sie über ihre neue Stelle, die sie schon in wenigen Tagen anfangen sollte. Es war nicht ihr Traumjob, aber wenn man Komparatistik und Psychologie studiert hatte, mußte man »dankbar sein, wenn man nicht Psychiatrieböden wischt oder in Fabriken Heringe in Dosen beerdigt«, wie sie sagte. Also war sie froh, bei einem Sachbuchverlag anzufangen. Die Chefin, die sie persönlich eingestellt hatte, war unterkühlt, machte aber einen korrekten Eindruck, und besser als die ständigen Messejobs, mit denen sie sich bisher über Wasser gehalten hatte, kam es ihr allemal vor. Ansgar grinste, als sie fragte:

»Und was willst du mal werden, wenn du groß bist?«

Er sagte mit einer Mischung aus Stolz und Ironie:

»Ich strippe, ich bin der Welt knackigster Hintern.«

»Womit wir wieder beim Thema wären. Machst du das allein?«

»Nö, mit meinem Freund.«

»Und ist dein Freund jetzt auch zu Hause?«

»Kann sein«, grinste er und nahm sie fester um die Taille.

Die Diele in Ansgars Wohnung war dunkel, in einem Zimmer lief ein Fernseher. Pauline stolperte über ein paar herumliegende Inlineskates.

»Sport hält Leib und Seele zusammen«, dozierte Ansgar und öffnete die Tür zu seinem Schlafzimmer, in dem ein ganzes Rudel großer beleuchteter Riesengummibärchen vor sich hin strahlte. Sie saßen und standen überall.

»Ich mag es, wenn sie mich begrüßen, wenn ich heimkomme«, sagte Ansgar, »drum schalte ich sie immer an, wenn ich ausgehe.«

»Paß mal auf, daß sie dir nicht die Bude abkokeln«, meinte Pauline, und Ansgar flüsterte:

»Hier kokelt gleich was ganz anderes ab.«

Er tippte ihr auf die Brust, zog den Finger schnell wieder zurück, als hätte er sich verbrannt, und pustete. Pauline legte ihm die Arme um den Hals und küßte ihn. Er schmeckte nach Wodka, das war ihr im »Pommel« schon aufgefallen, seit ihren Messeerfahrungen schätzte sie Männer, die keine Cocktails tranken. Ansgar schälte sie aus dem schwarzen Catsuit aus schwerer Wolle und nahm ihr die Holzketten ab, die sie um den Hals trug. Pauline drehte ihm den Rücken zu, damit er den BH aufhaken konnte, und als sie sich wieder umdrehte, war er schon bis auf den Slip ausgezogen.

»Na, hoffentlich macht er beim Sex nicht auch Speedy Gonzales Konkurrenz«, dachte sie.

Er zeigte ihr grinsend sein Hinterteil, und sie sah, daß er einen Push-up-Slip trug. Er streifte ihn ab und sagte:

»Das ist meine Masche. Mich haben schon Frauen nur wegen des Hinterns angesprochen. Aber der echte ist doch auch nicht übel, oder?«

Pauline strich mit den Händen darüber und sagte militärisch zackig: »Jau.«

Sie legten sich auf ein flaches Futonbett, in dem Pauline

Hände und Beine strecken konnte, ohne an den Rand zu stoßen.

»Maßanfertigung«, raunte Ansgar, während er sich neben sie legte und ihren Hals küßte, »extra breit, extra lang für extra viel Spaß.«

»Verkaufst du mir jetzt einen Staubsauger?« murmelte Pauline und zog die Luft scharf ein, denn Ansgar war vom Hals zu ihren Brüsten gewandert und saugte an den Nippeln.

»Ich hab sofort gewußt, daß ich dich vögeln will«, sagte Ansgar. »Ich hab dich gesehen, und mir gesagt, die Frau willst du ausziehen und ansehen und riechen und ablecken.«

Also fing er genau damit an, zog ihr den Slip aus, besah sie sich, kniete sich neben sie, dann zwischen ihre Beine, von wo aus er den besten Blick auf den gepiercten kleinen Ring an ihrer linken Schamlippe hatte, dann auf die andere Seite und sah sie nur an. Er küßte wieder ihren Hals und schnupperte an ihren Achselhöhlen, die glatt rasiert und dank eines Deokristalls unparfümiert waren. Pauline drehte sich auf die Seite, und er legte sich hinter sie, tippte mit zwei Fingern auf ihre Brustwarze, sah zu, wie sie steifer wurde und flüsterte ihr ins Ohr, daß er sie die ganze Nacht lang vögeln werde und daß sie herrliche weiche Hüften habe und daß sie rieche wie eine Beduinenprinzessin und daß er eine ganze Kamelherde für sie geboten hätte, wenn das nötig gewesen wäre.

Pauline kicherte, drückte ihren Rücken an Ansgars Brust und spürte, wie sie weicher und weicher wurde und immer mehr in den Bettbezug sank, obwohl der Futon ziemlich hart war.

Da ging plötzlich die Tür auf, und ein farbiger Mann im Designerslip sah ins Zimmer. Ansgar machte keine Anstalten, die Bettdecke über Pauline zu ziehen, und sie selbst dachte gar nicht daran, weil sie völlig fasziniert von seinem schwarzen Körper und der Stimme war, die, obwohl er akzentfrei sprach, exotisch klang. Eine Weile sahen sie sich nur an, dann sagte Ansgar:

»Das ist Mohsen, mein Freund und Mitstripper, ich hab dir von ihm erzählt.«

»Ich kann sofort wieder gehen, und wir sehen uns erst morgen früh zum Frühstück«, sagte Mohsen zu Pauline, »oder du sagst, daß ich bleiben kann, und Ansgar und ich zeigen dir, daß wir nicht nur gut zusammen strippen können.«

Wie er da stand, zwischen den ganzen Leuchtbären, konnte Pauline ihm kaum widerstehen, und der Gedanke zwischen Ansgars weißem und Mohsens dunklem Körper zu liegen, war atemberaubend. So streckte sie nur die Arme aus und sah ihn an. Mohsen zog sich aus und legte sich zu ihr. Er küßte erst sie und dann Ansgar auf den Mund.

Pauline lag umschlungen von zwei Männerkörpern auf dem Futon und dachte an Bungeespringen, Riverrafting und andere Dinge, die sie jemals so benommen gemacht hatten wie die Aussicht auf Sex mit Ansgar und Mohsen. Sie küßten sich abwechselnd und streichelten sich. Während Ansgar an ihrem Ohr leckte, küßte Mohsen sie lange. Zwei Hände, von jeder Seite eine, wanderten über ihren Körper, lagen auf ihren Brüsten, eine fest massierend und eine sanft an der Spitze zupfend. Pauline stöhnte, wand sich hin und her, ließ ihre Hände, soweit sie an die Männer herankam, auf ihren Körpern entlanggleiten und legte schließlich beiden ein Bein über die Hüfte, so daß sie mit weit gespreizten Schenkeln zwischen ihnen lag. Sie konnte förmlich fühlen, wie sie immer feuchter wurde. Von rechts strich eine Hand an ihrem Oberschenkel entlang weiter nach oben, eine Zunge von links leckte ihren Bauchnabel. Dann stießen zwei Finger sanft in ihre Scheide.

Mohsen schmiegte sich noch enger an sie und flüsterte: »Pauline, die erste Runde geht nur an dich, wünsch dir was.«

»Als ob ich jetzt noch denken könnte«, hauchte Pauline und hob ihre Möse Ansgar entgegen, der an ihren Schamlippen knabberte.

»Sag einfach das Geilste, das du dir vorstellen kannst«, grinste Mohsen.

»Das Geilste wäre, gleichzeitig geleckt und gefickt zu werden«, sagte Pauline, und Ansgar nuschelte zwischen ihren Beinen: »Eine Frau mit Geschmack.«

Mohsen streckte sich aus und zog Pauline über sich, so daß sie über seinem Gesicht kniete, und wenn sie jetzt die Hüfte etwas tiefer hielt, konnte sie mit den Mösenlippen über sein Gesicht streifen. Ansgar angelte sich ein Leuchtkondom (ohne Bärenaufdruck) aus einer riesigen Dose neben dem Bett und kniete sich über Mohsens Bauch, so daß er Pauline von hinten umfassen konnte. Er nahm sie bei den Hüften und schob langsam seinen Schwanz in sie. Mohsen legte sich ein Kissen unter den Kopf und leckte Paulines Schamlippen, erst außen, dann weiter nach innen, und schließlich über ihren Kitzler, der prall war und, wie es Pauline vorkam, ganz heiß nur darauf gewartet hatte.

Ansgars Schwanz bewegte sich in ihr hin und her, einige Stöße ganz tief, dann machte er wieder nur kleine fickrige Bewegungen an ihrem Möseneingang. Pauline war hingerissen, schwenkte ihren Hintern und stöhnte laut. Mohsen schob seine Hände durch ihre ausgestreckten Arme, mit denen sie sich abstützte, und griff nach ihren Brüsten, während er weiter seine Zunge um ihren Kitzler kreisen ließ. Ansgar stöhnte Pauline zu:

»Was willst du noch? Sag alles, was dich noch geiler macht als jetzt.«

Und Pauline befahl ihm nach kurzem Nachdenken schnellatmig, ihr mit einem feuchten Daumen die Rosette zu massieren und irgend etwas beim Vögeln zu reden, irgend etwas,

Hauptsache vulgär und schnell, denn lange würde es nicht mehr dauern, wenn Mohsen weiter so an ihrer Möse herumsaugte.

Sofort hörte Mohsen damit auf und schmatzte kleine Schmetterlingsküsse so weit von ihrem Kitzler entfernt, wie er den Kopf drehen konnte. Pauline seufzte. Ansgar begann wieder, sich in ihr zu bewegen. Sie spürte einen feuchten Druck an ihrem After, aber bald reichte es ihr nicht mehr. Ansgar dachte sich das, schob ihr den Daumen in den Hintern und bewegte ihn sachte hin und her. Dabei keuchte er:

»Das gefällt dir, Pauline, eine Zunge in deiner Möse, in deinem Fötzchen, das immer nasser wird, in deiner geilen Muschi. Stoß mir deinen Hintern entgegen, ich weiß doch, daß dich das geil macht, und der kleine Arschfick ganz nebenbei, das ist doch was für dich«, und ähnliches mehr.

Pauline wußte gar nicht mehr, wo sie sich lassen sollte. Es war ohnehin ein Wunder, daß sie das solange ausgehalten hatte, und sie schrie, als sie kam, lauter und unkontrollierter, als sie es von sich kannte.

Ansgar zog den Finger heraus, faßte sie bei den Hüften, stieß noch einige Male fest zu und stöhnte langgezogen auf. Pauline streckte sich wieder neben Mohsen auf dem Futon aus. Ansgar kroch ein bißchen tiefer, streifte ein Gummi über Mohsens steifen dunklen Schwanz, bevor sie Mohsen zusammen auslutschten. Erschöpft lagen sie ineinander verknotet da und atmeten tief. Es kam ihnen vor, als sahen sie hinter den geschlossenen Lidern die gleichen Halbträume von bunten Bären und schweißglitzernder Haut. Sie träumten eine Weile, bevor Pauline flüsterte: »Die nächste Runde geht an Ansgar«, und sich auf ihn rollte.

Einige Tage später, die Pauline größtenteils bei den beiden verbracht hatte, zog sie nervös ihr Jackett zurecht und stökkelte auf die Personalabteilung des Verlages zu, in der sie sich am ersten Arbeitstag melden sollte.

»Hoffentlich bin ich heute charmant«, dachte sie, »und grinse nicht wie eins von Ansgars Glücksbärchis, oder als hätte ich irgendeine Chemikalie eingeworfen. Und hoffentlich paßt mein Kostüm zum Teppich. Und hoffentlich bietet mir niemand einen Kaffee an. An diese abartige Brühe werde ich mich nie gewöhnen.«

»Kommen Sie nur rein, Frau Smirescu«, sagte die Chefin und hob eine weiße Thermoskanne an, »auch einen Kaffee?«

»Das fängt ja gut an«, dachte Pauline und sagte: »Nein, vielen Dank, ich bin eher aus der Fruchtsaftfraktion.«

Die Chefin lächelte trotzdem und gab ihr einen Kirschsaft aus dem Kühlschrank. Dankbar ließ Pauline sich in einen der Besuchersessel sinken und dachte: »Jetzt kann nichts mehr passieren, sie mag Kirschsaft.«

Dann ging die Tür auf, und die Chefin sagte: »Darf ich Ihnen Ihre neue Mitarbeiterin vorstellen, Herr Koda, das ist Pauline Smirescu.«

Pauline stand schnell auf und streckte die Hand aus, erstarrte aber im gleichen Moment, als sie in Koda den Ncandertaler aus dem »Pommel« erkannte. Er ließ sich nichts anmerken, gab ihr die Hand und leierte ein paar verbindliche Sätze.

Aber sobald sie alleine im Raum waren, grinste er, als hätte er ein riesiges Mammut erlegt, und feixte: »Ja, nun wollen wir mal sehen, ob du Stehvermögen hast. Ich bin übrigens nicht nachtragend.« Und er legte ihr die Hand auf die Hüfte. Pauline schob sie bestimmt weg und sagte scharf:

»Ich hoffe, wir werden gut zusammenarbeiten.«

Koda gab nicht auf: »Zier dich doch nicht so, wir legen hier viel Wert auf ein gutes Betriebsklima, vor allem in der Probezeit.«

Er schien tatsächlich immer noch an das riesige erlegte Mammut zu glauben und daran, daß gleich ein ganzer Stamm Fruchtbarkeitstänze um ihn herum aufführen würde, während Pauline sich das Fell von den behaarten Brüsten riß und etwas von »starker Jäger« und »Höhle« grunzte. Er legte Pauline seine Hand auf die Brust, und sie schlug ihm ihre dafür auf die Wange. Er trat erschrocken einen Schritt zurück, dann wurde sein Gesicht dunkelrot.

»Ich krieg dich noch«, zischte er und stürmte aus dem Büro.

Pauline setzte sich und versuchte, ihre zitternden Knie unter Kontrolle zu bekommen. Dann streckte sie den Rükken, atmete tief durch und sagte sich einige Male, daß Knut Koda nur ein Vorgesetzter von insgesamt dreien war, daß sie sich kein Büro mit ihm teilen mußte, daß er sich mit weiteren Übergriffen strafbar machte und daß sie im Recht und außerdem eine gute Arbeitskraft war. Koda führte wahrscheinlich ein Leben auf der Pannenspur, ein einziges Versagertum, und hatte solche Machtspielchen deswegen nötig. Danach ging es ihr zwar nicht besser, aber sie hatte sich wieder soweit gefangen, daß sie in ihr Büro rübergehen und sich den Kolleginnen vorstellen konnte.

Klaartje und Usch waren freundlich, aber vorsichtig, als Pauline sich vorstellte. Die Kolleginnen wechselten häufig in der Abteilung, und Pauline vermutete, daß das an Koda lag. Also blieb sie höflich, sehr korrekt und zurückhaltend, was ihr schwerfiel. Eigentlich hatte sie sich ihren Einstieg in den Beruf so vorgestellt, daß sie die Abteilung auf Pflaumenwein und vegetarische Minifrühlingsrolle einladen wollte, aber das verschob sie jetzt.

Ihr Schreibtisch stand am Fenster, das war gut, weil sie beim Telefonieren nach draußen sehen konnte und schlecht, weil die Rollos kaputt waren und sie geblendet wurde. Sie richtete sich erst einmal ein und wischte, als Klaartje und Usch nicht im Büro waren, schnell mit einem Erfrischungstuch über die klebrige Tastatur und den Telefonhörer. Dann arbeitete sie die Unterlagen durch, die man ihr hingelegt hatte. Als kleine Inseln von Chaos über den Schreibtisch verstreut zu wachsen und sich auszubreiten begannen, fühlte sie sich wohler und freute sich auf die Arbeit. Sie sollte Bücher für den Französisch- und Spanischunterricht in der Erwachsenenbildung lektorieren und Vorschläge machen, wie man den Stoff übersichtlicher und eingängiger im Buch präsentieren konnte. Sie schrieb sich gleich ein paar Ideen auf und sortierte ihrer Chefin die Statistiken in einzelne Hefter.

Das dauerte den ganzen Nachmittag. Usch und Klaartje waren abends schon früher gegangen, und Pauline sah irritiert hoch, als die Tür aufging. Es war Koda. Pauline hatte sowieso gleich gehen wollen, nahm ihre Tasche und den Mantel und wollte sich mit einem höflichen »Guten Abend« an Koda vorbeischlängeln. Der aber hielt sie fest und legte ihr die Finger um den Hals. Das tat nicht weh, aber die Nähe war Pauline unangenehm, und sie zischte:

»Lassen Sie das.«

»Bei dem Typen in der Kneipe warst du aber gar nicht so zickig, oder muß ich dich erst abfüllen?« raunte er, drängte sich an sie und versuchte, Pauline zu küssen.

Pauline fühlte deutlich seine Erektion und riß das Knie deshalb nicht ganz so fest hoch, wie sie es eigentlich vorhatte. Am liebsten hätte sie ihn sofort auf dem Schreibtisch kastriert, aber sie befürchtete, daß man das gegen sie auslegen würde. Koda krümmte sich und japste nur noch. Pauline flüchtete aus dem Büro und versuchte, die Drohungen zu überhören, die Koda ihr hinterherrief. Sie lief durch die dunklen Bürogänge und wollte nur noch zu Ansgar und Mohsen, um sich trösten zu lassen.

Am nächsten Morgen stand sie trotz der langen Nacht, die sie zu dritt gehabt hatten, pünktlich unter der Dusche. Sie hatte sich vorgenommen, besonders früh zu sein, um die Unterlagen noch einmal durchzugehen. Als sie noch vor Usch und Klaartje ins Büro kam, hätte sie heulen können vor Wut. Die Hefter, die sie am Vorabend noch zusammengestellt hatte, lagen feingeschreddert im Papierkorb, von ihren Notizen war ebenfalls nur Konfetti übriggeblieben. Pauline tat etwas sehr Untypisches für sie: Sie setzte sich an den Schreibtisch und heulte wie ein Schloßhund. So fanden sie ihre Kolleginnen, die zuerst versuchten, sie mit Frotzeleien zu beruhigen:

»Na, PMS? Brauchst du ein Stück Torte?«

Pauline erzählte ihnen von den Unterlagen und erwartete Achselzucken oder spöttische Bemerkungen über Berufseinsteigerinnen, die zu blauäugig sind, wichtige Papiere nicht einzuschließen. Aber Usch zupfte ein Taschentuch aus ihrer Handtasche, und Klaartje wickelte sich einen Zimtkaugummi aus und begann zu schimpfen wie ein Rohrspatz.

»Dieser Pestfetzen, Chauviegesocks, Mistmännchen.«

Usch erklärte Pauline währenddessen, wie sie lange um die dritte Stelle hatten kämpfen müssen, weil sie früher ständig überlastet gewesen seien, außerdem habe keine von ihnen beiden Psychologie oder Pädagogik studiert, sondern ausschließlich Sprachen, und Koda, der ein abgebrochenes Psychologiestudium habe, versuche nun, jede mögliche Konkurrentin aus der Abteilung zu drängen. Klaartje schimpfte währenddessen weiter, sie werde ganz sicher nicht noch ein paar Monate lang Überstunden machen, und jetzt sei es genug. Dann sah sie auf die Uhr und fragte Pauline:

»Welche Unterlagen waren das und bis wann brauchst du sie?«

Zu zweit suchten und kopierten sie die Artikel und Briefe

aus den Ordnern heraus und stellten sie ein zweites Mal zusammen, während Pauline versuchte, sich an ihre Notizen zu erinnern. Die Mappen waren nicht perfekt, aber die Chefin hatte es von »der Neuen« auch gar nicht erwartet, sondern lobte ihre Ideen und versprach, sie sich durch den Kopf gehen zu lassen.

Koda stürmte nach der Besprechung in sein Büro, schlug die Tür leise schimpfend hinter sich zu und machte seinen Sekretär zur Schnecke.

Klaartje, Usch und Pauline, die versprochen hatte, auf ihre Mittagspause zu verzichten, um in der Zeit zum Dank für die morgendliche Hilfe die Routinearbeit des Büros zu erledigen, die alle haßten, stießen im Büro auf ihr Trio an.

»Drei ist doch eine gute Zahl«, dachte Pauline.

Abends ging sie pünktlich und schloß sämtliche ihrer Aufzeichnungen in der Schreibtischschublade ein.

Zwei Wochen ging alles gut, dann stand die Etat-Konferenz an, und Pauline sollte als erste eigenständige Arbeit ein Konzept erklären, wie man einen fremdsprachlichen, literarischen Text aufbereiten könnte, ohne ihn dabei zu Tode zu kürzen. Sie investierte ihre Wochenenden in dieses Projekt, sprach ihre Probleme mit Studienkolleginnen durch und wälzte Statistiken, bis sie glaubte, langsam eine Zahlenallergie zu bekommen. Am Tag der Konferenz zog sie sich sorgfältig an, ein schwarzes Etuikleid mit einem kirschroten Blazer darauf. Schließlich wollte sie bemerkt werden, wenn sie schon ihren fachlichen Einstand geben sollte. Ihre Unterlagen hatte sie über Nacht mit nach Hause genommen. Sie hielt sich schon selber für neurotisch. Koda war kurz angebunden und distanziert, hatte sich aber keine weiteren Übergriffe erlaubt, und sie freute sich, es endlich überstanden zu haben.

»Pauli, du bist ein Alphatier«, sagte sie sich, als sie durch den Kellergang an den Archiven vorbei zum Konferenzzimmer ging. Sie atmete tief durch, streckte den Kopf hoch und grummelte ein bißchen, während sie mit dem Kiefer Kaubewegungen machte, um ihre Stimme warm und dunkel klingen zu lassen.

Ganz unvermutet bekam sie vor einer offenen Tür einen Stoß. Sie stolperte in einen Raum, und die Tür fiel hinter ihr ins Schloß. Sie hatte nichts gesehen, auch keine Schritte gehört, aber sie war sicher, daß es Koda gewesen war. Sie rappelte sich auf, hinkte zur Tür, rüttelte an der Klinke, aber die war natürlich verschlossen. Sie hatte es kaum anders vermutet. Hier saß sie, Pauline, mit einem abgebrochenen Stöckelabsatz in der Hand im Dunkeln, um sie herum nur der eklige säuerliche Geruch von frischem Papier. Sie wartete. Lange Zeit tat sich gar nichts. Sie drückte den Lichtschalter, aber die Lampen blieben aus, Koda war wirklich ein ganz Gründlicher.

»Göttin sei Dank bin ich hier wenigstens allein«, dachte Pauline, »besser alleine im Dunkeln als alleine im Dunkeln mit Koda.«

Irgendwann hörte sie einen Schlüssel im Schloß, und sie stürmte zur Tür und beschloß, Koda mit ihren Stöckelschuhen zu steinigen oder zumindest seinen Skalp zu nehmen. Aber als sie die Tür aufriß, lag der Kellergang schwach erleuchtet vor ihr und von Koda keine Spur. Pauline nahm ihre Tasche und den kaputten Schuh und hetzte zum Konferenzzimmer, das mittlerweile natürlich leer war.

»Ach, sind Sie auch schon da, Frau Smirescu«, sagte ihre Chefin, die gerade aus ihrem Büro kam, und winkte Pauline mit einer herrischen Geste hinein. »Was Sie sich da geleistet haben, ist wirklich ein starkes Stück. Einfach nicht aufzukreuzen.«

Pauline versuchte zu erklären, was passiert war, wollte ihrer Chefin die Notizen und die Folien für ihren Vortrag zeigen, aber die winkte nur ab:

»Das ist jetzt gelaufen. Und Ihre Geschichte ist mir auch zu haarsträubend. Wir sind hier nicht in einer amerikanischen Frühstücksserie.«

Pauline wußte sich nicht mehr zu helfen und rief:

»Es war Knut Koda, ich weiß genau, daß er es war, er belästigt mich, seit ich hier angefangen habe. Er hat auch schon mal meine Unterlagen geschreddert.«

Die Chefin verzog säuerlich den Mund.

»Jetzt reicht's«, spuckte sie Pauline entgegen, »Herr Koda ist seit langer Zeit ein zuverlässiger, fähiger Mitarbeiter. Noch nie gab es Klagen über ihn. Und wenn er Sie wirklich belästigt hätte, wären Sie wohl gleich zu mir gekommen. Sie sind ja sonst nicht auf den Mund gefallen. Und jetzt raus hier. Wenn so etwas noch einmal vorkommt, daß Sie nicht zuverlässig arbeiten oder daß Sie meine Mitarbeiter verleumden, dann war es das hier für Sie.«

Pauline schlich in ihr Büro, setzte sich hin, nahm ein Taschentuch und wartete auf die Tränen, auf einen Nervenzusammenbruch, auf irgend etwas, aber nichts passierte. Statt dessen fühlte sie tief aus dem Bauch, fast wie ein erotisches Kribbeln, eine ungeheure Wut in sich aufsteigen, eine große Hitze, die dafür sorgte, daß ihre Augen trocken blieben und ihre blassen Wangen wieder Rot zeigten.

»In den Topf dummer Tropf, Gift der Kopf, der Mund eine Klinge, auf daß es gelinge«, summte sie.

Und sie lächelte Klaartje und Usch an, die gespannt zu ihr herübersahen, und lud sie zum Abendessen ein. Von wegen vegetarische Frühlingsrollen und Pflaumenschnaps – heute abend mußte es Fleisch sein, rohes Fleisch, heiß und blutig, höchstens einmal schnell durch die warme Küche getragen, und scharf mußte es sein, und sie entschied sich für ein halb argentinisch, halb mexikanisches Restaurant mit martialischen Portionen.

Beim Zerfleischen der Mahlzeit erzählte Usch auch, wieso sie Koda so haßte. Er hatte sie auf einer Messe mit einem Kunden im Spülraum erwischt und sie nachher immer wieder belästigt. Irgendwann hatte er zwar die Lust an ihr verloren, aber an Aufstieg brauchte sie gar nicht zu denken, solange er ihr Vorgesetzter war.

»Und dabei bin ich schon siebenunddreißig«, sagte sie, »ich könnte längst ein eigenes Großprojekt haben.«

»Hat sich denn der Kunde wenigstens gelohnt?« fragte Pauline, und Usch erzählte ihr das Waschraumerlebnis:

»Ich war fürs Wochenende eingeteilt, weil da erfahrungsgemäß am meisten los ist. Ich hatte gerade im Verlag angefangen und konnte am Stand noch nicht so sehr viel tun. Also wurde ich zum Kaffeekochen und Plätzchenholen, zum Prospektestapeln und Graphikerabwimmeln abkommandiert. Es fiel auch nicht auf, wenn ich längere Zeit nicht am Stand war, im Gegenteil, ich sollte mich auf der Messe ja umsehen, also fragte auch keiner. Und da stand plötzlich dieser ältere Mann am Stand. Erst dachte ich, er sei ein Vertreter, aber dann erzählte er mir, daß er überhaupt nichts mit Verlagen zu tun habe, und daß er nur von jemandem mitgenommen worden sei und sich jetzt hier umsehe. Er hatte einen ganz merkwürdigen Blick. Wenn ich heute darüber nachdenke, würde ich sagen, gierig. Aber darauf wäre ich ja nie gekommen. Er wartete, bis wir einigermaßen alleine standen, trat dann einen Schritt näher an mich heran und sagte ganz sachlich, also er flüsterte nicht mal: ›Sie würden einem alten Mann wie mir eine große Freude machen, wenn ich an Ihrer Pussy riechen dürfte‹, und weil ich nichts sagte, sondern ihm nur ins Gesicht starrte: ›Ich will es mir auch etwas kosten lassen.‹ Und er bot mir fünfhundert Mark an. Das war eine ganze Menge Schotter, aber es ging mir weniger ums eigentliche Geld, als darum, dafür bezahlt zu werden. Also sagte ich: ›Gehen Sie den Gang runter zum Spülraum, der liegt leicht links, gehen Sie rein und spülen Sie irgendwas, falls jemand kommt.‹ Dabei war Hochbetrieb, zum Spülen kam da kaum jemand. Ein paar Minuten später ging ich ihm nach, verschloß die Tür, und er sagte: ›Würden Sie bitte das Höschen ausziehen und dann einen Fuß auf den Stuhl dort drüben stellen.‹ Ich hatte einen knielangen Rock und keine Strümpfe an, und machte, was er gesagt hatte. Dann überkam es mich, und ich hielt die Hand auf und sagte: ›Vorher die fünfhundert.‹ Er zählte sie in meine Hand, und ich steckte das Geld mit einer großartigen Cowgirlgeste in meinen BH. Das ist mir heute etwas peinlich, aber damals fand ich das cool.

Er kniete sich vor mich, seine Knie knackten etwas und steckte seine Nase zwischen meine Beine. Und dann, ohne daß ich damit gerechnet hätte, schnellte seine Zunge vor und leckte mich. Ich schob seinen Kopf zurück. ›Das war nicht ausgemacht‹, sagte ich, und er fragte sofort: ›Wieviel?‹ Er kniete da und sah mich mit einem Hundeblick an, und ich kam mir vor wie Herrin Usch, die Grausame, persönlich und sagte: ›Noch mal dreihundert.‹ Er zählte sie sofort auf die Spüle und leckte weiter mit einer Gierigkeit, die mich an Vampirfilme erinnerte. Ihr kennt die, wo irgendwelche zittrigen Zombies über Frauenhälsen hängen kurz vor dem Biß und sie die Wahl haben: beiß oder stirb. Ich merkte, wie es mich wahnsinnig anmachte, nicht seine Französischkenntnisse, geleckt worden bin ich schon öfter und besser, sondern die ganze Situation, also nahm ich den Fuß vom Stuhl und sagte: ›Es reicht‹, und wollte gehen. Er kniete immer noch und hielt meine Hand fest. ›Was würde es kosten‹, wisperte er da fast krächzend, ›was würde es kosten, wenn Sie mich eine Weile lecken ließen, und ich dabei einen Finger in Ihnen haben dürfte?‹ ›Sie wollen ja immer mehr‹, sagte ich, ›das kommt gar nicht in Frage.‹ Er fing an zu betteln: ›Nur noch das, bitte, mehr kann ich gar nicht wollen, weil mehr bei mir gar nicht mehr geht. Aber ich möchte doch gerne noch mal in einer kleinen, heißen Pussy stecken, und wenn es nur der Finger ist.‹

Er bettelte weiter, und ich war mittlerweile ganz naß und hoffte, daß meine Möse nicht schmatzen würde, wenn ich den Fuß wieder auf den Stuhl stellte, oder daß er sonstwie merkte, daß es mich anmachte. Ich forderte also einen glatten Tausender.«

»Das hast du nicht getan«, hauchte Pauline und zog eine Augenbraue hoch.

»Doch, und er hat bezahlt, anstandslos. Ich frage mich manchmal, wieviel ich hätte verlangen können, aber man soll ja nicht gierig sein.«

Sie lachten.

»Er legte die Scheine also auf die anderen. Ich zog meinen Rock hoch, ich spürte seinen Finger kaum hineingleiten, so naß, wie ich war, und er leckte und schnüffelte, als wäre ich die einzige Frau nach und vor einem Keuschheitsgelübde. Irgendwann hatte ich einen Orgasmus, aber ich atmete nicht schneller, ich stöhnte nicht, ich schloß nur kurz die Augen und hoffte, daß er es nicht merkte. Und ich glaube, er hat es auch nicht gemerkt, sonst hätte er wahrscheinlich aufgehört, aber er blieb noch einige Minuten in mir, dann zog er den Finger raus, sah mich bedauernd an und meinte: ›Ein kurzes Vergnügen, aber ein großes. Ich danke Ihnen.‹ Ich zog schnell den Slip wieder an, weil er schon zur Tür ging. Und draußen sah ich dann Koda stehen, der fixierte mich und feixte, vielleicht hat er mal an der Klinke gerappelt und festgestellt, daß abgeschlossen war. Vielleicht kam er auch gerade nur vorbei. Auf jeden Fall aber war er sicher, daß ich hier mit einem Kunden gefickt hatte. Göttin sei Dank ahnte er wahrscheinlich nicht, was wirklich war, aber es reichte, um mich im Verlag immer wieder zu begrabschen. Netterweise wurde ich ihm bald langweilig. Dann piesackte er mich nur, wenn er besonders frustriert war. Am liebsten hätte ich ihn in solchen Momenten immer kastriert, diesen miesen Erpresser.«

Pauline lachte: »Das gleiche habe ich neulich auch gedacht«, kicherte sie, spießte sich einen Champignon auf und erklärte den anderen beiden ihren Plan.

»When shall we three meet again?« zitierte Usch anschließend und lachte: »Shakespeares Hexen waren nicht halb so gemein wie wir.«

Koda trat am nächsten Morgen mit einem Stapel Akten in das Büro und sah sich unsicher um. Alle drei Frauen hatten ein Lächeln aus Zuckerguß. Aber noch während er die Akten auf einen der Schreibtische ablud, ging Pauline hinter ihm vorbei und gab ihm einen festen Klaps auf den Hintern. Er fuhr herum, die Ordner fielen ihm auf die Füße, und er beherrschte sich nur knapp, nicht loszuschreien, als er sah, daß die anderen beiden weiterlächelten und offensichtlich nichts gesehen haben wollten. Sie riefen also Krieg aus.

Als er gegangen war, verschwand kurze Zeit später auch Usch mit einem Zettel und dem Päckchen, das Pauline mitgebracht hatte, um sich mit Claudia von der Zentrale zu treffen und sie einzuweihen. Claudia hatte zwar nichts mit Koda zu tun, aber Usch war sicher, daß sie für jeden Blödsinn zu haben war.

Kurze Zeit später saß sie längst wieder an ihrem PC, als Claudia über die Sprechanlage durchsagte, es sei ein Paket gekommen für Herrn Koda, Herrn Knut Koda, und zwar aus

Flensburg, und sie wiederholte noch einmal anzüglich und mit unterdrücktem Lachen: Flensburg. Und er möge es doch bitte abholen. Claudia gab sich besondere Mühe, deutlich und nicht so schnell wie sonst zu sprechen, damit es auch jeder mitbekam, daß da jemand Sexartikel in die Firma orderte. Koda tobte vor Wut, stürmte zu Pauline, unter dem Arm der Karton, der natürlich leer gewesen war. Aber keine der drei konnte sich erklären, wie es zu dieser Durchsage gekommen war, weil sie alle ununterbrochen hier zusammengesessen hatten. Koda drohte und fluchte, konnte aber nichts machen und bereitete erstmal seinen Rückzug vor.

»Teil zwei«, sagte Klaartje, die vom Fenster aus entdeckt hatte, daß Kodas größenwahnsinniges Auto wie üblich im Halteverbot stand. Er fuhr einen Wagen, den James Bond in irgendeinem Teil dieses Machoepos gefahren hatte, einen Wagen für Männer mit Potenzproblemen, wie Klaartje fachkundig bemerkte. Sie rief kurzerhand unter anderem Namen den Abschleppdienst an, und als er kam, saßen die drei mit Engelsblick in der Kantine und wußten von nichts.

Teil drei war ein Brief, den Claudia einmal auf eine Kontaktanzeige bekommen hatte und den sie Usch sofort zusteckte, als sie die ganze Geschichte hörte. Pauline tippte ihn auf privatem Briefpapier ab und änderte nur den Namen, der darunter stand, und ein paar Kleinigkeiten, kopierte ihn und packte ihn in sämtliche Hauspostfächer, Kodas natürlich ausgenommen.

»Liebe Unbekannte«, hieß es da, »kurz und bündig soll meine Antwort auf Deinen Blick im Fahrstuhl sein, aber nicht die Nächte, die wir beide noch vor uns haben werden. Ich heiße Knut Koda und bin 39 Jahre alt. Zwar sagt man mir immer nach, ich sei ein sehr guter F . . ., aber davon sollst Du Dich lieber selbst überzeugen, oder? Zugegeben, ich werde ganz wild und geil, wenn ich eine weibl. steife Brustwarze vor meinem Mund habe, denn dann bin ich nicht mehr zu bremsen, sondern muß sie ganz einfach in meinem Mund spüren und an ihr lutschen und saugen . . . Außerdem lecke ich sehr gerne an Schamlippen, Kitzler und Po und stehe sehr auf Blasen, Wichsen und Fesselspiele. Ich würde mich nun sehr freuen, wenn wir uns am Freitag am See an der Boots-ausleihe treffen könnten?! Bis dahin alles Gute, und onaniere nicht mehr soviel, denn schließlich möchte ich von Deinem Liebessaft auch noch etwas trinken – Dein Knut!«

»Der Typ, der das geschrieben hat, hat echt einen Knall«, sagte Klaartje und verdrehte die Augen, »wie kann man jemandem denn nachsagen, er sei ein sehr guter Ficker? Wie geht das? Hey du, ich habe gehört, du bist ein sehr guter Ficker? Und daß er das dann nicht einmal ausschreibt. Me-gapeinlich, der Schrieb.«

Trotz der zweifelhaften literarischen Qualität des Briefes sorgte er unter den Germanisten und Lektoren und all den anderen Angestellten für großes Aufsehen. Pauline hatte ihn mit Absicht nicht näher adressiert, damit die Chefin nicht auf die Idee kam, er könnte ein Racheakt sein. Trotzdem dachte sie natürlich ziemlich schnell in diese Richtung, aber Usch und Klaartje, die es zu Paulines Glück bisher nie gewagt hatten, sich wegen Koda zu beschweren, bestätigten unab-hängig voneinander, daß Pauline mit dem Brief, der Durch-sage und dem Abschleppdienst nichts zu tun hatte. Koda war ziemlich zahm geworden. Er hatte Pauline bei der Chefin verdächtigt, und sie hatte ihn ebenso heruntergeputzt wie vorher Pauline. Sie dachte wohl, daß sich Streitereien unter Kollegen von selbst erledigen, wenn man sie nur konsequent genug ignoriert.

Pauline war ausgesprochen zufrieden, und auch den ande-ren beiden machte die Aktion Spaß, denn sie zog Kreise. Noch Tage später wurde Koda auf den Brief angesprochen, wer denn die Unbekannte sei und ob man ihm wirklich nachsage, ein guter F . . . zu sein. Das »F« wurde zu einem geflügelten Witz: Wann immer Koda Kollegen begegnete, gab es einen, der ihm ein »Ffffffff« nachfauchte. Pauline amüsierte sich wie Bolle, vor allem auch, weil sie sich jetzt wieder auf ihre Arbeit konzentrieren konnte. Aber so schnell gab Koda nicht auf.

Eines Abends fing er sie auf dem Parkplatz ab. Sie versuchte noch, schnell ins Auto zu steigen, aber er war schneller, zerrte sie heraus, warf die Autotür zu und schlug ihr ins Gesicht. Er schüttelte sie, zog an ihren Haaren, zischte »dummes Stück«, »Nutte« und ähnlich Charmantes mehr. Dann holte er wieder aus, um weiter auf sie einzuschlagen. Pauline versuchte nicht, von ihm wegzukommen, sondern trat näher an ihn heran. Das irritierte ihn, und in dem Moment hatte sie Zeit, das Gasspray aus der Tasche zu fischen, das sie immer mit sich herumtrug. Diesmal nahm sie auch keine Rücksicht mehr auf ihn, sondern zielte genau und war ihn ziemlich schnell wieder los. Er blieb heulend auf dem Parkplatz stehen, krümmte sich und preßte die Fäuste auf die Augen, und Pauline, die das im Rückspiegel beobachtete, sagte mit zitternder Stimme kurz beim Pförtner Bescheid, Herrn Koda sei auf dem Parkplatz wohl schlecht geworden, und man solle doch netterweise einmal nach ihm sehen.

Immer noch völlig aufgebracht und durcheinander, kam sie bei Ansgar und Mohsen an, bei denen sie mittlerweile nicht mehr nur eine Zahnbürste hatte. Sie kuschelten sich zu dritt vor den Fernseher, weil Mohsen die Ansicht vertrat, das Beste bei wirklichen Problemen seien strunzdumme Fernsehsendungen. Er sah das als eine Art moderne Meditation an und behauptete, auf diese Art immer wieder gute Ideen gehabt zu haben. Also stapelte Pauline Kekse, Erdnußflips und Saft auf ihre Knie und kuschelte sich zwischen ihre

Männer. Die unsäglichste Sendung, die sie beim Zappen fanden, war eine Spendenshow für die Opfer des Oderbruchs.

»Was für arme Geister«, philosophierte Mohsen, »die erst helfen, wenn sie dafür in die Glotze kommen.«

»Hauptsache, überhaupt spenden«, krümelte Ansgar, der gerade demonstrierte, daß er sich einen großen amerikanischen Schokoladenpecannußkeks ganz in den Mund schieben konnte, »und für die Firmen ist das doch billiger als Werbung. Alle sehen, wie karitativ du bist, und ganz nebenbei kannst du deinen Namen groß rausbringen.«

Pauline sprang auf, die Erdnußflips verteilten sich auf dem Fußboden.

»Da ist mir was gekommen«, rief Pauline.

Mohsen feixte zu Ansgar hinüber.

»Ich mag Frauen, die schnell und unerwartet kommen.«

Pauline stapfte auf ihren dicken Kuschelsocken zum Telefon:

»Ruf an«, sagte sie zu Ansgar, »sag, du heißt Knut Koda vom Batter Lünner Verlag und willst fünftausend spenden. Dann zeigen sie den Namen ganz groß.«

Im Fernsehen jodelte eine Volksmusikgruppe so krampfhaft grinsend, als stünde sie unter Drogen. Und auch Paulines Augen glänzten ganz fiebrig.

»Das ist kriminell«, sagte Ansgar.

»Das ist gut«, sagte Mohsen und griff sich das Telefon.

Der Anruf wurde registriert, man dankte Mohsen-Knut herzlich, dann warteten die drei gespannt, daß der Name zu sehen sein würde. Das Fernsehen machte einmal alles richtig. Es zeigte Kodas Namen, den Verlagsnamen, die Summe, und sie spielten einen schweineschmalzigen Triefsong dazu, alles paßte.

Sämtliche Mitarbeiter hatten die Sendung gesehen. Und

denen, die sie nicht gesehen hatten, wurde die großzügige Spendenaktion von Mitarbeiter Koda genau geschildert. Man klopfte ihm auf die Schulter und überlegte, was wohl dahinterstecken könnte. Dann wurde Koda zur Chefin gerufen. Sie lobte zwar sein »gesellschaftliches Engagement«, dankte auch für die unerwartete Werbung, machte aber gleichzeitig deutlich, daß der Verlag sich keinesfalls an der eigenmächtigen Spende beteiligen würde. Als Koda an Paulines Büro vorbeikam und sie ansah, wußte sie, daß er sie haßte. Aber das war ihr egal. Bei der Menge Überstunden, die er jetzt schieben mußte, um sich seine Großzügigkeit leisten zu können, würde er vielleicht einmal darüber nachdenken, wie er mit seinen Mitarbeiterinnen umging.

Usch und Klaartje fragten Pauline nie, ob sie etwas mit der Spendenaktion zu tun hatte, und Pauline selber verlor auch kein Wort darüber. Um so überraschter waren sie, als sie sahen, wie Pauline einen großen Karton packte und eine Flasche Champagner herausholte, um sich zu verabschieden.

»Wieso gehst du jetzt, wo du wie eine Löwin um den Job gekämpft und Koda allegemacht hast?« fragte Klaartje.

»Ich habe entschieden«, sagte Pauline feierlich, »daß ich nun doch meine Doktorarbeit in Psychologie schreibe, und zwar werde ich sie ›Wer mobbt, der floppt‹ nennen. Dieser Verlag, der auch die spanische Literaturreihe mit uns zusammen macht, interessiert sich bereits dafür. Nebenher kann ich wieder als Cocktailhostess arbeiten. Erfahrung mit Irren habe ich ja jetzt genug. Und vielleicht ergibt sich bei mir ja auch mal so ein Waschraumabenteuer – wenn meine Boys das zulassen. Außerdem habe ich beschlossen, daß das letzte, was ich in meinem Leben haben möchte, Kollegen sind.«

»Und was sind wir?« fragte Usch.

»Freundinnen«, sagte Pauline und küßte sie.

Aus dem Nähkästchen

»Haben Sie das eigentlich alles selber erlebt, was Sie schreiben?« ist die Frage, die immer gestellt wird. Und ich gebe immer dieselbe Antwort: »Manches ja, manches nicht, manches teils-teils. Wenn ich so ein ausgebuchtes Liebesleben hätte, bliebe ja auch gar keine Zeit mehr zum Schreiben.«

»Und wenn Sie mal über etwas schreiben wollen, das Sie nicht selber erlebt haben?« ist dann meistens die nächste Frage.

»Dann denke ich es mir eben aus.«

»Sie erfinden es?«

»Ich erfinde es.«

»So einfach ist das?«

»Ja, so einfach ist das.«

Ich bin jetzt vierundzwanzig. Meine Mutter ist Polin. Kennengelernt hat sie meinen Vater während des Studiums in Deutschland, das meine Mutter dann unterbrach, weil sie meine Schwester erwartete. Ich bin die dritte, genau in der Mitte. Zwei Schwestern sind also älter als ich und zwei jünger. Vielleicht liegt es an dem Übermaß an Weiblichkeit um mich herum, daß ich Frauen so liebe.

Schon in der Schule hatte ich die erste Freundin. Mit ihr zu schlafen war für mich etwas, daß mich tagelang aus dem Gleichgewicht brachte. Auch später waren es immer wieder Frauen, die in Sachen Erotik wegweisend und prägend für mich waren. Selbst heute, ich bin immerhin schon einige Zeit mit meinem Freund zusammen, werde ich noch wie elektrisiert, wenn ich einer weichen Frauenhaut zu nahe komme. Daß ich mit ihm zusammen bin und nicht mit einer Frau, ist übrigens purer Zufall. Ich würde ihn genauso lieben, wenn er eine Frau wäre. Das Geschlecht hat und hatte mit meiner Entscheidung, wen ich lieben möchte, noch nie etwas zu tun. Mit ihm habe ich wirklich Glück. Er hat sich damit arrangiert, daß ich hin und wieder einmal nicht zu Hause übernachte, und er fragt mich nichts. Frauen sind etwas Wunderbares.

Vier Schwestern zu haben ist trotzdem eine Schicksalsprüfung. Immer ist das Badezimmer besetzt, immer hat sich irgendwer von irgendwem Nylonstrümpfe oder Kajalstifte ausgeliehen, die dann nie wieder auftauchen. Irgendeine ist immer früher beim Frühstück und trinkt den letzten Rest Milch oder Kaffee aus. In einem Haushalt mit vier Schwestern hat man nur drei Möglichkeiten: früh heiraten, wahnsinnig werden oder Künstlerin werden. Ich bin als einzige nicht musikalisch. Meine Mutter hat immer wieder versucht, mir wenigstens das Notwendigste auf der Violine beizubringen oder wenigstens ein paar Volkslieder auf dem Klavier, aber es war zwecklos. Ich höre die Melodie in meinem Kopf ganz genau, aber wenn ich sie dann singe oder spiele, klingt sie ganz anders und immer falsch.

Ich habe also angefangen zu schreiben. Erst als Hobby und mittlerweile als Beruf. Weil meine Eltern der Ansicht waren, ich müsse zur Sicherheit »etwas Richtiges« lernen, studiere ich Bildende Kunst. Das ergänzt sich gut, denn während ich mit einem Stück Kohle in der Hand vor einem weißen Bogen sitze oder bis zu den Ellenbogen im Ton stecke, knete und glattstreiche, habe ich Zeit zum Nachdenken, was ich als nächstes schreiben will. Ich heiße übrigens Sophia, mit Betonung auf dem »o«. Der Name paßt zu mir.

Schreiben hatte für mich von Anfang an mit Lust zu tun.

Nicht unbedingt mit Sex und Erotik, aber immer mit Lust. Wenn ich schreibe, habe ich plötzlich keine kalten Füße mehr. Ich langweile mich einmal nicht, in meinem Bauch kribbelt es, und ich kann mich stundenlang konzentrieren. Man könnte sogar sagen: Es macht mir Spaß. Lust eben.

»Du siehst gar nicht aus wie eine, die so was schreibt«, sagen sie in der Akademie.

Wie sieht denn eine aus, die »so was« schreibt? Ich bin klein. Meine Hüften sind viel breiter als meine Schultern. Ich habe schulterlanges, schwarzes Haar. »Warschauhaar« sagt man bei uns zu Hause dazu, weil die Nacht in Warschau angeblich dunkler ist als anderswo. Ich trage es immer hochgesteckt. Ich ziehe viel Samt an, viele Sachen in Schwarz und Dunkelrot, auch Dunkelgrün manchmal. Ich sehe ernster und blöderweise gleichzeitig jünger aus, als ich eigentlich bin. Ins Kino nehme ich deshalb immer vorsichtshalber einen Ausweis mit, was mir ziemlich peinlich ist. Meine Stimme ist sehr tief, und deshalb hört man mir auch meistens zu, wenn ich etwas sage, ohne daß ich laut werden muß.

Anfangs hatte das, was ich geschrieben habe, nicht das mindeste mit Erotik zu tun. Ich habe mit Gedichten angefangen, es allerdings schnell wieder sein lassen. Und das war, denke ich, gut so, denn ein mittelmäßiges Gedicht ist eben nicht nur mittelmäßig, sondern grottenschlecht, und was man tut, sollte man gut tun (sagen meine Schwestern, und da haben sie recht). Ich hatte gerade an der Akademie angefangen, als ich mir das erste Mal meine Mappe mit den Gedichten unter den Arm klemmte und zum Literatur-Treffen ins Kulturzentrum ging.

Einmal im Monat traf sich dort ein Kreis, um sich gegenseitig Texte vorzulesen und sie zu kritisieren. Bis dahin hatte ich »M&Ms« für Erdnüsse in Schokoladenglasur gehalten. Bei diesem Treffen lernte ich dann aber sehr schnell, daß mit

»M&Ms« heimlich die beiden Gruppen von Gedichten bezeichnet wurden, die am häufigsten vorgetragen wurden: Menstruationsgedichte von den Frauen und Masturbationsgedichte von den Männern. Leander, der Gruppenleiter, hatte sich das ausgedacht. Ich hielt diesen Hinweis, den Leander mir noch in der ersten Stunde zuflüsterte, für Zynismus. Ich habe Leander in den nächsten Monaten noch einige Male überschätzt. Zum Zynismus war er gar nicht fähig, dazu hatte er längst zu sehr resigniert. Er war nach einer kurzen Schriftsteller- und noch kürzeren Verlegerkarriere in eine dafür um so längere Alkoholkarriere geschliddert, und jetzt war er soweit, daß er meistens einfach die Wahrheit sagte.

Die Literaturgruppe bestand aus einem harten Kern von etwa einem halben Dutzend Männern und Frauen. Gleich in der ersten Sitzung lernte ich Ludwiga kennen.

Sie war groß und knochig und hatte Unmengen dunkelbrauner Haare, die ihr bis zum Po fielen. Von hinten sah sie aus wie Schneewittchen. Von vorne sah sie aus wie eine Kreuzung aus Schneewittchen und Prinz, denn sie hatte wohl ein Hormonproblem: einen leichten Schnurrbart auf der Oberlippe, den sie sich nicht abrasierte, obwohl sie sonst bis zum Anschlag aufgebrezelt war. Sie hätte, gut zurechtgemacht, wirklich schön sein können, aber sie schminkte sich so hart und bunt, daß sie, wenn sie ihren bösen Blick aufsetzte, stark an einen Transvestiten erinnerte. Vielleicht war sie Mitte dreißig, vielleicht auch jünger, auf jeden Fall aber hatte sie beschlossen, daß es nun an der Zeit war, in Torschlußpanik zu geraten. Also schrieb sie, am selbstgewählten Rande der Fruchtbarkeit, Menstruationsgedichte. Sie duldete im Wirkungsbereich ihrer rostigen Stimme kein Lächeln, kein Flüstern, keinen Widerspruch. Wenn ich Leander etwas sagen wollte, schrieb ich es ihm wie in der Schule auf einen Zettel, den ich ihm auf die Knie legte, denn sobald Ludwiga mitbekam, daß sich jemand nicht vollständig auf sie konzentrierte, brach sie ab und fing wieder von vorne an vorzulesen. Und das wollte ich nun wirklich unbedingt vermeiden, nachdem ich ihr »Oeuvre« einmal kennengelernt hatte.

»Der Leuchtturm«, deklamierte Ludwiga, »der mir den Weg in weiser Weise weist, der in mir glüht, der mir im Leben blüht, ist eingebettet in Borstenhaar. Mich trägt die Welle, die blutrote, der Mondin entgegen. Oh, läge nur mein Bauch auf einem Hauch aus Kinderlachen, oh, gäbe es keine Wüste, könnte nur die rote Welle Blüten aus dem Wüstenstaube treiben, Leben zaubern, es wäre doch das größte Wunder, es wär ein Weg für meine arme Seele, gezeigt von einer Leuchttürmin, viel weiter oben, noch über der Mondin, die da strahlt hell und rot in mein Herz.«

Die anderen Teilnehmer klopften höflich auf die Tischplatte.

»Willst du damit sagen«, fragte ich vorsichtig, »daß deine Göttin ein Riesenpenis ist, der auch noch im Dunkeln leuchtet?«

In dem Moment habe ich es mir wahrscheinlich auf immer mit Ludwiga verdorben. Denn in den nächsten Monaten gab es kein Gedicht, das ich vorlas, das ihr gefallen hätte, kein Argument, das sie nicht widerlegt hätte, und kein Gerücht, das sie nicht über mich verbreitet hätte. Netterweise machte sie das nicht gerade glaubwürdig, und als sie dann tatsächlich mal etwas zu erzählen hatte, als sie nämlich Leander und mich im Büro nebenan in flagranti erwischt hatte, glaubte ihr niemand mehr, aber dazu später.

Die Männer in der Runde waren meistens pensionierte Studienräte, oder noch schlimmer, amtierende Lehrer. Einer, Gerd, saß immer da, Beine und Arme völlig verknotet, wie der fleischgewordene Vorwurf. Ich nannte ihn immer die Leberwurst. Er konnte es weder verstehen noch verkraften, daß er nun bald vierzig und sein Genie immer noch unentdeckt war. Deshalb druckte er sein Werk auf Öko-Papier im Selbstverlag und buchte regelmäßig das Hinterzimmer eines Cafés, um seinen engsten Freunden daraus vorzulesen. Er war im Dauerzustand beleidigt. Hätte er Ludwiga geheiratet und Kinder mit ihr gehabt, hätte er ein Reich der Finsternis ausrufen können, und nebenbei hätte sich Ludwigas Fruchtbarkeitsproblem damit auch erledigt. Auf diese Idee kam aber leider keiner der beiden. Und Leander, dem ich einmal davon erzählte, riet mir doch dringend davon ab, es vorzuschlagen. Gerd schrieb ausnahmsweise keine Masturbationsgedichte, sondern das, was Leander mir gegenüber einmal »Profanmitteilung« oder »Lyrischer Einkaufszettel« nannte.

Eines von Gerds Werken hieß »Meine Schuhe«. Es lautete: »Meine Schuhe stehen im Schrank. Längst sind sie mir zur zweiten Haut geworden. Trage ich sie nicht, dann bin ich nackt. Hätte die Welt dort draußen auch einmal den Mut, ihre Schuhe auszuziehen, sie würde spüren, wie sich das Gras unter den Füßen anfühlt. Sie wäre wieder nackt, wie Gott sie schuf, ohne Schuhe.«

»Ja, und die Welt würde im Smog der Schweißfüße ersticken«, dachte ich bei mir, während wir höflich klopften. Es gab in dieser Runde eine ganze Reihe höflicher Klopfer, die nie etwas sagten, ohne die unsere Selbstbeherrschung aber schnell vorbei gewesen wäre, weil sie denen, die eine Meinung hatten, als Puffer dienten. Ludwiga gab sich beeindruckt: »Du, Gerd, ich finde, du hast da eine kühne Metapher gefunden für die abgestumpfte Wahrnehmung der Konsumgeschädigten. Da draußen wird es ja wirklich immer kälter in unserer heutigen Gesellschaft. Von der Metrik her finde ich das unheimlich konsequent, daß du dich jedem Versmaß verweigerst.«

Was sie damit meinte, war, wer Unsinn redet, sollte es

konsequenterweise auch noch unkünstlerisch tun. Wenn man es so sehen will, hatte sie damit sogar irgendwie recht.

Ich bin übrigens nicht gehässig, falls das jetzt hier so klingen sollte, obwohl Ludwiga einmal behauptet hat, ich hätte eine Zunge wie ein Fallbeil. Ich will niemanden verletzen. Ich lasse mir nur keine gute Pointe entgehen. Ich bin ein Katalysator, was Zwischenmenschliches angeht. Ich bringe die Dinge in Gang, und mein Mundwerk ist der Sprit, mit dem diese Maschinerie funktioniert. Außerdem finde ich, muß einen nicht die ganze Welt lieben. Die halbe reicht völlig.

Eine ältere Frau, die Kreatives Schreiben im Seniorenstudium belegt hatte, las noch ein blutig waberndes Gedicht vor, mit »stummen ungeborenen Augen, die mich ansehen«, dann kam endlich das zweite der M&Ms. Birger hatte es verfaßt, und er nannte es pragmatisch »rubbeln«. Es handelte von vielen großen nackten Brüsten, die sich ihm entgegendrängten, und am Ende gab es »einen weißen Strom«, in dem er schließlich ertrank. Auch das fand Ludwiga »ganz mutig« und »sehr kühn, die Verbindung von Muttermilch und na, du weißt schon, aber kühn, sehr kühn.«

»Gebe ihr doch endlich jemand einen vergifteten Apfel!« schrieb ich Leander auf einen Zettel, und ich hörte ihn grunzen, weil er nicht lachen durfte. Ludwiga merkte es natürlich doch und kam nach der Stunde zu uns.

»Du bist so subversiv«, sagte sie zu mir, »wenn du hier intellektuell überfordert bist, dann geh doch.«

»Warum nimmst du nicht einfach deinen Besen und reitest davon?« sagte ich zuckrig lächelnd, und sie rauschte ab.

Ich blieb trotz dieser Premiere in dem Literaturzirkel, manche von den Gelegenheitsteilnehmern waren sehr nett, und bei den anderen war der Unterhaltungswert einfach zu groß. Leander gestand mir einmal, er fühle sich während der

Treffen immer wie die beiden Logen-Opas in der Muppet-show, nur daß er nicht so offensichtlich meckern dürfe. Ich mochte Leander wirklich gerne.

Meistens dauerten die Treffen zwei bis drei Stunden und gingen dann im gemütlichen Teil des Abends an der Theke noch lange weiter. Praktischerweise war im selben Haus eine Kneipe, so daß wir bei den Sitzungen wenigstens nicht auf dem Trocknen saßen. In die Mitte der Sitzungen hatte Leander eine Pause gelegt. Die hatten wir auch alle nötig. Die anderen vertraten sich die Füße im Flur, gingen ihre Gläser auffüllen, und ein paar ganz Unverbesserliche diskutierten immer noch weiter. Gerd stand wie üblich abseits und haßte die ganze Welt, und Ludwiga warf ihre Haarflut zurück und redete von ihrer Bestimmung, Frau zu sein. Ich sah sie an und wartete gespannt, ob gleich Bodennebel um ihre Füße wabern würde.

Ich habe mich immer gefragt, wieso eine so ausgesprochen herbe Frau wie Ludwiga diese Haarlänge mit sich herumtrug. Aber ich hatte sowieso noch nie ein gutes Verhältnis zu Frauen, die ihre langen Haare offen tragen. Das wirkt auf mich so offensichtlich anbietend. Außerdem habe ich noch nie eine Haarpracht gesehen, die den ganzen Abend lang gepflegt heruntergegangen ist, irgendwo strähnt und zub-belt es immer, auch bei solchen Traumhaaren wie Ludwigas. Ich hab es ja Göttin sei Dank nie gesehen, aber ich vermutete bei ihr immer, daß sie auch ihre Achselhaare dicht und wollig wie ein Nest unter den Armen herumtrug, ein feuchter Pelz, an dessen Spitzen wahrscheinlich kleine Tröpfchen schim-merten, wenn sie den Arm hob. Ich vermutete weiter, daß sie dort Fliegenpilze für ihre Küche züchtete und Mutanten ausbrütete. Noch genauer ausmalen wollte ich mir das wirk-lich nicht.

Während dieser Pausen verabschiedete sich Leander meistens für eine Viertelstunde, um im Büro etwas nachzusehen, jemanden anzurufen oder ein Buch herauszusuchen. Sein Büro lag neben dem Raum, den die Stadt dem Literaturtreffen zur Verfügung gestellt hatte. In Wahrheit wollte er bloß einmal seine Ruhe haben, denn all die hoffnungsvollen Jungschriftsteller oder Fastgenies wollten von ihm den entscheidenden Karrierekick bekommen und glaubten, daß ein Wort von ihm reichen würde, um beim nächsten Nobelpreis im Gespräch zu sein. Nach einigen Monaten begann Leander, mich mit in sein Büro zu bitten. Er wußte, daß ich nicht Spitzwegs armer Poet werden wollte, sondern Schreiben ganz unpathetisch als Beruf sah, und das auch alleine, ohne seine Beziehungen, die er nicht hatte, durchziehen würde.

Ich genoß die Pausen mit Leander. Sein Büro hatte zum Gang hin ein großes Fenster mit einer Jalousie wie auf den Polizeistationen amerikanischer Krimis. Wir saßen drinnen auf alten Sofas und rauchten oder lästerten. Ich denke, unsere Flirterei hat uns auch niemand übelgenommen, denn immerhin war ich die einzige im Kreis, die jünger als Leander war. Und die uns beide mochten, gönnten es uns sowieso. Aber Ludwiga nicht.

Einmal war die Diskussion wieder lang und zäh gewesen. Es war wie immer weniger um den vorgelesenen Text gegangen als um ein gegenseitiges Herunterreden. Die Argumente wurden immer schwammiger und mit immer mehr Fremdwörtern gespickt, so daß Leander schließlich abgebrochen und die Pause eingeläutet hatte. Ich folgte ihm ins Büro. Er ließ sich auf das Sofa fallen, öffnete seinen obersten Hemdknopf und japste.

»Hätte ich gewußt, daß ich mal Seelsorger werden würde, hätte ich nicht Germanistik studiert«, sagte er, und ich grinste.

Ich stand dicht neben ihm und sah mir die Postkarten an

seiner Pinnwand an. Er hatte anscheinend Hunderte von Bekannten, denn jeden Monat hingen neue an der Wand.

Da fühlte ich plötzlich seine Hand an meinem Oberschenkel unter mein Kleid gleiten. Ich reagierte erst einmal gar nicht, und er sagte auch nichts. Er strich weiter, außen an meinen Beinen entlang, dann nach innen. Ich wußte nicht, wie ich reagieren sollte, ich hatte oft daran gedacht, wie es mit Leander sein würde, aber jetzt kam alles ganz unerwartet. Also stellte ich erst einmal die Füße ein bißchen weiter auseinander und sah mir weiter die Postkarten an, Rio, Kopenhagen, Dortmund, Selm mit dem Schloß Cappenberg, Zürich.

Seine Fingerspitzen stießen an meinen Slip. Ich wollte mich zu ihm runterbeugen, aber er stand auf und flüsterte: »Sch! Nicht bewegen.«

Er setzte sich auf die Sofakante und streichelte mir jetzt vom Knie über den Oberschenkel. Ich sagte immer noch nichts. Ich war irritiert, aber es gefiel mir, und ich wollte nicht, daß er aufhörte. Seine Hand hatte wieder meinen Slip erreicht. Ganz behutsam streichelte er mit den Fingerspitzen über meine Schamlippen, drückte dann in der Mitte sachte mehr auf und streichelte weiter. Es war ein Gefühl, als sprühe ich Funken, und ich spürte es bis hoch zum Hals, wo meine Schlagader mittlerweile genauso klopfte wie meine Scheide.

Leander stand auf und stellte sich dicht hinter mich. Mit der linken Hand hob er mein weites Kleid hoch, die rechte schob er in meinen Slip. Ich schmiegte mich an ihn und fühlte seinen harten Schwanz an meinem Po. Er ließ mein Kleid über seine Hand fallen und drückte meine Brust feste durch den Stoff. Ich schloß die Augen. Meine Möse war mittlerweile so naß, daß Leanders Finger wie von selbst zwischen die Schamlippen glitt und meinen Kitzler rieb.

»Nicht bewegen«, flüsterte er, »laß mich nur ein bißchen spielen.«

Ich legte trotzdem ein Knie auf die Sofalehne, um seiner Hand zwischen meinen Beinen mehr Platz zu geben, und er steckte mir den Finger sofort so tief in die Möse, wie er herankam. Ich bewegte das Becken und drängte mich an seine Hand. Es war herrlich.

Leander flüsterte: »Das ist so geil, warte, ich mach mir die Hose auf und reib mich an dir, warte, warte.«

Genau in dem Moment, als ich kam und mir dabei vorstellte, wie ich Leander gleich küssen würde, nachdem ich mich zu ihm umgedreht hatte, wie ich meine Zunge um seine knoten und seine Lippen ablecken würde, genau in dem Moment ging die Tür auf, und Ludwiga stand im Büro. Es muß von da so ausgesehen haben, als ficke mich Leander von hinten, aber im Grunde ist es auch egal, was wir miteinander machten, wir hätten auch nur Händchen halten können, Ludwiga wäre sich auf jeden Fall betrogen vorgekommen. Sie schlug die Tür mit einem lauten Knall hinter sich zu. Leanders Erektion war auf der Stelle zusammengeklappt, als Ludwiga wie Gundel Gaukele in der Tür gestanden hatte, das hatte ich an meinem Po gefühlt, und es tat mir leid.

Hastig brachten wir unsere Kleidung in Ordnung, warteten noch ein paar Minuten, gingen dann mit Büchern in der Hand zu den anderen und setzten die Diskussion fort. Ludwiga saß nicht mehr auf ihrem Platz.

Geküßt habe ich Leander übrigens auch später nie. Daß er verheiratet war, erfuhr ich noch vor dem nächsten Treffen. Damit hatte sich die Sache für mich sowieso erledigt. Wenig später lief auch seine ABM aus, und wir sahen uns erst einmal lange Zeit nicht wieder.

Drei Dinge habe ich bei dieser Gelegenheit gelernt. Erstens immer die Tür abzuschließen, wenn auch nur die entfernteste

Möglichkeit besteht, sich näher zu kommen. Zweitens, daß die Funken, die ich da, an Leander gepreßt, gespürt hatte, dem Gefühl ähnlich waren, das ich beim Schreiben hatte. Und drittens, daß es genau das war, worüber ich in Zukunft schreiben wollte. Ich änderte meinen Namen noch am selben Abend leicht ab, um mir selbst die Möglichkeit zu geben, zumindest manchmal in eine neue Haut zu schlüpfen, und sammelte von da an Zeitungsausschnitte, Ideen und Gesprächsfetzen, die ich in Geschichten verarbeiten wollte.

Bis ich ein Buch mit Leander-Geschichten zusammen hatte, dauerte es aber noch ein ganze Weile. In der Zwischenzeit studierte ich weiter und lernte meinen Freund kennen. Eines Nachts lagen wir zusammen in meinem Bett, und ich träumte wieder einmal etwas von riesigen Augen und langen Korridoren, von berstendem Glas und leblosen Körpern in Teichen. Ich kannte diese Träume, ich habe sie immer wieder, und ich hasse sie. Da spürte ich durch die Bilderflut, wie er mir ganz, ganz vorsichtig mit den Fingerspitzen über die Wange streichelte. Erst dachte ich noch halb schlafend, er wolle sich ankuscheln, und freute mich, aber dann begriff ich, daß ich wohl im Schlaf gestöhnt oder geredet hatte, und er meine Angst wegstreicheln wollte, ohne den Traum an sich zu unterbrechen, denn für ihn sind Träume genauso wichtig wie die Realität. Das erklärte er mir am nächsten Morgen beim Frühstück. In dem Moment wußte ich, daß ich ihm einmal meine Bücher widmen würde. Und so ist es bis heute geblieben.

Irgendwann türmte sich dann aber doch ein ganzer Stapel Geschichten auf meinem Schreibtisch, und ich freute mich darauf, sie von mir abzunabeln. Die Lektorin, der ich das Manuskript schickte, entschied sich innerhalb weniger Tage und lud mich zu sich ein. Ich fuhr hin, und als ich sie sah, wußte ich, daß sie die Richtige für mich war. Sie ähnelte den

Frauengestalten, die bis dahin die Hauptrolle bei mir gespielt hatten, weil sie auf eine ganz eigene Weise schön war. Sie lektorierte das gesamte Manuskript an einem Wochenende, und rief mich dann Anfang der Woche völlig geschafft an, meinte: »Sophia, ich bin fertig, ich kann keine Schwänze mehr sehen«, und lachte. Diese Art gefiel mir.

Der erste große Moment war, als meine Belegexemplare per Post kamen, und ich das erste selbstgeschriebene Buch meines Lebens in der Hand hatte. Und der zweite, als ich in der Buchhandlung, an der ich auf dem Weg zur Akademie immer vorbei mußte, durchs Schaufenster sah, wie drinnen ein ganzer Stapel lag, der in den nächsten Tagen immer kleiner wurde, bis er plötzlich wieder so hoch war, wie am Anfang. Da waren sie wieder: die Funken.

Eigentlich hatte ich es niemandem erzählen wollen. Meine Eltern waren von der ganzen Idee auch nicht so richtig begeistert, weil sie der Ansicht waren, Erotik gehöre ins Schlafzimmer, »oder auf die Waschmaschine, oder in Bürosessel, egal wohin, jedenfalls nicht in die Öffentlichkeit«, wie meine Mutter es formulierte. Die Reaktionen im Freundeskreis waren größtenteils witzig für mich. Ein Bekannter empfahl mir das Buch, weil er wußte, daß ich Erotica sammle, ohne zu wissen, daß es von mir war, und schwärmte, dieses Buch habe seine Freundin enthemmt, und er erzählte, sie rede jetzt viel offener über Sex. Ich freute mich für ihn und trug meine Nase noch den ganzen Abend ein Stückchen höher als sonst.

Diejenigen, die Bescheid wußten oder das Buch im Laden entdeckt und, schneller als mir lieb war, mein Pseudonym geknackt hatten, erzählten mir plötzlich auf Parties und in der Mensa ihre erotischen Phantasien als Anregungen für weitere Geschichten. Am meisten freute ich mich über ein Zahnarztpärchen, das mir erzählte, sie läsen sich die Geschichten abends gegenseitig im Bett vor, und die sich über erotische Merkwürdigkeiten und Anekdoten anscheinend genauso amüsieren konnten wie ich. Insgesamt waren die Gespräche darüber mindestens genauso *lustig* wie das Schreiben vorher, und wir hatten alle zusammen viel Spaß. Meine Eltern und Schwestern sehen das immer noch skeptisch, aber sie freuen sich, daß ich mir damit mein Studium finanziere und doch nicht der erste Sozialfall der Familie werde, wie sie es mir manchmal vorhergesagt hatten, weil ich nicht, wie sie, notfalls als Musikerin arbeiten könnte.

Eines hat sich nicht geändert. Immer noch kommt in der Akademie der Kommentar: »Du siehst gar nicht aus wie eine, die Erotik schreibt.« Wie sieht denn eine aus, die Erotik schreibt? Eine Strapsmaus mit stumpfem Blick und immer feuchtgeöffneten Lippen? Immer im superknappen Stretchmini mit Netzstrümpfen und Fetischistenpumps an den Füßen? Ich bin eine Desdemona, keine Barbie.

Im Oktober fuhr ich nach Frankfurt zur Buchmesse, um mir den ganzen Rummel einmal anzusehen. Mein Freund, der als Studiomusiker in einer Welt aus Synthesizern und Generatoren lebt und mit Büchern nun überhaupt nichts zu tun hat, fand es mindestens so spannend wie ich. Die Lektorin zeigte mir am Stand die Bücherstapel, und ich schlug ihr ein erotisches Buch mit dem Titel »In der Höhle der Löwin« vor. Danach bummelten mein Freund und ich noch durch die riesigen Hallen.

Das Gedränge in den Gängen zwischen den Kojen war unglaublich. Der Boden federte bei jedem Schritt unmerklich mit, so daß ich immer damit rechnete, daß er unter den Massen zusammenbrach. Es gab jede Menge zu sehen und zu staunen. Diese Messe kam mir wie ein echter Jahrmarkt der Eitelkeiten vor, allerdings nur für die, die es geschafft hatten. Für die anderen, vor allem für die Buchillustratorinnen, war es wohl eher etwas wie ein Bordell. Man sah sie mit großen Mappen unter dem Arm von Koje zu Koje gehen und ihre Zeichnungen anbieten. Es war ein ununterbrochenes Buckeln und Zu-Kreuz-Kriechen. Ich stellte mir das sehr demütigend vor und war froh, daß ich mit dem Betrieb an sich wenig zu tun habe. Auch daß keiner der Pressefotografen und Lektoren mein Gesicht kannte, gefiel mir gut. Ich glaube nicht, daß ich noch weiterhin so intensiv beobachten könnte, wenn ich jederzeit damit rechnen müßte, entdeckt zu werden.

Wir hatten gerade eine frische Brezel gegessen, die ich so gern mag, als mein Freund mich in einen der toten Seitenarme der Messe zog. In der Mitte der Hallen drängelte sich alles, aber am Rand ging kaum noch jemand. Einige Seiteneingänge führten zu anderen Hallen, zu Toiletten, Presseräumen, Telefonen oder Aufzügen. Dort war meist auch Aufsichtspersonal postiert. Manche dieser Gänge lagen aber auch fast im Dunkeln und waren völlig vereinsamt. Da gingen wir entlang.

Wir kamen an einer unbenutzten Garderobe und einem Zigarettenautomaten vorbei. Ich wußte immer noch nicht, was wir hier wollten, und fragte ihn. Er grinste mich an: »Ich inspiriere dich«, und legte mir die Hand auf den Po. Wir fanden tatsächlich eine offene Abstellkammer, die außer ein paar Putzeimern und einem hüfthohen Schrank leer war.

Er schloß die Tür hinter uns. Das Licht ließen wir aus, damit es von außen nicht auffiel, falls sich zufällig jemand verirren und in den Gang sehen sollte. Er drückte mich an die Wand, und wir küßten uns. Wir beeilten uns nicht. Wir beeilen uns nie, wenn wir uns lieben. Das Risiko, entdeckt zu werden, ist nicht geringer, wenn man sich abhetzt, nur der Genuß. Er küßte meinen Hals, und ich lehnte mich gegen die Wand und streichelte sein Gesicht und seinen Rücken.

Vorsichtig knöpfte er meine Bluse auf und hob eine Brust

aus dem Körbchen. Er saugte an der Brustwarze und streichelte mir über den Bauch und über die Beine.

»Mmm, du inspirierst so schön«, hauchte ich, »willst du
nicht hauptberuflich mein Muser werden?«

Er sagte nichts, sondern küßte mich wieder und fuhr mir
mit der Hand langsam zwischen die Beine. Er zog den
Reißverschluß meiner Samthose herunter, sie fiel mir über die
Knöchel, und ich trat einen Schritt daneben. Bei Putzkam-
merquickies die Kleidung anzubehalten ist genauso albern,
wie sich zu beeilen. Wenn tatsächlich jemand stört, ist es in
jedem Fall peinlich, und man sieht vögelnd auch immer
ziemlich dämlich für alle Nichtbeteiligten aus, das wußte ich
spätestens seit meinem Leander-Erlebnis.

Er zog mir den Slip herunter, und ich knöpfte seine Jeans
auf. Wir küßten uns wieder, und ich nahm seine Hoden in
die Hand und drückte leicht. Er rieb seinen Schwanz an
meiner Möse, und wie immer verstanden sie sich auf Anhieb,
er wurde hart und ich naß. Er knetete mit beiden Händen
meinen Hintern und angelte sich aus seiner Hose ein Kondom, weil er weiß, daß ich Überraschungen dieser Art schätze. Er strich mit der Schwanzspitze über meinen Kitzler und
leckte mir durch die Ohrmuschel.

»Der Geruch deiner Höhle macht mich immer wieder an«,
schnurrte er und kraulte mein Schamhaar. Sein Atem war
heiß und seine Zunge leicht und beweglich.

Dann flüsterte er: »Du willst doch hier gefickt werden, an
die Wand gestellt und durchgefickt?« flüsterte er mir ins Ohr.

Er ist ein Schatz, und er weiß, daß ich es liebe, wenn er
beim Vögeln redet.

»Mach weiter«, hauchte ich zurück.

Er rollte sich das Gummi über, ich drehte mich langsam
um, legte mich mit dem Oberkörper über den Schrank und
streckte ihm den Hintern entgegen. Er legte sich über mich

und umfaßte meine Brüste. Das erinnerte mich an Leander, und ich lächelte.

»Mach die Beine breit«, raunte er, »ist deine Möse geil, o bist du naß, ich will dir jetzt meinen Schwanz reinschieben, sag, daß du das willst. Sag, du willst, daß ich dich jetzt ficke.«

»Ich will, daß du mich jetzt fickst«, sagte ich, »fick mich richtig durch.«

Ich richtete mich etwas auf und drehte mich mehr seitlich zum Schrank, so daß ich einen Fuß darauf stellen konnte. Im stillen gratulierte ich mir dazu, gelenkig zu sein, denn so hatte ich die Schenkel so weit gespreizt, wie ich konnte, und er faßte zwischen meinen Beinen hindurch und kam bis zum Kitzler, über den er jetzt bei jedem Stoß reiben konnte. Ich stieß ihm meinen Hintern entgegen und stöhnte schließlich leise. Er stieß heftiger, dann kam er mit einem langen Seufzer und hielt mich eine Weile ganz fest umfaßt und küßte meinen Rücken. Normalerweise sind wir beim Sex nicht so leise, aber wir wollten ja nicht auf uns aufmerksam machen. Er zog seinen Schwanz aus meiner Möse und drehte mich zu sich herum. Wir küßten uns lange.

»Das war sehr inspirierend«, sagte ich, »so was darfst du gern öfter tun.«

»Ganz bestimmt«, sagte er, »schon allein, damit dir auch fürs nächste Buch noch genug einfällt. Aber du mußt mich auch unbedingt mit einstricken.«

Das versprach ich natürlich sofort.

Das ist übrigens auch so eine Frage, die oft kommt. »Was machen Sie, wenn Ihnen nichts mehr einfällt?«

»Dann hört die Geschichte einfach auf.«

»Einfach so?«

»Ja.«

Blue Baby Blue

Die Haut unter Pandoras Arm noppte sich leicht, als die Klinge sie berührte. Sie spürte den warmen Atem stoßweise, als ihr Bekannter die Klinge über die Gänsehaut zog und die letzten Härchen abschabte. Sie sah von ihm nur die Haare, er stand dicht neben ihr, hatte ihren Arm zurückgebogen und wischte ihre Achselhöhle jetzt kurz mit einem Handtuch ab. Jemand legte ihr eine kratzige Decke über eine Schulter, aber Pandora schüttelte sie ab und sagte:

»Lieber unter die Füße, der Boden ist abartig kalt.«

Sie stand, nur bis zu den Knöcheln in eine Decke gewickelt, unter dem Fernsehturm und war völlig nackt. Vorbeigehende Leute starrten sie an, vermummte Touristen machten grinsend Fotos, und Punks, die sich auf einem Lager aus Rucksäcken und Bierdosen fläzten, grölten. Jemand trat neben sie, der war auch nackt und rasiert und hatte über seinem knackigen Hintern eine ganz schmale Taille, wie sie eigentlich nur sehr junge Frauen, Teenager, haben, eine »Mädchenmulde«. Er gab ihr ein Schild an einer langen Kordel, das sie sich um den Hals hängte. »Lieber nackt als Pelz« stand jetzt auf ihrem Bauch. Mittlerweile waren die anderen auch fertiggeworden, schlüpften aus ihren Wintermänteln und Stiefeln und stellten sich zu einer Gruppe auf.

Der Mann neben Pandora, der sie rasiert hatte, blies auf einer Trillerpfeife. Dann zogen sie los, erst einmal um den Alex, dann runter zur Karl-Liebknecht-Straße. Alle hatten etwas dabei, mit dem man Lärm machen konnte. Aber sie hätten auch ohne das Getöse genug Aufsehen erregt. Einige von den Punks liefen mit und versuchten, sie mit Bier zu bespritzen. Autos hupten, viele zeigten mit dem Finger auf sie. Ein oder zwei Reporter knipsten gelangweilt die kleine Demonstration, aber mehr als eine Notiz im Stadtmagazin würde es nicht werden, das wußten Pandora und die anderen.

»Ich hab mir noch nie die Möse rasiert«, zischte eine Frau mit schaukelnden Brüsten Pandora zu, »bin ja mal gespannt, wann das anfängt zu jucken wie Hölle.«

Pandora grinste und sagte: »Bald! Ich hab das bei einer Aktion während des Studiums schon mal gemacht und mir eigentlich geschworen, es nicht wieder zu tun, aber«, sie zeigte auf ihr Schild, »lieber nackt als Pelz«, und die Frau mit den großen Brüsten lachte.

Es war lausig kalt. Pandoras ganzer Körper war mit einer harten Gänsehaut überzogen, sie sah aus wie eine Strukturtapete. Sie war einen guten Kopf größer als die anderen, und man sah die Rippen ihres Brustkorbes unter der Haut. Sie fühlte sich wie ein Origami aus durchsichtigem Papier und hielt die dünnen Arme so eng wie möglich an den Oberkörper gepreßt. Die Knochen an den Schultern traten noch deutlicher hervor, und die weiße Haut rötete sich in der Kälte an den Wangen und den Hüften. Pandora versuchte, den Kopf möglichst hoch zu halten und nicht ständig den Asphalt vor ihr nach Glasscherben abzusuchen.

Ein paar Punks jagten sich um die Gruppe herum und bewarfen sich mit den jetzt leeren Dosen. Einer unter ihnen, mit einem runden weichen Gesicht und blaugefärbten, zotteligen Haaren, zippte eine neue Dose auf, schüttelte sie und fuchtelte dann damit durch die Luft. Ein Schwall eiskaltes Bier traf Pandora. Ihre winzigen Brüste zogen sich zusammen, daß es wehtat. Sie fühlte regelrecht, wie sie innerlich schrumpfte vor Kälte. Der Punk grölte »die dumme Schlampe« und sah sich nach den anderen Punks um. Pandora wischte sich das Bier nicht weg, sondern blieb untergehakt, ging weiter und sah ihn nur wütend an.

Der Blaue hatte ein Kindergesicht. Das erstarrte, als er ihren Blick sah. Sie hatte schwarze Augen, die fast unnatürlich aussahen, wie Knöpfe. Sie hielt den Blauen damit fest bis in die Augenwinkel. Und als sie ihn losließ, fiel er rückwärts auf den Bürgersteig, rappelte sich wieder hoch und rempelte dabei einen Passanten an, der gleich zu schimpfen anfing.

Pandora trug den Kopf noch höher. Sie war von allen Seiten schmal, kein Bauch, keine Hüften, kein Po, aber ein ausgeprägtes Profil mit einer starken Nase und breiten Lippen, das arrogant wirken konnte, und das sollte es jetzt, weil der Blaue wieder neben ihr herlief. Die anderen Punks hatten ihn eingeholt und fingen an, ihn herumzuschubsen. Pandora hörte ihn erst mitgrölen, dann wurde seine Stimme leiser und weinerlicher. Pandora drehte nun doch den Kopf und sah, wie der Blaue am Boden lag und die anderen auf ihn eintraten und ihn laut lachend mit Bier übergossen.

»Wenn du dir keine Mördergrippe eingefangen hast, wundert's mich echt. Was für eine Schwachsinnsaktion, aber Hauptsache, ihr glaubt dran«, sagte Andreas und legte Pandora noch seinen eigenen Schal um den Hals, obwohl sie in mehreren Schichten eingewickelt und die U-Bahn sowieso völlig überheizt war.

Sie schmiegte sich an ihn, er sagte »Babe« und küßte sie. Über seine Schultern hinweg sah Pandora im Gedränge des Waggons einen blauen Farbfleck. Das waren die Haare. Und dann noch einen dunkelvioletten Fleck, der sich um sein linkes Auge zog. Der Blaue lehnte gegen eine Haltestange, wurde im ratternden Takt hin- und hergeworfen, und Pandora konnte sehen, daß seine schwarzgeschminkten Augen

verschmiert waren. Auf der Straße war er ihr völlig verwahr-
lost vorgekommen, jetzt sah sie, daß seine Sachen weder
besonders alt noch besonders schmutzig waren, und daß er
höchstens sechzehn sein konnte, also etwa halb so alt wie sie.
Irgend etwas hielt Pandora davon ab, Mitleid zu empfinden,
aber wütend war sie auch nicht mehr. Der Blaue hatte sie jetzt
auch gesehen, und sein Gesicht verfärbte sich fast so dunkel
wie sein Veilchen. Pandora und er sahen sich an, und sie
dachte: »Seine Augen sind bestimmt blau. Und wenn er mich
jetzt noch lange ansieht, werden es meine auch.«

Sie schloß ihre einfach und streckte Andreas ihren Mund
entgegen, der ihn gleich küßte. Andreas küßte in U-Bahnen
wie kein zweiter. Die Bahn konnte ruckeln, wie sie wollte,
Andreas' Küsse waren immer vollkommen ruhig und weich.
Er drängte sie gegen eine Plexiglasscheibe, öffnete ihre Män-
tel und stellte sich so dicht an Pandora heran, wie es nur ging.

»Ich weiß schon, wie ich dich wieder warm bekomme,
Babe, meine kleine Radikale.«

Er umarmte sie und packte fest ihren Po. Pandora lächelte.
Andreas pustete ihr ganz leicht ins Ohr und flüsterte:

»Du weißt hoffentlich, was dir zu Hause bevorsteht?«

Seine Hände kneteten ihren Po, so unauffällig es unter
ihrem Mantel ging. Die U-Bahn hielt, eine Menschenmasse
schob sich hinaus, eine andere hinein. Pandora suchte den
Blauen und fand ihn. Sie sah ihn wieder mit ihren schwarzen
Knopfaugen an, während sie Andreas ins Ohr flüsterte:

»Was denn?«

Und Andreas hauchte ihr ins Ohr, daß er sie für diesen
Unfug bestrafen müsse und daß er schon sehen würde, ob
ihr niedlicher kleiner Po unter dem Zischen eines Gürtels
nicht nur warm, sondern auch rot werden würde. Und er
malte ihr aus, wie er die Augen verbinden und sie dann mit
dem Gürtel an die Heizung fesseln würde, wenn er eine

besonders dicke Kerze anzündete und den Wachs erst aus einiger Entfernung und dann immer näher auf sie tropfen lassen würde, besonders auf ihre Brüste und ihre Oberschenkel. Und sie, Pandora, wüßte doch hoffentlich, daß sie kein Wort sagen und auch nicht stöhnen durfte, sonst müßte er ihr auch noch den Mund verkleben und sie noch einmal versohlen oder mit einem Eiswürfel abreiben, bis ihr wieder kalt wurde, er würde sich da schon irgend etwas einfallen lassen.

Und wenn sie dann doch ganz heiß wurde und sich am Heizkörper aufrichtete, soweit es ging, und ihr Hinterteil schwenkte, um ihn einzuladen, damit er ihr es endlich besorgen konnte, dann würde er eines von diesen blauen Noppenkondomen aus dickem Gummi nehmen und sie immer nur soweit vögeln, bis sie kurz vor dem Abheben war. Und wenn sie ganz artig war, dann würde er ihr vielleicht irgendwann, wenn er gekommen war, die Hände losbinden, und sie dürfte es sich schnell noch selber machen, bevor er seinen Schwanz aus ihr herauszog. Das erzählte er ihr alles, während sie eng aneinandergepreßt in der U-Bahn standen, und Pandora sagte kein Wort und starrte den Blauen unverwandt an.

Nach ein paar Tagen traf sich die Gruppe in einem Café am Alex, um die Aktion zu besprechen. Auf dem Weg zur Toilette sah sie den Punk an der Theke. Er war ein ganzes Stück kleiner als sie, selbst jetzt, als er auf dem Barhocker saß. Sein Rücken ging steil in die Kurve, der Kopf hing tief zwischen den Schultern. Neben ihm stand ein älterer Mann, der den Blauen gerade hart am Nacken packte, als Pandora vorbeikam.

»Bei mir nicht, such dir was andres«, hörte sie ihn zischen, »mach dich vom Acker.«

Dann schob sich eine amerikanische Pfadfindergruppe zwischen sie, und Pandora konnte nicht mehr zuhören. Sie sah nur noch, wie der Mann ihn vom Barhocker schubste und ihn Richtung Tür bugsierte.

Ohne zu wissen, warum, ging sie hinterher, und dann traf sie ein schwimmender blauer Blick, bevor die Tür zufiel. Der Mann warf ihr ein »aus dem wird nie was, dieser Penner« entgegen und ging zurück zur Theke. Pandora holte sich ihren Mantel, entschuldigte sich kurz bei ihren Freunden und ging dem Blauen nach. Er stand noch draußen, unter der Straßenlaterne, und drehte sich einen Joint.

»Der macht dich nicht schlauer«, sagte sie.

»Scheiß drauf«, sagte er, und dann: »Die Pelztussi.«

Sie gingen nebeneinander her.

Pandora sagte: »Wo pennste denn heute?«

»Geht's dich was an?«

»Ich frag ja nur.«

»Am Alex.«

»Ganz schön kalt.«

»Alle Kumpels pennen da.«

»Kumpels, ja?«

»Ach verpiß dich«, sagte er und drehte sich um.

»Wie heißt'n du?«

»Gekko.«

»Wie 'ne Echse?«

»Mach deinen Scheiß für andre Tiere, wenn du unbedingt Mutter Teresa sein mußt, verpiß dich endlich«, sagte er.

Pandora steckte ihm einen Schein in die Jeansjacke.

»Hol dir nicht den Tod«, sagte sie und dann: »Morgen abend bin ich im Botanischen Garten, an der Chinapagode. Um sieben.«

Und sie streckte die Hand aus, um sie ihm auf die Wange zu legen, ließ es dann aber.

»Von mir aus«, sagte er und lief über die Straße.

Pandora fühlte sich plötzlich ein bißchen krank, so als ob

eine Grippe im Anflug wäre, und sie hatte Lust, eine Soul-CD aufzulegen, ihren Kopf auf Andreas' Knie zu legen und zu weinen, bis es ihr selber lächerlich vorkommen würde. Aber noch im selben Moment, als sie das dachte, fiel ihr auch ein, daß Andreas' Knie da wohl kaum die richtigen sein würden. Er würde nicht schweigen können und die Hand auf ihre Stirn legen und warten, bis sie selber anfing zu reden oder es ganz ließ. Und so fing sie schon auf der Straße an zu weinen, ganz ohne die richtige Musik, schämte sich aber bald und ging schnell mit gesenktem Kopf zu ihrem Auto, das sie in einer Seitenstraße geparkt hatte.

Am nächsten Abend nieselte es leicht. Im Botanischen Garten war es stockdunkel. Pandora saß in einem schwach beleuchteten chinesischen Pavillon und fragte sich, warum sie so sicher war, daß Gekko kommen würde. Dann stand er plötzlich vor ihr. Er trug nur ein dünnes T-Shirt ohne die Jeansjacke darüber.

»Geklaut«, sagte er, als er Pandoras Blick sah.

Er setzte sich neben sie. Er war klein und rundlich. Sie nahm seine Hand. Die war weißhäutig, und die Fingerkuppen wurden nach oben hin immer breiter. Seine Hände waren wahrscheinlich eine einzige Lüge, denn obwohl sie aussahen wie von einem Haftzeher, wußte Pandora doch beim bloßen Hinsehen, daß sie nichts festhalten konnten. Pandora streichelte darüber, dann sah sie in sein blaßes Gesicht, und ließ es. Seine blauen Haare sahen unter der trüben Funzel noch künstlicher aus.

»Was wäre, wenn wir miteinander schlafen würden?« fragte Pandora plötzlich.

Gekko drehte den Kopf weg und sagte: »Gar nichts wäre. Mit mir wäre dann gar nichts.«

»Kannst du nicht?«

»Weiß nicht. Glaub nicht.«

Pandora schwieg. Und Gekko sagte:

»Was wäre denn, wenn wir an 'n Wannsee gingen und versuchen würden, im Dunkeln in eine Schiffsschraube zu schwimmen? Da fahren nachts immer so Scheißschiffe mit Hochzeiten rum.«

»Vielleicht macht's dich in der Öffentlichkeit an. In der U-Bahn hast du uns doch genau beobachtet, das hab ich gesehen. Es muß ja nicht in der Bahn sein. Im Park vielleicht.«

»Oder wir klettern auf einen Baum, knoten uns ein Ende von einem Seil um den Hals und springen vom Ast. Dann könnten wir uns beim Baumeln zusehen.«

Pandora lachte. Dann sagte sie:

»Wir könnten auch in ein spießiges Restaurant gehen, und nach einem tollen Essen rühren wir uns Arsen in den Cappuccino.«

Gekko sagte: »Hast du schon mal mit zwei Männern geschlafen? Oder mit deinen Typ und einer Freundin?«

Pandora lachte immer noch. Sie sagte:

»Hast du es schon mal mit einem Kerl versucht? Oder mit dem großen schwarzen Hund von deinem Kumpel mit der rosa Bürste? Vielleicht bringt's das bei dir.«

Gekko sagte: »Ich glaube, ich nehme doch die Schiffsschraube.«

Pandora stand auf.

»Komm doch morgen nachmittag mal bei mir zu Hause vorbei.« Sie gab ihm einen Zettel mit der Adresse: »Das ist ganz in der Nähe vom Wannsee.«

Sie hatte das Licht in ihrer Wohnung nicht angeschaltet. Sie hatte nichts vorbereitet. Sie stand am Fenster, draußen nieselte es immer noch. Der Hof lag tief unter ihr.

»Aus dem Fenster stürzen«, dachte sie, »das ist uns nicht eingefallen, das war uns zu profan.«

Unten standen zwei graue Müllcontainer in schmutzigen

Pfützen. Keine Kinder zwischen dem Gestrüpp, nur zwei nasse, gelbe Katzen, die Pandora riesig vorkamen und sie an eingesperrte Löwinnen erinnerte. Dann ging die Tür aus dem Vorderhaus auf. Jemand kam über den Hof.

»Andreas«, sagte Pandora leise, rührte sich nicht, und ging erst, als es klopfte, um die Tür zu öffnen.

»Hallo, Babe«, schnurrte Andreas, umarmte sie und schob sie unter kleinen Küssen durch die Wohnung zum Bett. Pandora sah über seine Schulter aus dem Fenster. Die Tür des Vorderhauses öffnete sich ein zweites Mal. Gekko stand unten im Hof.

»Hoffentlich wäscht der Regen nicht die Farbe aus seinen Haaren«, dachte Pandora.

»Heute keine Weltrettung, Babe? Komm schon her«, keuchte Andreas.

Pandora drehte den Kopf, um sich küssen zu lassen, und bemerkte dabei, daß die Tür noch offenstand.

»Sie ist offen«, dachte Pandora. Andreas hob sie hoch und legte sie auf das breite Bett. Von da aus konnte Pandora die Tür nicht sehen, aber sie wußte, daß man von der Tür aus das Bett sehr gut sehen konnte. Andreas flüsterte:

»Ich weiß genau, was du willst, wenn du mich so ansiehst, du hast ganz schwarze Knopfaugen, wenn du geil bist, man sieht deine Pupillen gar nicht mehr.«

Er streifte ihr den Pulli über den Kopf und zog den Reißverschluß ihrer Jeans auf. Pandora hörte Schritte im Flur. Sie wußte, daß Gekko jetzt auf dem Flur stand. Sie dachte an das, was sie nach dem Treffen im Botanischen Garten im Lexikon nachgelesen hatte: »Die bekannteste Art ist der nachts in Häuser eindringende und dort Insekten jagende Gekko.«

»Weder jagend noch eindringend«, dachte Pandora, dann schloß sie die Augen.

Andreas zog ihr die Jeans aus. Er stand neben dem Bett und warf seine Sachen auf den Boden. Nackt legte er sich neben sie, küßte ihren Hals und streichelte mit großen, kreisenden Bewegungen über ihre Brüste, ihren Bauch, ihre Schenkel.

»Mach sie ganz breit, Babe«, stöhnte Andreas und rutschte neben ihr auf der Decke etwas tiefer.

Pandora stellte den einen Fuß auf den Boden neben das Bett und legte den anderen auf Andreas Schulter. Aber er leckte sie nicht, sondern pustete nur ein bißchen, spreizte mit den Fingern ihre Schamlippen, blies fester über ihre Möse und küßte die Innenseite ihres Oberschenkels. Er legte seine Hand über ihre Möse und sagte, es würde schon ein bißchen piksen beim Darüberstreichen, aber er sehe noch keine nachwachsenden Haare. Dann rieb er in ihrer Spalte auf und ab, bis sie spürte, daß von innen die Feuchtigkeit kam, die er auf ihren Schamlippen verteilte, um leichter auf ihrem Kitzler auf- und abgleiten zu können. Er schob ihr den Mittelfinger in die Möse und rieb mit dem Daumen weiter.

»Wenn ich von der Tür wenigstens ein Geräusch hören würde«, dachte sie, »wenn ich wüßte, ob er verletzt ist oder ob es ihn aufgeilt.«

Aber sie hörte gar nichts, nur Andreas' Flüstern, der sich ein Kondom übergezogen hatte und jetzt langsam über sie kroch.

»Leg mir die Beine über die Schultern«, sagte er.

Er drang in sie ein und fickte sie langsam. Pandora spreizte weit die Beine, so daß sie wie ein großer Buchstabe dalag, griff durch ihre Beine hindurch, um seine Hoden mit einer Hand zu kneten und mit der anderen ihren Kitzler zu streicheln. So machten sie es meistens, abgesehen von den Heizungssessions, die für besondere Gelegenheiten aufbewahrt wurden, und wie immer dauerte es nicht lange. Erst schrie sie kleine spitze Schreie, dann sank Andreas mit einem lauten heiseren Seufzer auf ihr zusammen. Da merkte Pandora erst, wie sehr sie geschwitzt hatte, und jetzt, wo der Schweiß trocknete, wurde ihr kalt. Sie küßte Andreas auf die Stirn und flüsterte:

»Gehst du bitte gleich? Ich wäre heute abend gern alleine.« Er nickte und küßte sie noch einmal. Als er seine Sachen zusammenraffte, sagte sie noch:

»Und ruf mich in den nächsten Tagen nicht an, ja? Ich melde mich bei dir.«

Er nickte wieder, zog sich an und verschwand.

Pandora wickelte sich in die Decke und ging langsam auf die Tür zu. Sie wußte nicht genau, was sie erwartete. Einen heulenden Jungen mit blauen Haaren. Einen Spermafleck auf der Wand. Eine blaue Perücke. Eine erschlagene Fliege. Eine Regenpfütze wenigstens. Aber draußen auf dem Gang war nichts, gar nichts.

»Wie auch«, sagte sie leise.

Pandora schloß leise die Tür, drehte den Schlüssel im Schloß herum und verriegelte auch das Sicherheitsschloß. Dann schob sie die Kommode, die neben der Tür stand, unter die Klinke. Sie fühlte sich selbst lächerlich bei dem Versuch, etwas auszusperren, daß längst drinnen war. Die Decke, die sie wie eine römische Toga festgesteckt hatte, glitt unter ihren Armen weg, sie fror mehr als bei der Demo.

Langsam, wie betrunken oder vergiftet, schleppte sie sich nackt ins Bad, schaltete die kleine Leuchte über dem Spiegel an. Sie starrte ins Waschbecken. Das war alt und aus Emaille und hatte kleine Risse, und jeder dieser Risse führte in den Ausguß. Sie stand lange da, die Hände aufgestützt und starrte den kleinen Rissen nach. Dann, als sie begriff, daß sie nicht weinte, sah sie in den Spiegel.

Ihr Gesicht war sehr blaß.

Unter ihrem Pony, die Augen waren blau.

Zwischen Putzfrauen schwimmen

»Sie haben Übergewicht.«

»Ja, ein bißchen, ich weiß.«

Isolde lächelt liebenswürdig.

Die Stewardeß sieht sie irritiert an, und ihr Gesicht färbt sich fast so rot wie ihre Strumpfhose.

»Nein, ich meine, Ihr Gepäck wiegt mehr als 22 Kilo.«

Isolde lächelt immer noch liebenswürdig. Die Stewardeß hat normalerweise eine weiße Haut und sieht in der grellroten Uniform aus wie eine Tomate auf Stelzen, wie ein verschämter Storch, und sie schämt sich tatsächlich für das Mißverständnis und sagt schnell:

»Aber das geht schon in Ordnung, die Maschine ist nicht ausgebucht.«

Sie reicht Isolde die Bordkarte und zeigt ihr das richtige Gate.

Eine knappe Stunde muß sie noch warten, in einer weiteren Stunde wird sie in Wien sein, dann muß sie in den Zug steigen, der sie in eine Gegend bringen wird, die im Prospekt als »touristisch unerschlossen« beschrieben wird, das bedeutet Pampa. Aber das ist Isolde egal, denn erstens bleibt sie nur drei Tage, zweitens fährt sie nicht zum Sightseeing, sondern zum Beauty-Urlaub, und drittens hat sie die ganze Reise gewonnen, da darf man sowieso nicht meckern. Von alleine wäre sie sicher nie auf die Idee gekommen, in österreichisches Brachland zu fahren, in eine Esoterik-Beauty-Therme, die auf den Illustriertenfotos aussah wie eine Mi-

schung aus Disneyland und Orient. Bad Blütenau heißen die
Therme und der Ort, wobei Isolde davon ausgeht, daß der
ganze Ort aus Therme bestehen wird.

Mit ein paar Schritten ist sie bei der Sicherheitskontrolle.
Isolde bleibt bei einem Postkartenständer stehen, angelt sich
eine Münze aus dem Portemonnaie, knöpft sich den langen
Wollmantel auf und läßt sie in ihre Hosentasche gleiten: ein
uralter Trick, damit es piept, wenn sie durch die Sicherheits-
schleuse geht und zum Abtasten in die Kabine gebeten wird.
Isolde genießt den Moment immer, wenn eine Beamtin,
Marke Gefängniswärterin, sie mürrisch in die Kabine winkt.

Isolde lächelt und nickt einem Mann in Uniform zu, als sie
durch die Absperrung geht. Es piept wie auf Kommando. Der
Mann fährt mit einer Kelle an ihr entlang, findet aber nicht
die Münze, bei Isolde piept es weiter, und ein angejährte,
grimmige Beamtin winkt sie in die Kabine. Die Vorhänge
werden nachlässig zugezogen, Isolde breitet die Arme aus
und schließt die Augen, als die Beamtin unter ihren Mantel
faßt, von den Achselhöhlen aus am Busen vorbei bis über die
Hüften streicht, dann vom Hals bis zum Bauch. Sie geht in
die Hocke und streicht auch die Beine innen und außen ab.
Die Münze findet sie nicht, beschließt aber trotzdem, Isolde
für ungefährlich zu halten, und schickt sie weiter. Isolde rollt
kurz und genießerisch mit den Schultern, als sie die Kabine
verläßt, der Urlaub fängt gut an.

In der Lounge setzt sich eine alte Frau neben sie, eine Dame
im krähenschwarzen Persianermantel mit großem schwarzen
Hut und Unmengen von Goldschmuck.

»Na, die kennt den Trick mit der Sicherheitskontrolle aber
auch«, denkt Isolde und grinst in sich hinein.

Da spricht sie die Krähe auch schon an. Isolde lächelt
freundlich, bleibt aber distanziert. Sie kennt das, alte Frauen
sprechen sie oft an. Gleich wird sie versuchen, Isolde zu

berühren, auch das kommt oft vor. Schon legt ihr die alte Frau die Hand aufs Knie. Isolde liest demonstrativ in einer Zeitschrift und atmet auf, als sich neben die Krähe noch ein Kräherich setzt und sie beschäftigt.

Isolde ähnelt nicht den Frauen auf Magazinen, sie tigert nicht, sie geht. Sie haucht nicht, sie redet. Die Männer im Büro und auf der Straße pfeifen ihr nicht nach, wenn sie vorübergeht, aber sie hat etwas an sich, das alte Frauen zu schätzen wissen, so sehr, daß sie Isolde ansprechen, ihr Komplimente machen, sie berühren möchten. Obwohl Isolde nicht schön ist, hat sie eine besondere Art von Vitalität: eine strahlende Haut, glänzende Haare, dichte Wimpern, einen großen Appetit auf kulinarische und erotische Genüsse, den man ihr ansieht, und schwungvolle Bewegungen. Das macht sie schön in den Augen der Frauen, die all das nicht mehr haben. Isolde weiß das, aber sie weiß auch, daß es irgendwann schwächer werden wird, lange bevor die richtig schönen Frauen weniger schön werden, und deshalb verläßt sie sich erst gar nicht darauf. Die alte Frau beugt sich wieder zu ihr und sagt mit unüberhörbarem österreichischem Akzent:

»Jetzt geht es wieder nach Hause. Wir sind ja oft draußen, zum Einkaufen, aber wohnen wollen wir nur zu Hause.«

Österreicher sagen oft »draußen«, wenn sie Deutschland meinen. Isolde ist das schon einige Male aufgefallen, als wäre Österreich für Österreicher ein Gefängnis, ein Sachertorten-küßdiehand-Knast.

Die beiden alten Herrschaften sitzen im Flugzeug zwar in Isoldes Nähe, aber nicht neben ihr. Rotbestrumpfte Stewardessen hantieren hin und her, und Isolde fragt sich zum wiederholten Male, ob es wohl Designerinnen gibt, die sich ganz auf Stewardessenmode spezialisiert haben, und wenn es sie gibt, warum sie dann so unfähig sind, warum sie glauben, daß Frauenbeine in roten Strümpfen ein schöner Anblick seien, warum sie keine Röcke schneidern können, die nicht zwischen Po und Hüfte beulen, als hätte die Normalfrau an der Stelle einen Buckel.

Isolde stöbert in den Unterlagen, die ihr die Illustrierte zugeschickt hat. Sie hat noch nie etwas gewonnen und rechnet immer noch damit, daß sie irgendeinen Haken übersehen hat, aber die Unterlagen machen sie auch neugierig, denn wenn sie ehrlich ist, hat sie einen Urlaub wirklich nötig. Drei Tage lang in heißem Wasser liegen, sich rundum erneuern lassen, ein paar Yogastunden nehmen und vielleicht das eine oder andere Eso-Angebot ausprobieren, ist jetzt genau das Richtige. Die Anlage, in die sie fährt, ist von einem exzentrischen, modernen Architekten entworfen worden. Die Häuserkomplexe sind bunt bemalt mit Fenstern und Türen, die alle eine andere Form haben, die Dächer sind bepflanzt, und auf fast jedem sieht man eine goldene Kuppel oder einen Zwiebelturm. Es gibt keine einzige gerade Linie, die Gebäude schmiegen sich in die Landschaft wie schlafende Tiere oder halbverborgene Kiesel.

Das Programm liest sich ebenfalls abenteuerlich: von Bachblüten über Feldenkrais, Klangschalentherapie oder Schröpfen bis hin zu kreativem Tanz und Vogelstimmenwanderungen kann man hier alles machen und mit sich machen lassen, woran man noch nie geglaubt hat. Isolde lehnt sich zurück und beschließt, die geschenkte Entspannung zu genießen, als wäre es ihre letzte. Sie schläft ein und wird erst wieder wach, als das Flugzeug in Wien landet. Der Kräherich beginnt, laut zu klatschen, wie er es wohl beim Landeanflug auf Mallorca gelernt hat.

Nach einer Bahnfahrt vorbei an ländlichen Gegenden, einsamen Gegenden und gottverlassenen Gegenden erreicht Isolde nach mehr als sechs Stunden Reise endlich ihr touristisch unerschlossenes Ziel. Das hat leider keinen Bahnhof, jedenfalls keinen mit einem Schild, und Isolde steigt nur aus, weil mitten auf der grünen Wiese ein junger Muskelmann wartet, auf dessen gespanntem T-Shirt »Ich packe an« steht. Isolde findet das witzig und drückt ihm ohne Skrupel ihr übergewichtiges Divengepäck in die Hand. Später wird sie Angestellte der Therme kennenlernen, auf deren T-Shirt »Ich passe auf«, »Ich serviere« oder »Ich gebe Auskunft« steht. Leider, so wird sie spätestens am zweiten Abend bedauern, gibt es keinen mit dem Schriftzug »Ich befriedige«.

Der Muskelmann lädt ihre Taschen und Koffer ins Auto, und sie fahren durch die Welt, wie die Göttin sie schuf, von den staubigen Straßen und einigen entlegenen Gehöften mal abgesehen. Dann, nach einer weiten Kurve, sieht sie es. Isolde ist sprachlos und staunt. Mitten in den Wiesen liegt die Therme wie hingezaubert, ein Traum aus Türmen und bunten Schwüngen. Isolde lehnt sich zurück und kann es kaum noch erwarten, endlich anzukommen.

Die Böden im Inneren sind uneben wie die Wände. An der Rezeption steht eine junge lächelnde Frau, die zwar keine roten Strümpfe, aber dafür ein buntgebatiktes Halstuch trägt. Isolde nimmt sich immer in acht vor Frauen mit bunten Halstüchern. Entweder sie erforschen gerade ihre Persönlichkeit im Einklang mit der sichtbaren und unsichtbaren Welt, oder sie haben ähnliche Trips gerade hinter sich und suchen jetzt jemanden zum Missionieren. Solche Frauen belegen Bauchtanzkurse an der Volkshochschule, weigern sich aber, beim Tanzen in vollem Flitter die Brille abzunehmen, weil die Sehschwäche »zur Persönlichkeit gehört und ja auch irgendwo eine Chance ist.«

Isolde nähert sich dem Seidenhalstuch also vorsichtig und gibt ihre Buchung ab, um einzuchecken. Die Rezeptionistin kramt in ihren Unterlagen herum, tippt etwas in ihren Computer ein und fragt dann einen jungen attraktiven Mann, der auch wieder auf der Computertastatur herumtippt und in den Unterlagen kramt. Er hat eine helle Haut mit Sommersprossen auf Nasenrücken und Wangen und wuschelige dunkelblonde Haare, die im Nacken kurz rasiert sind. Er bewegt sich geschmeidig, und spätestens als er Isolde anspricht, ist ihr klar, daß sie ihn ausgesprochen lecker findet.

»Hallo, ich bin Marius Fischer, der Pressereferent. Mit Ihrer Buchung ist wohl irgend etwas schiefgegangen. Ich fürchte, Ihr Zimmer ist nicht frei.«

Lecker hin oder her, Isolde merkt, wie sie ärgerlich wird.

»Und jetzt?«

»Wären Sie eventuell damit einverstanden, sich das Zimmer mit jemandem zu teilen?«

»Mit dir jederzeit«, denkt sie und sagt: »Und mit wem?«

»Mit einer Schweizerin, einer Reiseleiterin, älter als Sie, aber sehr sympathisch, sie ist bereits auf dem Zimmer.«

Weil Isolde offenbar keine Wahl hat, gibt sie nach. Der Presseschnuckel begleitet sie in das angrenzende Haus.

»Vielleicht könnte ich mich nachher mit einem Stück Sachertorte für die Unannehmlichkeiten entschuldigen?«

Bei dem Wort »Sachertorte« glitzern seine Augen. Männer, die Schokolade lieben, müssen nett sein. Isolde stimmt zu.

Die Frau im Zimmer stellt sich als Margit vor und ist ansonsten etwas wortkarg. Genau wie Isolde ist sie nicht gerade begeistert von der Aussicht, drei Tage eine Fremde um sich zu haben. Isolde packt schnell aus und macht sich dann auf den Weg zur Entschuldigungstorte. Vielleicht ist der junge Mann ja etwas für länger, nicht fürs Leben, aber für drei Tage. Immerhin soll sie sich hier ja entspannen, und so wie er sich anzieht und spricht und aussieht, ist er ziemlich genau ihr Typ. Margit ist nicht mitgekommen, das könnte bedeuten, daß er sie, Isolde, kennenlernen möchte. Isolde denkt an seine Milchhaut, seine weichen Haare, seine wachen Augen und ist schon ganz kribbelig, bevor sie das Café überhaupt erreicht hat.

Das dauert allerdings eine Weile. Erst verläuft sie sich, steht plötzlich in der Tiefgarage und dann vor der Kinderbetreuung. Sie läuft an einem Restaurant vorbei, das »Lebensfroh« heißt und an einem weiteren, an dessen Tür »Leckere Sachen« steht. Dann gerät sie eine Sackgasse. Vor ihr ist ein Drehkreuz in die Wand eingelassen. An der Rezeption hatte man ihr ein Armband umgebunden, mit dem sie Türen öffnen und Bestellungen in den Restaurants abrechnen kann, die in Österreich »Konsumationen« heißen. Ein tolles Wort dafür, daß man ein Glas Cola trinkt. Irgendwann überlistet sie das Drehkreuz und betritt endlich das Café, das »Gönndirwas« heißt.

Sie reden den ganzen Nachmittag, er ist charmant und witzig und erzählt ihr, daß er derjenige ist, der die Touristenmassen, die täglich mit Reisebussen vor der Therme ausgeschüttet werden, durch die Anlage und über die Dächer führt, damit sie sich die Architektur ansehen können.

»Über die Dächer?« fragt Isolde.

»Ja, das werden Sie auch noch sehen, wenn Sie draußen schwimmen oder im Wellenbad sind. Dann stehen oben auf den schrägen Dächern immer Dutzende von Menschen und sehen auf Sie runter.«

»Wie im Zoo«, staunt Isolde, aber bei dem ausgefallenen Design der Therme wundert sie das Interesse im Grunde nicht.

Nachdem es draußen dunkel geworden ist, und sie immer noch reden, ist für Isolde die Sache klar: Sie wird ihn nicht vernaschen, obwohl er gemein sexy ist und sie immer wieder anstrahlt, aber er ist einfach zu nett. Schließlich soll er nicht ihr ganzes Leben durcheinanderbringen. Sie ist gerade erst geschieden, und die ganzen Streitereien und Vorwürfe stekken ihr noch ziemlich tief in den Knochen. Also gar nicht erst etwas provozieren, das nachher eine Katastrophe werden könnte. Außerdem ist es ihr bereits jetzt wichtig, was er von ihr denkt, und sie will sich weder mit einer möglicherweise abgelehnten Offerte blamieren noch als oberflächlich vor ihm dastehen. Isolde verabschiedet sich herzlich mit dem Hinweis, daß sie noch ins Wasser möchte. Ihre Einladung, doch einfach mitzukommen, lehnt er ab, weil er, wie er leicht errötend sagt, nicht gerne halbnackt vor anderen Leuten herumgeht und schwimmt. Isolde ist zwar erstaunt, sagt aber nichts.

Die Thermalbäder, Whirlpools und Saunen sind für Hotelgäste von frühmorgens bis spätnachts geöffnet, jeweils zwei Stunden länger als für Tagesgäste, und weil viele Hotelgäste gerade im »Lebensfroh« essen, hat sie das Wasser fast für sich alleine. Was für ein Luxus.

Die Therme ist gestaltet, wie man sich einen modernen Harem vorstellt: Kachelmosaike schmücken Wände und Boden. Auch hier gibt es keine geraden Linien. Alles ist geschwungen und sieht mehr gewachsen als gebaut aus. Die Glaskuppel in der Mitte wird von bunten Säulen gehalten, dazwischen stehen Palmen und Liegestühle. Auf kleinen Inseln sind Whirlpools eingelassen, die man über Brücken und Treppen erreichen kann. Alle Kanten sind abgerundet und die einzelnen Becken mit verschlungenen Kanälen verbunden. Von unten dringt ein grünliches Licht durch das Wasser, das es türkis aussehen läßt, wo es tiefer wird. Isolde legt sich auf den Rücken, läßt sich die Ohren voll Wasser laufen, damit sie nichts mehr hört, und sieht sich an den Deckenmosaiken und herrlichen Farben satt. Sie bleibt nur die empfohlenen zwanzig Minuten im heißen Wasser. Schließlich will sie am nächsten Tag fit sein, wenn das Beautyprogramm losgeht.

Als sie nach dem Abendessen ins Zimmer kommt, schläft Margit schon oder tut zumindest so. Aber ganz sicher ist Isolde sich da nicht. Margit atmet ganz ruhig, schnauft leise, schnarcht sogar, aber manchmal kommt es Isolde zu regelmäßig vor. Dann gleitet sie in einen Traum, in dem sie einen milchweißen warmen Nacken bis hoch zum wuscheligen Haaransatz streichelt.

Isolde wacht auf, als Margits Hand plötzlich auf ihrer Brust liegt. Wie sie dahin gekommen ist, ob sie sich hinüber getastet hat oder durch die Luft auf sie herunterschwebte, hat sie verschlafen, aber nun liegt sie da, und Isolde ist sich immer noch nicht sicher, ob Margits Hand schlafwandelt oder sich absichtlich hinübergeschoben hat. Sie liegt ganz ruhig und dreht im Zeitlupentempo den Kopf, um zu Margit hinüberzusehen. Sie kramt in ihrem Gedächtnis nach allem, was ihr über Schweizerinnen einfällt, aber viel ist es nicht.

Sie sagen »Meertrüberli« zu Johannisbeeren, und sie fühlen sich sittlich belästigt, wenn man mit ihnen Brüderschaft trinken will, überhaupt sollen sie prüde sein. Auf Margit scheint das zumindest zuzutreffen. Als Isolde den Koffer auspackte, hatte sie sich sogar im Bad eingeschlossen, nur um ein anderes Hemd anzuziehen. Aber nun liegt ihre Hand auf Isoldes Brust und bewegt sich nicht.

Isolde fühlt, wie sich ihre Brustwarze aufrichtet. Auf der einen Seite freut sie das, weil Margit, falls sie wach ist, jetzt weiß, daß sie gern weiter schlafwandeln kann, auf der anderen Seite befürchtet Isolde, daß selbst so eine winzige Bewegung wie eine sich zusammenziehende Brustwarze Margits Hand vertreiben könnte. Und so kommt es dann auch. Margit schnorchelt, gräbt ihr Gesicht ins Kissen und dreht sich um. Isolde liegt nur kurze Zeit wach und verfängt sich dann in Träumen aus schneebedeckten Berggipfeln und Schokolade.

Beauty-Urlaub ist anstrengend, das erfährt Isolde gleich, nachdem sie sich im »Lebensfroh« durch das überdimensionale Frühstücksbüffet gefuttert hat. Mittlerweile kann sie die Drehkreuze überlisten und findet auch gleich den Gesundheitsturm »FindeDich«, der den Hotelkomplex zusammen mit dem Beautyturm »Wunderschön« einrahmt. Isolde kommt auch an dem Fitneßraum »Ichfürmich« und an dem Café »Gönndirwas« vorbei. Langsam gehen Isolde diese Beschriftungen auf die Nerven.

»Das könnte man ja bis ins Absurde weitertreiben«, überlegt sie, »Treppen, auf denen ›Gehzufuß‹ steht, Türen mit ›Öffnemich‹. Über die Rezeption könnte man ›Fragmichwas‹ schreiben oder ›Siehmichan‹ auf die Volkshochschulkunst, die überall an den Wänden hängt.«

Um gleich ins kalte Wasser zu springen, hat sie als erstes »mind world spectral vision« gebucht, obwohl sie keine Ahnung hat, was da wohl auf sie zukommt. Man bahrt sie, in eine Wolldecke gewickelt, auf, brennt neben ihr eine Duftkerze ab, setzt ihr eine Brille auf, durch die sie grelle Lichtblitze sieht, und spielt dazu esoterische Musik ab. Das soll die Gehirnströme verlangsamen und sie entspannen. Mag sein, daß es ihre Gehirnströme verlangsamt, aber es entspannt sie nicht. Nachdem der dritte Indianer auf der CD Panflötenmusik gespielt hat und dazu im Hintergrund ein Chor dumpf etwas murmelt, während ein mit Sicherheit kristallklarer Bach munter über uralte Steine sprudelt, und ein Adler ein Balzgeschrei dazu hinausstößt, wird es ihr entschieden zu viel Esoterik, und sie ist doch sehr erleichtert, als diese Sitzung vorbei ist.

Anschließend warten wieder weltlichere Dinge auf sie: eine Kosmetikbehandlung. Die Fachfrau cremt Isoldes Körper mit einer schlüpfrigen Masse ein und wickelt sie dann in eine Folie, eine Art Ganzkörperkondom. Dann drückt sie ihr die Mitesser auf der Stirn aus, die Isolde bis dahin nicht einmal gesehen hatte.

»Bin ich nicht schon zu alt für Pickel?« fragt sie die Kosmetikerin.

»Och«, sagt die, und Isolde denkt: »Na prima, aus der Pubertät direkt in die Wechseljahre. Hören die Pickel auf, fangen die Falten an, ganz klasse.«

Und während die Kosmetikerin ihre nicht vorhandenen Fältchen behandelt, und Isoldes Augenbrauen rupft, als wollte sie sie als Puter auf den Tisch bringen, erzählt sie in einem fort, wie wichtig es für die Schönheit sei, sich selbst positiv gegenüber zu stehen. Als sie das etwa eine halbe Stunde wiederholt hat, schickt sie Isolde in eine Dusche, um sich den Schönheitsschlick vom Körper zu waschen. Isolde duscht und beschließt, sich jetzt einmal zu öffnen, für das, was sie hier vielleicht lernen könnte, und beginnt gleich beim Einseifen damit, sich nun positiv gegenüber zu stellen.

»Ich bin schön«, denkt sie, »meine Brüste sind nicht ganz in der Höhe, in der sie sein sollen, aber da, wo sie hängen, hängen sie sehr anmutig. Meine Beine sind formvollendet, und wenn ich mich gegrätscht vornüberbeuge und die Knie durchdrücke, habe ich auch keinen einzigen Zentimeter Cellulite. Ich bin Venus, von Wellen umspült, von Schaum gekrönt, aber jetzt brennt das Mistzeug in den Augen.«

Und sie angelt nach dem Handtuch. Da sie nach der Hautbehandlung ohnehin zwei Stunden nicht schwimmen soll, steigt sie wieder hinauf in den Gesundheitsturm und macht einen Stretchingkurs mit. Neben anderen Gästen sind auch Angestellte der Therme zum Dehnen gekommen, und Isolde spürt das Lächeln im Rücken, bevor sie Marius sieht. Sie lächelt auch, spricht ihn aber nicht an und flüchtet nach dem Kurs direkt auf ihr Zimmer, ohne ihn noch einmal anzusehen.

Nebenan zieht gerade ein Pärchen im mittleren Alter ein, ein Spanier und eine Frau im Rollstuhl, die sich anscheinend übereinander lustig machen, denn sie lachen beide und unterbrechen sich ständig, um dann wieder loszulachen. Das Lachen hört Isolde noch in ihrem Zimmer, und bald geht das Lachen in Kichern über und dann in Stöhnen, und dann knarrt auch schon das unlackierte Naturholzbett im nachbarlichen Antiallergikerzimmer. Isolde sieht neidisch auf die Uhr, als das Stöhnen und die fremden Laute gar nicht mehr aufhören.

»Alle entspannen sich hier«, denkt sie, »nur ich darf nicht«.

Abends liegt Margit bis zum Hals zugedeckt und liest, und Isolde starrt Löcher in die Decke, während sie das spanische Pärchen auf dem Gang toben hören.

Als sie und Margit gleichzeitig Zähne putzen wollen, wird es Isolde auch klar, wieso es mit ihnen beiden nicht klappen kann. Die gesamte Menschheit läßt sich in zwei Gruppen aufteilen: Mundgurgler und Spucker. Isolde ist eine Spuckerin, sie hängt sich weit über das Waschbecken, schrubbt ihr Gebiß und verteilt den Schaum der Zahnpasta gleichmäßig auf Zähnen, Lippen, Kinn, Handrücken und dem gesamten Waschbecken. Margit füllt sich als Mundgurglerin handwarmes Wasser in einen eigens mitgebrachten, gelben, uralten Zahnputzbecher, schiebt sich dann die Zahnbürste in den Mund, preßt die Lippen fest aufeinander und geht im Raum auf und ab, während sie in kleinen verbissenen Bewegungen auf ihrer Bürste herumkaut. Mundgurgler und Spuckerinnen kommen niemals zusammen, das braucht man gar nicht zu versuchen. Isolde weiß das, und trotzdem versucht sie es.

Als Margit wieder ihren merkwürdigen, unechten oder zumindest unecht wirkenden Schlaf schläft, tastet Isolde vorsichtig zu ihr herüber, berührt ihre Haare, ihren Hals, federleicht gleiten ihre Fingerkuppen über Margits Schulter.

Margit riecht gut, das ist Isolde schon beim Kofferauspacken bewußt geworden, aber gerade bei Gerüchen ist Isolde mißtrauisch. Sie erinnert sich an ihre erste große Liebe, ein Mädchen aus der Schule, die lange ihre Busenfreundin war, bis sich dann schließlich auch ihre Busen anfreundeten. Und dieses Mädchen hatte immer einen ganz eigenen Geruch, der für Isolde dazugehörte wie die Haarfarbe oder der winzige Leberfleck neben dem Mund. Einmal übernachtete sie bei ihrer Freundin und ging nachts ins Bad und wusch sich aus Versehen die Hände nicht mit der großen Seife in der Seifenschale, sondern mit einer kleineren, die danebenlag, und erst da wurde ihr klar, daß es nicht der typische Freundinnengeruch war, sondern der einer ganz normalen Seife, die tausend andere Menschen auch benutzen. Und obwohl sie es ihrer Freundin nicht erzählte, kam sie sich betrogen vor und ließ sich nie wieder von Gerüchen einwickeln.

Isolde stützt sich auf, um näher heranzurutschen, malt sich aus, wie sich das anfühlen wird, Margits warmer Frauenkörper unter dem dünnen Nachthemd, da rafft Margit das Plumeau über ihrer Brust zusammen, dreht sich auf die andere Seite und schnarcht leise einige Male mit fest geschlossenen Lippen. Bei einer Mundgurglerin war das im Grunde nicht anders zu erwarten.

Der nächste Tag hält zwei Überraschungen bereit: Qigong, das Isolde gebucht hat, weil der Yogakurs ausgefallen war, und eine Shiatsu-Massage. Sie liegt auf einer weichen Matte und hört die Masseurin von Meridianen und Energiekreislauf reden. Unter den sanften, starken Händen entspannt sie sich plötzlich, wird ganz weich und ruhig, denkt an gar nichts mehr und genießt nur noch. Wäre sie eine große Katze, könnte man ihr Schnurren noch in der Sauna »Achsoheiß« im Keller hören. Sie liegt auf dem Rücken, und die Masseurin kniet über ihr und drückt ihre Schultern in die Matte.

Da hört Isolde die Tür aufgehen, und entweder riecht sie das Rasierwasser, oder sie spürt es einfach, aber sie weiß sofort, daß Marius in der Tür steht. Er schließt sie zwar gleich wieder, als er bemerkt, daß der Raum belegt ist, aber Isolde freut sich trotzdem, daß er sie in so einer entspannten, intimen Situation gesehen hat. Nach anderthalb Stunden ist sie so frisch und entspannt wie seit Monaten nicht mehr.

»Ich will nie wieder über Esoterik lästern«, schwört sie sich und macht sich gutgelaunt auf den Weg eine Etage höher zum Zimmer mit der Klangpyramide, in dem der Qigong-Kurs stattfinden soll.

Oben in dem lichtdurchfluteten Gynmastikraum steht ein etwas aufgedunsener Mann Mitte fünfzig, das graue schulterlange Haar von einem schwarzen Stirnband zurückgehalten und in einem schwarzen Kampfkimono steckend. Als er Isolde sieht, verbeugt er sich vor ihr und säuselt: »Ich grüße das Licht in dir«.

Das wäre für Isolde eigentlich schon Grund genug, wieder zu gehen, aber hinter ihr kommen schon die anderen Teilnehmerinnen, und da würde ihre Flucht auffallen. Also muß sie da wohl durch. Es ist Meister Guntram, der den Kurs gibt. Meister Guntram gerät schon bald völlig in Ekstase, steht da mit schwingendem Oberkörper und geöffnetem Mund und ruft Dinge wie »Die Lebensenergie – laßt sie strömen«. Isolde ist artig, läßt »den Bären erstehen«, obwohl sie sich bei dieser Übung vorkommt wie Popeye mit Asthma und trägt dann »den Löwen gegen seinen Willen mit Kraft auf den Berg«. Sie dreht auch das Lebensrad und versucht, ihre Augen so verzückt wie nur möglich zu rollen – allerdings nur, wenn Meister Guntram hinsieht. Wenn er zu sehr mit seinem eigenen Bären beschäftigt ist, bestaunt sie lieber die anderen, die das offenbar schon öfter gemacht haben und jetzt ähnliche kosmische Erlebnisse auf der Gymastikmatte erleben wie der Meister, der unüberhörbar aus dem Schwäbischen kommt. Am Ende will sie nur noch weg und versucht, so schnell wie möglich zu entwischen, um wieder unter Menschen zu kommen, die keinen unsichtbaren Löwen irgendwohin tragen, aber Meister Guntram fängt sie an der Tür ab.

»Also, wie du das alles mitmachst, das ist ja ganz großartig.«

»?«

»Ja, so kraftvoll und spirituell, du bist bestimmt yogageschult.«

Isolde denkt an ihre bodenständige Yogalehrerin, die nur auf Drängen über Esoterisches spricht und sich ansonsten auf den gymnastischen Aspekt konzentriert, wofür ihr Isolde immer wieder dankbar ist, und nickt nur. Dann läßt der Meister das Licht in ihr gehen und widmet sich wieder seinen ekstatischen Bären.

Beim letzten Abendessen im »Lebensfroh« mit Produkten des »regionalen Bauern der Woche« amüsiert sie sich immer noch, aber ein bißchen bedauert sie es auch, daß die Zeit schon vorbei ist, und sie nimmt sich vor, morgen vor der Abreise ganz früh aufzustehen und noch ein letztes Mal baden zu gehen, und zwar ganz alleine, wenn hoffentlich die anderen Gäste noch schlafen. Margit zu verführen, hat sie aufgegeben, und auch daß ihre Mitbewohnerin heute nicht mal ein Nachthemd trägt und das spanische Pärchen nebenan unüberhörbar vögelt, was das Bett aushält, stimmt sie nicht um.

Der Wecker klingelt um kurz vor sieben. Die Koffer hat Isolde schon am Vorabend gepackt, damit muß sie sich nicht mehr aufhalten. Sie steigt in ihren Badeanzug, wickelt sich in den Hotelbademantel und macht sich auf ihren Schlappen auf zur Therme. Niemand begegnet ihr auf den Gängen. Draußen ist es noch stockdunkel. Durch die Fensterfront sieht sie das Außenbecken geheimnisvoll leuchtend dampfen.

Isolde betritt die Innentherme und ist einen kleinen Moment enttäuscht, denn sie ist keineswegs die einzige, die sich zu dieser unchristlichen Zeit hier aufhält: Ein ganzes Heer von Putzfrauen und -männern ist mit der Reinigung beschäftigt. Die Whirlpools sind ausgeschaltet, die Abflußgitter rund um die Becken aufgeklappt, und am Rand liegen Blätter und kleine Zweige, die zusammengerecht werden. Frauen in weißen Kittelschürzen schieben große rotierende Bürstenautomaten vor sich her, schäumen die Fliesen ein, und andere gehen mit Schläuchen hinter ihnen her und schwemmen den Schaum weg. Aber im Hotelprospekt stand ja eindeutig, daß die Benutzung der Therme vor der offiziellen Öffnung erlaubt ist, und so schlüpft Isolde aus ihrem Bademantel, geht zwischen den Putzkolonnen hindurch und steigt langsam in das heiße Wasser. Das Gefühl ist es, woran sie sich auch noch Monate später erinnern wird: der Luxus, jederzeit in große Becken mit heißem Wasser gleiten zu können. Darin schwimmt es sich wie in einer Fruchtblase, Isolde will am liebsten gar nichts hören, sich nur treiben lassen und genießen, und so schwimmt sie auf die Außentherme zu, durchquert den Kanal, der beide Becken miteinander verbindet, und dann wird es ganz plötzlich kalt um ihre Ohren.

Draußen ist es immer noch dunkel. Isolde schwimmt unter einer kleinen Brücke hindurch, auf der zwei Putzmänner die Kacheln wienern und sich dabei leise unterhalten. Schon nach wenigen Metern sieht und hört sie nichts mehr davon. Sie kann die Hotelgebäude nicht erkennen, der heiße Dampf steht wie Wände um sie herum. Isolde orientiert sich mittig und stößt irgendwann an eine Keramikmauer im Wasser, der Außenwhirlpool, auch er ist abgeschaltet. Isolde schwimmt hinein, setzt sich auf die Bank und versucht so tief wie möglich im heißen Wasser zu bleiben. Irgendwo fängt es leise und ganz zaghaft an zu zwitschern. Das Wasser plätschert gegen die Umrandung, es ist windstill, und Isolde fühlt sich zufrieden und, obwohl sie es selber kitschig findet, geradezu glücklich. Das Plätschern nimmt zu. Kleine Wellen brechen sich an Isoldes Kinn. Sie sieht sich um, kann aber in dem Nebel nichts entdecken.

Dann hört sie ein Atmen, und sie denkt: »Wenn er es jetzt ist, wenn ich ihn mitten in der Nacht im heißen Wasser treffe, dann soll es eben so sein.« Aber es ist nicht Marius.

Es ist Margit. Und sie ist nackt. Sie schwimmt auf Isolde zu, und Isolde weiß instinktiv, daß sie jetzt nichts sagen darf. Margit gleitet auf die Bank gegenüber, dahin, wo Isolde sie durch den Nebel kaum noch erkennen kann. Isolde überlegt, wo sie ihren Badeanzug ausgezogen haben könnte. Um in die Außentherme zu kommen, muß sie mitten durch das Putzpersonal geschwommen sein, also hat sie ihn im Kanal oder erst draußen irgendwo ausgezogen. Obwohl es im Grunde völlig egal ist, überlegt Isolde plötzlich fieberhaft, wo Margits Badeanzug sein könnte. Ob er hier irgendwo um sie herumschwimmt. Ob sie ihr nachher helfen muß, das Becken nach ihm abzusuchen, ob die Putzfrauen ihn vielleicht aus dem Wasser fischen, und wie Margit dann ungesehen zu ihrem Bademantel kommt.

Margit sitzt da und schweigt. Isolde schweigt auch. Dann zippt sie den Reißverschluß an ihrem Einteiler auf und pellt sich heraus, schließt die Augen und wartet. Wieder schlagen kleine Wellen gegen Isoldes Kinn. Ihre Ohren und Nasenspitze sind ganz kalt. Margit schwimmt neben sie, streichelt ihren Oberschenkel, Isolde legt den Kopf in den Nacken, ihr Körper treibt der Wasseroberfläche entgegen. Ihre Knie, ein kleiner Bauchhügel und die Brustspitzen tauchen auf und bekommen sofort eine Gänsehaut in der Kälte.

Margits Hand taucht aus dem Wasser auf und streicht über die Inseln aus Isoldes Haut. Dann beugt sie sich über Isolde, drückt deren Körper wieder unter Wasser und setzt sich rittlings auf ihren Schoß. Isolde umfaßt ihre Taille und zieht sie nah zu sich heran. Außer dem vereinzelten Gezwitscher und dem Schwappen der Wellen ist kein Laut zu hören. Der Nebel ist immer noch so dicht, daß sie von der Fensterfront des Hotels aus wahrscheinlich nicht gesehen werden können, aber ganz sicher ist Isolde sich da nicht. Die Vorstellung, beobachtet zu werden, stört sie auch nicht, erstens reist sie sowieso gleich nach dem Frühstück ab, und zweitens weiß sie von den Spiegeln zu Hause, wie schön sie aussieht, wenn sie genießt.

Und sie genießt Margit wirklich, legt ihr die Hände auf die Oberschenkel, die auf beiden Seiten neben ihren eigenen knien, und streichelt dann Margits Rücken auf und ab. Ihre Küsse schmecken frisch und ganz leicht nach Salz. Margit preßt ihren Körper an Isoldes, gleitet nach hinten weg und taucht unter. Isolde spürt ihre Lippen zwischen ihren Brüsten, auf ihrem Bauch und auf den Oberschenkeln. Margit kommt wieder hoch, um Luft zu schnappen. Isolde folgt ihr mit dem Schoß, und ihre Beine schwimmen um Margits Schultern. Isolde lehnt sich wieder nach hinten, so daß ihre Möse halb über und halb unter Wasser ist. Über ihr Schamhaar schwappt das Wasser, die Härchen bewegen sich leicht wie Algen auf Margits Zunge zu.

Isolde umschließt Margits Schultern fester mit den Beinen und zieht sie damit zu sich heran. Ihre Brustspitzen ziehen sich in der kalten Luft wieder zusammen, werden so hart, daß sie fast weh tun. Isolde fächelt heißes Wasser über ihre Brüste. Margits Zunge hat zielsicher ihren Kitzler gefunden, und Isolde denkt kurz, daß sie in der ersten Nacht im Hotelzimmer bestimmt nicht geschlafen hat.

Ihre Hände liegen unter Isoldes Po und reiben ihn so stark, wie es im Wasser geht. Schließlich schieben sich ihre Finger in Isoldes Möse, die gleiten wie nichts, so daß Margit sie fester fickt. Ihre Hände gleiten über Isoldes Pospalte und durch ihre Möse, und dabei leckt und saugt sie ihren Kitzler, bis Isoldes Körper sich anspannt und sich mit einer deutlichen Gänsehaut überzieht. Isolde kommt sich in dem Moment vor wie ein großes Meer, in dem es eine Ebbe und eine Flut gibt, die sich alle paar Sekunden abwechseln. Als das Gefühl schwächer wird, zieht sie Margit an den Beckenrand und stellt sich vor ihre Hüfte. Sie lutscht an Margits Brustwarzen, faßt mit der einen Hand in ihre Möse und mit der anderen in ihre Pospalte und reibt sie gegeneinander.

Margit spreizt die Beine, so weit sie kann, ohne wegzutreiben, legt einen Arm um Isolde, um sich festzuhalten und schließt die Augen. Isoldes Hände bewegen sich jetzt im Gleichklang. Manchmal treffen sie sich von vorn und hinten zwischen Margits Beinen. Margit atmet stoßweise, aber lautlos mit weit geöffnetem Mund. Irgendwann zieht sie die Luft scharf durch die Nase ein, macht sich von Isolde frei und schwimmt ohne ein Wort davon. Isolde läßt sich noch ein paar Minuten auf dem Rücken treiben, beobachtet den Himmel, der über ihr erst grau und dann langsam rötlich wird, dann schwimmt sie ebenfalls nach innen.

Drinnen hat die Putzkolonne ihre Arbeit fast beendet. Die Kabel der großen Bürstenmaschinen werden aufgerollt, und ein Putzmann trägt einen großen Eimer mit Blättern weg. Die Abflußgitter sind bereits wieder hinuntergeklappt, jetzt werden noch die Geländer an den Stufen und die Liegestühle abgewischt. Isolde sieht sich das alles an, während sie eine letzte Runde durch die Innentherme schwimmt, ruhig und so gut gelaunt wie schon lange nicht mehr.

Beim Frühstück hat sie Margit nicht mehr gesehen. Isolde geht zur Rezeption, wo schon der freundliche Anpacker mit ihren Koffern wartet.

»Haben Sie sich gut erholt?« fragt die Frau mit buntem Seidenhalstuch.

»Ganz phantastisch«, strahlt Isolde, verspricht wiederzukommen und meint es ernst.

Als sie ihr Beauty-Case vom Gepäckwagen nehmen will, steht plötzlich ein kleiner Karton darauf. Isolde öffnet ihn und findet ein großes Stück Sachertorte, und sie strahlt noch ein bißchen mehr. Im Weggehen hört sie plötzlich Meister Guntram zur Rezeptionistin sagen:

»Diese Frau ist so mit sich im reinen, die leuchtet ja geradezu. Ich hab es direkt gesehen. Die ist bestimmt yogageschult.«

Judith räumt auf

Judith hätte merken müssen, daß etwas nicht stimmte, als Holger nach Hause kam. Er hantierte mit dem Schlüssel geräuschvoll im Schloß herum, bis er endlich den richtigen Dreh raus hatte, dann tappte er in die dunkle Diele und stellte seine Aktentasche auf den Sekretär neben der Tür. Die Vase mit der Karnevalsdekoration fiel hinunter auf den schlafenden Hund. Der rappelte sich erschrocken auf und kam ihrem Mann zwischen die Füße, der auch prompt über ihn stolperte. Der Hund jaulte kurz. Alles wie gehabt. Aber: Holger fluchte nicht.

Genau da hätte sie mißtrauisch werden müssen.

Normalerweise würde er jetzt nämlich mit der flachen Hand den Lichtschalter erschlagen und wäre in das breite Platt seines Heimatkaffs verfallen. Sie selbst würde von dem Kauderwelsch nur soviel verstehen, daß es ihre Schuld sei, daß er jeden Abend über den Hund (er sagte »Möpp«) fiel und sich alle Knochen brach. Dabei war er es doch, der sich in den Kopf gesetzt hatte, Strom zu sparen, indem er das Licht im Haus bis auf Maulwurfsniveau reduzierte. Seine Vorstellung von der idealen Familie war wohl die, daß alle mit handkurbelbetriebenen Bergbaulampen über dem Kopf durch die finstere Wohnung taperten.

Statt der Du-bist-an-allem-schuld-Arie tastete er nach dem Lichtschalter und rief laut und mit einem Tonfall, als stehe er gerade in Flammen:

»Ich bin daha!«

Darauf wäre sie nach dem Getöse nun wirklich nicht gekommen. Aber sie wollte ihn nicht schon in den ersten Feierabendminuten verärgern und rief: »Ich bin hiier«, aus dem Wohnzimmer zurück und dachte bei sich: »Hier vor dem Fernseher, wo ich mir begeistert eine Daily-Soap nach der anderen reinziehe, statt für dich wie ein gutes Frauchen am Herd zu stehen und die Bratkartoffelrezepte deiner Mutter zu parodieren.«

Dann kam er herein, schaltete vorher noch das Licht in der Diele wieder aus und setzte sich zu ihr auf das Sofa.

»Wie war's«, sagte sie.

»Hm«, sagte er.

»Streß gehabt«, sagte sie.

»Hm«, sagte er.

»Hunger«, sagte sie.

»Hm«, sagte er.

»Es ist Heringssalat im Kühlschrank«, sagte sie.

Er sagte nichts, sie ging in die Küche, brachte ihm das Plastiktöpfchen und eine Gabel. Er kaute und schmatzte, ein erschöpfter Mammutjäger, der heim in die Höhle gekommen ist, die Keule noch auf der Schulter, um Frau und Sippe zu zeigen, wieviel Wild er heute erlegt und heimgeschleppt hatte – Vulkanausbrüchen und Stammesfehden zum Trotz. Sein Viertagebart und die Kopfbehaarung, die im Nacken übergangslos in den Rückenpelz überging, gehörten auch zu den Dingen, die Judith wahnsinnig machen konnten. Er nannte das wohl »männlich«, Judith nannte es »Neandertaler«, aber darüber sprachen sie jetzt natürlich nicht. Zum Heringssalat gehören leichte Themen.

»Was ist sonst«, sagte sie.

»Werd' vielleicht gekündigt«, sagte er und warf die mayonnaiseverschmierte Gabel auf den Wohnzimmertisch. »Ganz raus is' noch nicht, aber so weiter geht das auch nicht.«

»Idee«, sagte sie.

»Sparen«, sagte er, »sonst nix.«

Sie stöhnte und sah sich bereits mit dem handkurbelbetriebenen Bergarbeiterhelm Wäsche am Fluß wringen. Aber dann tat er ihr doch leid, wie er dasaß, und sie setzte sich neben ihn und legte ihre Hand auf die abgeschabten Knie seiner speckigen Leinenhose. »Wird schon«, sagte sie, »das geht. Ich geh ja auch halbtags.«

Und was alles ging.

Judith hätte nie gedacht, wie kreativ ihr Mann noch werden könnte.

Die Getränke, die Tageszeitung, das Schauspielabo und die Putzfrau wurden abbestellt. Den Hund und sie konnte er nicht abbestellen, also verordnete er ihr eine Diät und Überstunden im Büro, und dem Hund Aldifutter. Daß der das Aldifutter nachts wieder auskotzen würde auf die Wohnzimmerteppiche (immer auf die Wohnzimmerteppiche), die dann wieder teuer gereinigt werden müßten, war beiden irgendwie klar. Aber ihren Mann konnten, einmal in Schwung gebracht, solche Kleinigkeiten nicht mehr bremsen. Den Videorekorder, den Wäschetrockner, die Mikrowelle und die elektrischen Uhren stöpselte er aus, um Strom zu sparen.

Abends saßen sie, er anfangs unrasiert und später mit Schnittstellen um den Mund, und sie mit einer Frisur wie ein elektrisierter Pudel (weil sie Fön und Lockenstab nicht mehr benutzen durfte) auf dem Sofa und löffelten Ravioli, mit Angebotsbrot vom Second-hand-Bäcker. Judith fand das alles trotzdem irgendwie nett. Not schweißt zusammen, vor allem, wenn sie vorübergehend ist. Sein Elan, seine Begeisterung bei einer neuen Sparidee, seine Entschlossenheit, mit der er sich und sie vor dem Ruin retten wollte, machten ihn glatt ein paar Jahre jünger. Vielleicht war das aber auch nur die schmeichelnde Beleuchtung, weil sie mittlerweile zu Teelichtern statt Deckenstrahlern übergegangen waren.

Leider konnten sie die neue Nähe nicht auf Sex ausdehnen, denn außer im Wohnzimmer hatte er überall in der Wohnung die Heizkörper ausgestellt, im Schlafzimmer erreichte das Thermometer arktische Temperaturen, und für alles, was man auf der schmalen Couch im Wohnzimmer hätte treiben können, waren sie beide zu ungelenkig.

Die dicken Teppiche standen wegen »Hundealarms« zusammengerollt an der Wand, die fielen also auch flach. Aber sie hatte Sex auf dem Boden sowieso nichts mehr abgewinnen können, nachdem sie einmal am Anfang ihrer Ehe vom Hund dabei überrascht worden waren und der angefangen hatte, sich an ihrem Mann zu reiben, während er auf ihr lag, so daß ihr Mann wild mit den Armen ruderte, um den Hund loszuwerden und dabei Sachen fauchte wie »Weg, du Möpp«. Dabei fegte ihr die wild wedelnde und nicht besonders stimulierend riechende Rute dieser Waldundwiesenmischung durchs Gesicht, und Judith bekam schließlich eine Ohrfeige von ihrem Mann ab, die eigentlich den Hund hatte treffen sollen, worauf sie beide das Gleichgewicht verloren und zur Seite gefallen waren. Daß ihr Mann daraufhin fast eine Woche Potenzstörungen hatte und sie sich jeden Abend an unaussprechlichen Stellen mit Aphrodisiaka wie Melkfett und Wundsalbe behandelte, versuchte sie seitdem zu verdrängen.

So saßen sie jetzt also, in Wolldecken eingemummelt, auf dem Sofa, denn auch die Heizung im Wohnzimmer war um einiges heruntergedreht worden, und sahen sich die Wand an, denn der Fernseher verbrauchte ja Strom.

Der Hund kam herein, drängelte sich zwischen ihren Füßen und dem Couchtisch hindurch und legte seinen Kopf halb auf ihr, halb auf sein Knie.

»Hach, das ist ja fast schon wieder romantisch«, dachte sie gerade in dem Moment, als der Hund tief Luft holte und das Aldifutter schleimig und brockig auf ihr Knie kotzte.

Diese Idylle hielt einige Wochen an. Manchmal fand sie Holgers Strategie nur krank und schrie ihn an, wieso sie überhaupt wie Wühlmäuse leben mußten, solange er noch gar nicht arbeitslos war. Aber er argumentierte dann sachlich und vernünftig und rechnete ihr vor, wie lange sie mit dem gesparten Geld auskämen und wie hart es noch werden würde, im Vergleich zu jetzt, wo sie wenigstens noch ein Dach über dem Kopf hätten.

Dann gab es aber auch wieder Tage, an denen er unverhofft zuvorkommend war, ihr einen blühenden Zweig aus dem Vorgarten mitbrachte, ihre aufgewärmten Konservengerichte lobte oder seine Stinkesocken ohne Aufforderung vom Schlafzimmerboden aufklaubte und in die Wäschetruhe trug, was sie am meisten schätzte.

Es war wieder ein Abend wie der, an dem alles angefangen hatte. Ihr Mann stocherte mit dem falschen Schlüssel im Haustürschloß, stolperte in die dunkle Diele, warf mit seiner Aktentasche die Vase mit der Osterdekoration um und trat auf den Hund, bevor er dann »Wääsch du Möpp« zischte, was soviel bedeutete wie »Hund, würdest du bitte beiseite treten«, und laut und hysterisch »Ich bin hiier« rief, während sie ihm mit einem imaginären Feuerlöscher entgegeneilte, um seinen Mantel, oder was sonst auch immer brennen sollte, zu löschen. (Manchmal fragte sie sich, wie hoch seine Stimme wohl umschlagen würde, wenn er tatsächlich mal zufällig an der Haustür in Flammen stehen sollte.)

Er drückste eine Weile herum, dann sagte er:

»Der Frieder, weißt du, der wo in der Halle arbeitet, der fährt nach Neuseeland, weil, die Pia ist nämlich krank, seine Freundin, weißt du. Deshalb hat er jetzt ein zweites Ticket übrig, von der Pia, das kostet nichts, weil, das ist schon gebucht, und Neuseeland, du weißt doch, in ein paar Jahren bin ich endgültig zu alt für so was, und gerade Neuseeland.«

Nach und nach brachte sie aus ihm raus, daß sein Arbeitskollege Frieder zusammen mit seiner Freundin Pia eine Reise nach Neuseeland gebucht hatte, Pia jetzt aber krank geworden war, nichts Ernstes zwar, aber mitfahren konnte sie nicht, zurücktreten von der Reise ging auch nicht mehr, weil es schon in zehn Tagen losgehen sollte. Und deshalb hatte Frieder wohl vorgeschlagen, anstelle seiner Freundin ihn mitzunehmen, und was das wichtigste war: einzuladen, da die Reise schon bezahlt war. Zunächst war sie eingeschnappt. Daß er bei all dem idiotischen Gespare überhaupt an Urlaub dachte, okay, aber daß er ohne sie fahren wollte, das war das letzte.

»Aber nach Neuseeland wolltest du doch eh nie«, sagte er, und damit hatte er sogar recht. Es ging hier aber nicht um Neuseeland, es ging ums Prinzip.

»Setz dich doch mit dem Klappstuhl vor ein Reisebüro, wenn du Fernweh hast, oder besser noch vor eine Fototapete«, raunzte sie ihn, noch immer in der düsteren Diele stehend, an. »Oder leg dich auf die Sonnenbank, da wirst du auch braun. Oder zieh dir ein Video rein. Mein Gott, du bist doch nicht der Camelman aus der Werbung!«

Aber dann tat er etwas, mit dem sie nicht gerechnet hatte. Er kniete sich vor sie auf den letzten Teppich, der noch in der Wohnung ausgerollt lag (Schadensbegrenzung nannte er es, irgendwohin mußte der Hund schließlich kotzen, und besser auf den Ikeateppich, den man in der Maschine waschen konnte und bei dessen Muster das ohnehin nicht auffiel, als auf eine geerbte Brücke von Bratkartoffelmutti), umfaßte sie mit beiden Armen und drückte sein Gesicht an ihren Körper.

Sie zog ihren Bauch instinktiv ein und versuchte, möglichst schlank zu stehen, aber das war in T-Shirt und Leggins vergebene Mühe. Und er murmelte etwas von totaler Erschöpfung, und daß sie bestimmt einen gemeinsamen Urlaub nachholen würden, und er wollte ja auch nicht ohne sie fahren, schon gar nicht jetzt, aber geschenkt bekomme man diese Reise doch nie wieder, und er habe immer schon so gerne nach Neuseeland gewollt, und außerdem gebe es da Koalas, sie wisse doch, diese niedlichen, plüschigen kleinen Knuddelviecher mit den großen Puschelfüßen und den goldigen Knopfnasen. Sie wußte zwar nicht ganz, was das mit ihrer Diskussion zu tun hatte, aber trotzdem gaben die Wuschelbären den Ausschlag.

Judith wurde weich und gab nach.

Holger rief Frieder an und sagte zu und rief mehrmals in den Hörer, was für eine tolle, verständnisvolle Frau er doch hatte, und nannte sie »Judyli«.

»Na ja«, dachte sie, »dann mach ich es mir eben alleine nett in den drei Wochen, in denen er weg ist, und als erstes schraube ich die Lampe im Kühlschrank wieder ein.«

Fast hätte sie es nicht mehr geglaubt, aber irgendwann waren dann die Papiere zusammen und das Ticket umgeschrieben, die Koffer gepackt, die Brote für das Lunchpaket geschmiert und alle Liebenswürdigkeiten, Ermahnungen, Fragen und Sticheleien ausgetauscht. Für alle Fälle hatte er ihr einige Bogen Briefpapier unterschrieben, »falls wir im Urwald steckenbleiben und du uns retten mußt, haha.«

Sie winkte dem Taxi nach, ging zurück in die Diele und schaltete die Deckenbeleuchtung an. Trotzdem fiel sie dann über den Hund. Der jaulte wie gewohnt und holte schon wieder tief Luft.

»Untersteh dich«, raunzte sie ihn an und ging in die Küche, um ihn mit einem der letzten Kekse aus besseren Zeiten zu bestechen. Der Hund war korrupt und trollte sich samt seinem Mageninhalt.

Die Freuden der nächsten Tage waren klein, aber lustvoll. Sie hießen Schaumbad, frisches Brötchen, Daily-Soap oder kuschelweiches Handtuch.

Judith lag in einer heißen Wanne, aus dem Nebenzimmer dröhnte die portugiesische Popband, die sie so liebte. Judith summte mit, falsch, aber von Herzen, und goß noch etwas Duftöl ins Wasser. Sie fühlte sich warm, entspannt, glitschig an, und was ihr seit langem schon nicht mehr passiert war: geil, auf eine Art, daß sie es kaum noch aushalten konnte. Als sie mit dreizehn oder vierzehn die Freuden des Solosex entdeckt hatte, war das Gefühl manchmal so stark gewesen, daß sie sich, sobald sie daran gedacht hatte, auf nichts anderes mehr konzentrieren konnte. Wenn sie es dann endlich geschafft hatte, sich zurückzuziehen, ohne daß es auffiel, und sich anfaßte, war sie immer schon so naß gewesen, daß wenige Berührungen genügt hatten.

Das war eine Zeit, an die sie sich jetzt, als gestandene Frau, nur noch wie durch roten, wabernden Nebel erinnern konnte, und sie lächelte in der Wanne, als sie daran dachte. Neben ihr auf der Wäschetruhe lag eine Neuanschaffung, von der Holger nichts wußte, ein schmaler, weicher, batteriebetriebener Maiskolben, der praktischerweise auch noch wasserdicht war.

Sie strich sich über die Brüste, verrieb den Schaum auf den Spitzen und ließ ein Bein über den Badewannenrand baumeln, um mehr Platz zwischen ihren Schenkeln zu haben. Sie strich sich über den Bauch und schloß die Augen. Ihre Oberschenkel waren ganz seidig von dem öligen Wasser. Judith hielt die Hände ein kleines Stück von ihrer Möse entfernt und schlug unter Wasser kleine Wellen mit den Fingern. Die Brandung, die ihre Schamlippen erreichte, war kaum zu spüren, vielleicht bildete sie es sich auch nur ein. Aber wenn sie daran dachte, wie das Wasser, ungehindert von Härchen, an ihren Schenkeln entlang auf ihre Spalte zuströmte, konnte sie fühlen, wie sich Strudel unter Wasser bildeten, die um ihren Kitzler herum immer schneller wurden und sich schließlich weiter unten zum Möseneingang hin auflösten. Erst als sie es kaum noch aushalten konnte, tasteten sich ihre Fingerkuppen zu den Schamlippen vor, die kribbelten. Ganz sachte strich sie an ihnen entlang, zog sie auseinander, und sie spürte das Wasser in jedes Fältchen strömen.

Dann nahm sie den Maiskolben von der Wäschetruhe. Sie schaltete ihn auf die höchste Stufe und ließ ihn wie ein U-Boot auf sich zutreiben. Sie rieb ihre Spalte entlang und genoß das Brummen und Kribbeln. Judith spannte die Bauchdecke hart an und preßte das Wasser und einige Blasen Luft aus sich heraus, bevor sie sich den Maiskolben in die Möse schob. Sie hielt ihn mit einer Hand fest in sich, bewegte ihn auch kaum, sondern konzentrierte sich darauf, ihre Scheidenmuskeln anzuspannen und den Widerstand des Kolbens zu genießen. Den Ballen der anderen Hand drückte sie auf ihren Kitzler und ließ ihn leicht kreisen.

Sie zögerte ihren Orgasmus immer wieder hinaus, nahm den Druck zurück, ließ den Maiskolben wieder aus sich hinausgleiten und fing ganz von vorne an. Erst als es gar nicht mehr ging, bewegte sie den Kolben hart vor und zurück und tippte mit einem Zeigefinger immer schneller auf ihren Kitzler, dann keuchte sie und tauchte unter. Sie blieb so lange unter Wasser, bis das Blut in ihren Ohren klopfte, dann tauchte sie tiefatmend auf und strich sich die Haare aus dem Gesicht. Der Maiskolben glitt aus ihrer Möse und summte im Wasser weiter, bis sie ihn herausfischte und abstellte. Sie brauste sich kalt ab und stieg aus der Wanne. Sie fühlte sich frisch und wach wie schon lange nicht mehr.

Fast vermißte sie Holger in diesem Moment, bis ihr dann einfiel, daß sie diese Herrlichkeiten ohnehin nicht mit ihm teilen könnte, weil die Wanne viel zu klein wäre und er außerdem für Spielzeug nichts übrighatte.

An einem Nachmittag ging sie mit dem Hund Gassi. Ihm hatte sie einen langen Spaziergang mit Blick auf die Bobtailhündin der Nachbarsiedlung versprochen und sich selbst einen Zuckergußdonut aus dem Café nebenan. Bereits an der ersten Ecke kam dann alles aber ganz anders.

Hätte sie sich vorher die Geschichte einer Frau ausgedacht, die das erlebt, was sie erleben würde, hätte sie es sich ganz anders überlegt. Sie hätte sich ausgedacht, wie sich der Bürgersteig öffnen und loderndes Höllenfeuer herausschlagen würde, wie eine riesige Gewitterwolke alles außer ihr wegschwemmen würde oder wie sie mit dem lautesten Schrei seit dem Urknall in tausend kleine einzelne Judith-Fetzen zerplatzen würde. Aber es passierte: nichts. Nichts. Kein Erdbeben, keine Feuerwalze, keine apokalyptischen Reiter.

Sie stand einfach da und sagte: »Hallo, Pia.« Und dann, um sich so richtig lächerlich zu machen: »Schon wieder gesund?«

Und weil ihr die hochgezogene linke Augenbraue in Pias Gesicht noch nicht reichte, weil sie auch noch einen Fußtritt haben wollte, nachdem sich ihr Magen schon umgekrempelt hatte, sagte sie noch:

»Na, du bist doch krank. Deshalb hat doch Frieder Holger die Neuseelandreise geschenkt. Weil du sie nicht mitmachen konntest.«

Pias Lachen war vielleicht das schlimmste. Dabei war es gar nicht böse gemeint, nur überrascht und wütend. Trotzdem klang es für Judith mehr nach einem Löwengebrüll als nach einem Lachen.

Und Judith erfuhr, daß sich Pia und Frieder gerade getrennt hatten und Frieder die letzten Tage unauffindbar gewesen war. Jetzt wüßte sie allerdings, wo er sich rumtreibe, denn heute früh, als sie ihm die Wohnungsschlüssel zurückbringen wollte, habe sie einen Prospekt über ein sogenanntes »Love-Hotel« in Neuseeland gefunden. Eines mit »besonders willigen exotischen Schönheiten«.

Judith erfuhr auch, daß Frieder Pia erzählt hatte, Holger sei vor einiger Zeit befördert worden. Als Judith einige von Holgers Sparaktionen erzählte (im ganzen Ausmaß war es ihr dann doch zu peinlich), konnte sie selber kaum glauben, daß sie das alles tatsächlich mitgemacht hatte. Die drohende Kündigung, die Existenzangst – alles erlogen. Holger hatte das ganze Geld heimlich gespart, um mit Frieder in Urlaub fahren zu können.

Aber als Judith Pia einige mittelalterliche Folterungsmethoden wie Rädern, Vierteilen, Daumenschrauben oder Blenden vorschlug, war die dafür gar nicht zu begeistern.

»Ich hab schon viel zuviel Energie an so einen Looser verschwendet«, sagte sie nur, küßte sie herzlich auf den Mund und ging.

Judith strich sich in Gedanken den Donut und zerrte den Hund nach Hause. Der spürte wohl, daß etwas in der Luft lag und trottete neben ihr her, ohne seine üblichen schauspielerischen Leistungen wie kläffen, auf die Straße rennen, winseln, im Kreis jagen oder tot auf den Rücken legen zum besten zu geben.

Zu Hause verschwand er sofort unter dem Gästebett und ließ den ganzen Nachmittags nichts mehr von sich hören. Das war auch besser so, denn Judith hatte viel zu tun.

»Bedenke, was du sagst, denn es könnte dir gewährt werden«, deklamierte sie laut, als sie in der hellerleuchteten Wohnung hin und her tigerte. Verdis Lady Macbeth kreischte aus dem CD-Spieler im Wohnzimmer. Die Vase neben der Eingangstür erbebte. Auf dem Herd brodelten Nudeln mit Tomatenlachssoße. Kleine rote Tröpfchen spritzten auf die Kacheln. Und genau hier, beschloß Judith, sollte das Massaker beginnen. Sie nahm die Soße vom Herd und öffnete, während sie im Stehen aß, alle Dosen, die sie finden konnte. Billigpampe aus der Sparzeit und die wenigen teureren Konserven aus der Zeit davor. Sie reihte sie auf Tisch, Herd, Buffet, auf Schränken und Stühlen auf und schaltete die Heizkörper auf Maximum, die beiden Wochen bis Holgers Rückkehr würden ihr übriges tun. Dann ging sie ins Arbeitszimmer, wo der Hund sich noch weiter unter dem Gästebett verkroch. Als sie den Computer und den Drucker einschaltete, war ihr Gesicht noch ernst, aber bereits als sie die ersten Zeilen getippt hatte, lächelte sie ganz leicht.

»Personalabteilung«, tippte sie, »Sehr geehrte Damen und Herren«, schließlich grinste sie bis über beide Ohren, »sehe ich mich deshalb außerstande, meinem Beruf weiter nachzugehen und kündige hiermit fristlos.«

Der Brief sah überaus professionell aus, als hätte sie ihr Leben lang Kündigungen gefälscht. Und wer sollte auch Verdacht schöpfen, immerhin war die Unterschrift ihres Göttergatten echt.

Der zweite Brief machte sogar noch mehr Spaß. Eigenes Geld hatte sie immer schon besitzen wollen.

Und beim dritten Brief, in dem Holger in die Scheidung einwilligte und alle Schuld auf sich nahm, weil er sie betrogen, gedemütigt, geschlagen und böswillig verlassen hatte, konnte sie nicht mehr anders und mußte schallend lachen. Das war aber auch wirklich zu rührend von ihm, ihr Unterhalt zu versprechen, weil er so ein schlechtes Gewissen hatte. Von was er den allerdings bezahlen wollte, war ihr nicht so ganz klar, aber da würde sich schon etwas finden. So einfallsreichen und humorvollen Männern wie Holger fiel doch immer eine Möglichkeit ein.

Jetzt war eigentlich alles geklärt, aber sie hatte noch eine Unterschrift übrig und überlegte genußvoll mit einem Glas Champagner, den sie im Keller noch zum Verschenken gelagert hatten, was sich mit dem letzten Blatt wohl anfangen ließe.

»Fehlt dir auch eine strenge Hand?« Das gefiel ihr, denn die fehlte Holger wirklich, also weiter: »Lasse mich gerne wirklich hart rannehmen und suche strengen Gebieter, der mich zu all den Dingen zwingt, von denen man sonst nur in ganz bestimmten Illustrierten liest. Je bizarrer, desto besser. Ich stehe auch in der Öffentlichkeit zu meinen Lastern. Schonungslose Offenheit auch bei Euch Bedingung. Bitte ruft mich als Euren demütigen Sklaven ab 23 Uhr an und sagt mir direkt, was Ihr von mir wollt. Entweder folgende Telefon- oder Mobilnummer.«

Sollte der Spaß doch schon in Neuseeland losgehen. Die Anzeige schickte sie mit dem ausdrücklichen Wunsch, Namen und Adresse veröffentlicht zu finden, an das Stadtmagazin mit der höchsten Auflage.

Judith rief den Hund und leinte ihn an, dann brachte sie die Briefe als Einschreiben zur Post und ging auch bei der Bank vorbei. Der Kassierer mit den grauen, dichtbewimperten Hans-Albers-Augen, die sie immer schon sexy gefunden hatte, zögerte nicht einmal, als er die Vollmacht abheftete, und fragte nur schüchtern:

»Waren Sie und Ihr Gatte mit unserem Service nicht einverstanden?«

Aber Judith beruhigte ihn und sagte, sie bräuchten eine größere Menge Geld für eine Reise. Das war ja auch eigentlich gar nicht gelogen. Der Angestellte wünschte gute Erholung, Judith bedankte sich artig und nahm sich fest vor, den

Grauäugigen das nächste Mal mit in ihre Badewanne zu nehmen, und sei es auch nur in Gedanken. Dabei hatte sie einen Urlaub wirklich nicht nötig, sie fühlte sich so jung und frisch wie schon lange nicht mehr.

Auf dem Heimweg ging sie noch kurz bei der Tierhandlung, einem Laden für Anglerbedarf und beim Gartencenter vorbei, denn Holger hatte immer bedauert, daß er in einer Stadtwohnung ohne eigenen Garten lebte. Nun, das sollte sich jetzt ändern.

Zu Hause, oder besser in Holgers neuem Heim, legte Judith die Bratkartoffelmutti-Teppiche wieder aus. Sie schleppte einen Putzeimer mit Wasser ins Wohnzimmer und goß ihn über die Brücken aus, bis sie alle gleichmäßig durchnäßt waren. Dann schüttete sie pfundweise Kressesamen auf die Berber und Afghanen. Wenn nur die Hälfte davon aufging, hätte Holger es hier schön grün, wenn er nach Hause kam.

Auch die bezaubernden beiden Mäusepärchen, die jetzt noch ängstlich in ihrem Karton quiekten, würden sich dann viel wohler fühlen. Immerhin waren sie hier viel heimischer als Koalas in Neuseeland, die es dort, wie sie im Tiergeschäft erfahren hatte, gar nicht gab. Auslauf hatten sie in den fünf Zimmern ja wirklich genug. Und in der Küche würden sie genug Eßbares finden, das sich dann hoffentlich günstig auf ihre Mäuselibido auswirkte.

»Frohes Knabbern und Knuspern«, flüsterte sie den nackten Schwänzchen nach, die blitzschnell unter dem Schrank verschwanden.

Judiths Koffer waren schnell gepackt, sie nahm ohnehin nur das Nötigste mit, alles andere konnte sie ja nachkaufen. Den Maiskolben nahm sie mit, aber die beiden älteren Modelle, von denen Holger ebenfalls nichts wußte, ließ sie demonstrativ neben dem Bett und im Bad liegen, sollte er ruhig wissen, daß er Konkurrenten gehabt hatte. Das alles dauerte nur Minuten. Holgers beste Anzüge und Krawatten in die Säcke des Roten Kreuzes zu packen ging sogar noch schneller. Praktischerweise wurden sie morgen schon abgeholt. Judith sah das als Wink des Schicksals und freute sich, daß sich alles so gut zusammenfügte.

Das Schlafzimmer sah so aufgeräumt aus wie noch nie. Holger würde begeistert sein. Er war bestimmt müde von der langen Reise und der Zeitverschiebung, der Arme, dachte Judith, als sie die Bettdecke zurückschlug und sorgfältig die geöffnete Packung aus dem Anglerbedarf auf dem Bettlaken ausleerte. Holger würde sich über etwas krabbelnde und schlängelnde Gesellschaft bei seinem Schläfchen bestimmt freuen. Dann nahm sie ihren Koffer und die Plastiksäcke und ging zur Haustür.

In der Diele wartete der Hund vor der Haustür, die Leine im Maul. Sie tätschelte ihm liebevoll den Kopf, er war viel cleverer, als sie immer geglaubt hatten. Der wußte, wer seine Herrin war. Und er würde endlich einen Namen brauchen: »Möpp« oder »Hund« sollte niemand mehr zu ihm sagen.

Judith sah sich noch einmal um, ob ihr Werk auch wirklich vollbracht war. Ihre Rache war perfekt garniert und auf einem silbernen Tablett angerichtet. Sie beugte sich zu dem Hund.

»Fertig«, sagte sie befriedigt.

Der Hund sah sie treuherzig an, lief ein paar Schritte bis zum Dielenteppich und holte tief, tief Luft.

Gönnen können

Wenn Johanna singt, füllt ihre Stimme die ganze Wohnung. Eva ist für ein paar Tage zu Besuch und staunt. Johannas Stimme klingt in der Besteckschublade mit Silber und Chromagan um die Wette, im Bad hört man sie leise und hingehaucht wie Schaum, und aus den Ritzen des Parketts dringt sie dunkelgemasert und eingewachst. Johannas Stimme gehört eigentlich in eine Kirche, sie gehört auf eine Beerdigung oder eine Adelshochzeit. Aber Johanna ist weit von all dem entfernt: sie spült.

Links neben ihr türmen sich Berge schmutzigen Geschirrs, Pfannen mit angebackenen Resten, die mit Wasser und Spüli zu unappetitlichen Fladen eingeweicht worden sind, Gläser mit Lippenstiftküssen und Teller mit einer Haut aus Brotkrümeln, Nutella und Wurstpellen. Rechts wächst langsam der Stapel eingeschäumten Geschirrs. Dazwischen steht Johanna im Trägerkleid und singt. Eva sitzt mit dem Trockentuch in den Händen auf dem Küchentisch und betrachtet Johannas Rücken. Der ist braungebrannt, und auf dem linken Schulterblatt räkelt sich neben dem einen Träger des Kleides eine bunte, eintätowierte Raupe, wenn Johanna sich bewegt. Ihre braunen Haare sind zu zwei Indianerzöpfen gebunden, die Johanna manchmal nach hinten wirft, wenn sie sich beim Spülen vornüberbeugen muß und sie sie stören.

Die Hitze fällt gelb und strahlend durchs offene Fenster ins Zimmer. Unten gibt sich der Verkehr alle Mühe, den üblichen Lärm zu machen, aber gegen Johannas Stimme kommt er nicht an. Berlin ist stickig im Sommer, und der Savignyplatz, wo Johanna wohnt, ist niemals leer. Tagsüber drängeln sich Touristen, die vor ihrer Abfahrt schnell noch ein besonderes Kunstbuch kaufen oder russischen Borschtsch essen wollen, und nachts gehen die Pakistanis mit ihren Rosensträußen die Kneipen und Bordelle ab. Eva ist gerne hier. Wie eine alte Frau könnte sie sich den ganzen Tag auf ein Kissen stützen und aus dem Fenster sehen. Und wenn Johanna dann auch noch singt, ist der Tag perfekt.

Das Lied ist zu Ende.

»Jo«, sagt Eva, »hast du nicht noch ein eigenes?«

Johanna ist eigentlich Logopädin. In ihrer Praxis bringt sie zukünftigen Radiomoderatorinnen bei, wie sie schnell, akzentfrei und überdeutlich sprechen, Kinder üben atmen und stotterfreies Reden bei ihr, und manchmal hat sie auch einen Patienten mit Kehlkopfoperation, der die »Rülpssprache« lernen muß. Tagsüber macht Johanna der Job Spaß, sie mag Menschen, und sie mag Stimmen, egal wie sehr sie sich in ihrer Praxis abquälen, nie wird sie ungeduldig.

Abends aber setzt sie sich an ihren Küchentisch, schiebt die Fachzeitschriften beiseite, greift sich die alte Gitarre und schreibt Chansons. Sie ist nicht der Typ, der in Kneipen spielt oder Kassetten zu Plattenfirmen schickt. Sie will nicht auf die Bühne, und seit sie während des Studiums als Werbesprecherin gearbeitet hat, haßt sie Tonstudios, in denen ihre Stimme gegen die Technik kämpft, die jede Unregelmäßigkeit ans Licht zerrt und lächerlich macht.

Johanna kennt Unmengen von Liedern. Schnappt sie eins auf, kann sie es sofort nachsingen, und indem sie selber komponiert und textet, kann sie sich ihre Lieblingslieder direkt auf die Stimme schreiben. Außerdem hat sie so wichtige Erfahrungen in ihrem Leben, Gefühle und Gedanken immer bei sich. Sie trägt ihr Tagebuch zwischen den Stimmbändern mit sich herum.

Johanna ist eigentlich eine vergeßliche Frau. Entweder, sie muß sich alles aufschreiben, oder sie erfindet schnell eine Melodie dazu und faßt ihre Besorgungen oder Termine in Reimen zusammen – und schon kann sie sich alles merken. Das Singen ist Johannas persönliche Zauberformel.

Jetzt steht sie zwischen ihren beiden Geschirrbergen und sieht Eva an. Dann lächelt sie, nickt und geht ins Schlafzimmer, um ihre Gitarre zu holen. Sie setzt sich an die Fensterbank. Eva legt das Geschirrtuch beiseite und stützt den Kopf in die Handflächen. Und Johanna singt. Es sind harte, fast gesprochene Strophen, die Johanna sehr tief ansetzt, und ein schwungvoller trauriger Refrain, der am Ende von Moll in Dur wechselt und dadurch einen ironischen Unterton bekommt.

Es ist die Geschichte von einer Frau, die eine Nacht mit einem Mann verbringt, ohne zu wissen, wer er ist und ob er morgens noch da sein wird. Leidenschaft, Unsicherheit und Freude wechseln sich ab. Manchmal ist ihr bewußt, daß sie womöglich Lust mit Liebe verwechselt, aber dann ist der Genuß wieder so groß, daß sie alle Fragen beiseiteschiebt. Am nächsten Morgen ist der Mann tatsächlich verschwunden, aber wider Erwarten fühlt die Frau keine Trauer und keine Reue, sondern nur Glück, daß sie diese Nacht erlebt hat.

Johanna lacht.

»Es ist ein bißchen sentimental«, sagt sie.

»Es ist ein bißchen gewagt«, sagt Eva. »Ich hab noch nie ein Lied gehört, in dem es derartig zur Sache geht. Glaubst du, mit diesem gesungenen französischen Onenightstand kommst du zum Grand Prix?«

»Ich will nicht zum Grand Prix«, sagt Johanna, »ich hab

das selber mal erlebt. Im Urlaub. Der Typ hieß Jaques, und eigentlich war mir die ganze Zeit klar, daß nichts weiter aus uns werden würde. Aber der war so wahnsinnig gut im Bett, daß mir die ganze Sache später nie leid getan hat. Obwohl es mich immer noch interessieren würde, ob wir auch sonst miteinander klargekommen wären.«

»Romantikerin«, spottet Eva, und Johanna lacht wieder.

»Bin ich halt.«

»Das mag ich ja auch so an dir«, sagt Eva, rutscht vom Tisch und küßt Johanna.

»Sogar ihren Lippen merkt man es an, daß sie singt«, denkt Eva.

»Du küßt so melodisch«, sagt sie dann, und Johanna lacht schon wieder.

»Hast du denn gar nichts zu meckern bei dem Lied?« fragt sie, »irgendwas kann man doch immer noch verbessern.«

Eva überlegt. Dann fällt ihr etwas ein:

»Der Name von dem Typ. Jaques ist echt zu kitschig. Nimm doch einen, den du auch kennst und der von mir aus auch französisch klingt. Zum Beispiel den von dem netten Kollegen, von dem du immer träumst, wie er über dich herfällt.«

»Hör auf«, sagt Johanna, »das ist mir ja fast schon peinlich. Ich habe mit Serge ja im Grund nie etwas zu tun gehabt, außer ein paar Gespräche in der Praxis, als er meine Partnerin vertreten hat. Und daß ich ausgerechnet mit ihm im Tiefschlaf wilde Orgien feiern muß, hat mich wirklich nervös gemacht. Ich meine, ich mußte ihn immerhin jeden Tag in der Praxis sehen und so tun, als wäre nichts gewesen. Jetzt ist er ja weg und meldet sich nur alle paar Monate mal.«

»Na, fast wie dein Urlaubslover«, sagt Eva, »der ist doch wie gemacht für das Lied. Und vom Rhythmus her paßt Serge gut. Ich kenne ihn und seine Frau übrigens auch aus dem

Fitneßstudio, in dem ich immer trainiere. Sie ist so eine ganz Zickige. Sei froh, daß du der noch nie begegnet bist. Hoffentlich ist die nicht gleich da.«

Johanna singt es noch mal, und es klingt gut.

»Okay«, sagt sie, »ich schalte eben das Laptop an und ändere es, dann können wir los.«

»Jo, druck mir eine Kopie mit aus«, ruft Eva ihr hinterher.

Johanna setzt Eva am Fitneßstudio ab und fährt weiter zur Praxis. Der Geräteraum ist fast leer, als Eva an die Theke tritt, um einzuchecken. Sie gibt ihre Mitgliedskarte ab, erhält einen Spindschlüssel und sieht sich währenddessen um, ob sie jemanden kennt. Dann geht sie in die Umkleide.

Die Sonnenbank ist natürlich wieder mal besetzt, kein guter Anfang. Sie zieht sich aus, wickelt sich in ein großes Badelaken und wartet. Ihre Füße werden trotz der Hitze draußen langsam kalt, denn das Studio ist klimatisiert. Außerdem wird sie ungeduldig, sie ist ja nicht nur zum Toasten hier. Die Uhr an der Solariumskabine springt auf Null. Eva steht auf. Die Tür öffnet sich, und Karin, Serges Frau, steht nackt in der Tür.

»Hach, Entschuldigung«, sagt sie, »ich hab mich mit den Einheiten vertan. Wartest du? Tut mir echt leid, aber ich sonne noch mal zehn Minuten, sonst bringt das bei mir gar nichts«, wirft Münzen nach und verschwindet wieder in der Kabine.

Eva steht da und ist wütend. Diese Schnepfe ist wirklich zu blöd, um die Uhr richtig einzustellen.

»Verbrenn doch«, murmelt sie.

Sie zieht sich an und geht zu den Fahrrädern, um sich warmzustrampeln. Nach zehn Minuten schwitzt sie, nach weiteren zehn ziehen ihre Oberschenkel, schließlich ist sie ziemlich außer Atem und beschließt, daß das vorerst reicht.

Sie klemmt sich in das erste Trainingsgerät und stemmt eine Stange mit zwanzig Kilo. Sie pustet und starrt die ganze Zeit auf die Maserung an der Decke.

Karin kommt aus der Umkleide und setzt sich auf ein Fahrrad. Sie blättert beim Radeln in einer Illustrierten und, wie Eva erbost feststellt, sie schwitzt nicht mal. Eva ist mit den Gewichten fertig und geht ein Gerät weiter. In dem Moment hat Karin sie entdeckt und ruft strahlend:

»Na, macht das nicht Spaß?« zu ihr herüber. »Wenn ich mal einen Tag aussetzen muß, fühl ich mich völlig eingerostet. Das tut doch richtig gut, mal zu schwitzen.«

Eva quält sich ein Lächeln ab und setzt sich auf eine Bank mit dem Rücken zu Karin. Den Anblick kann sie jetzt echt nicht ertragen. Miss Null-Cellulitis kann inzwischen ja alle Rekorde brechen. Eine knappe Stunde trainieren beide, Eva mit verkniffenem Mund und manchmal leise stöhnend, Karin immer noch in Illustrierten blätternd und in ihrem violettgrünen Body kaum verschwitzt.

Als sie in die Umkleide kommt, besetzt Karin die einzige Dusche mit Vorhang. Und das, obwohl sie sich nun bestimmt nicht zu verstecken braucht und ihren Luxuskörper genausogut öffentlich duschen könnte. Eva reicht es. Als sie die offene Sporttasche von Karin auf einer Bank stehen sieht, kann sie sich einfach nicht beherrschen. Sie greift hinein und öffnet den Verschluß der Bodymilch, so daß sie langsam in das Handtuch und ihre Kleidung einsickert. Sie nimmt das Portemonnaie heraus und stiehlt sich eine Visitenkarte von Karin. Dann zieht sie sich schnell an und verläßt das Studio.

Gleich neben dem Haus ist ein Schreibwarenladen. Immer noch wütend, kauft Eva einen Umschlag, schreibt Serges Namen und die Adresse von der Visitenkarte darauf und packt Johannas Chanson in den Umschlag. Eine Briefmarke hat sie noch. Auf dem Heimweg wirft sie den Umschlag in einen Briefkasten. Wenn sie Karin richtig einschätzt, öffnet sie zu Hause die Post, die muß ja immer alles unter Kontrolle haben, und dann wird sie sich gewaltig wundern, wieso ihr Mann in einem erotischen Chanson vorkommt. Soll sie sich ruhig mal Gedanken über ihre Ehe machen.

Die macht Karin sich tatsächlich, als sie zwei Tage später den Brief im Postkasten findet. Wer schreibt ihrem Mann denn so privat aussehende Briefe ohne Absender? Sie schwankt einen Moment, ob sie ihn ungeöffnet auf den Schreibtisch legen soll, aber dann findet sie das selber unsinnig. Immerhin macht immer der die Post auf, der gerade da ist, wenn sie kommt, egal, an wen der Brief gerichtet ist. Und außerdem ist Serge nicht der Typ, der fremdgeht und dann noch zu dumm ist, um es nicht vor ihr zu verheimlichen. Als sie dann aber das Lied liest, ist sie sich da nicht mehr ganz so sicher. Auf dem Blatt ist nur der Text abgedruckt, nicht die Noten, und für Karin sieht das Blatt aus wie ein originell gemeinter Liebesbrief.

Sie setzt sich an den Küchentisch und überlegt. »Johanna Gold, 7/97« steht darunter, warum nicht »Deine Johanna« oder »in Liebe, Johanna«? Vielleicht ist mit Serge doch nicht ihr Mann gemeint. Aber wenn nicht, warum schickt diese Johanna es ihm dann zu? Und wer ist sie überhaupt?

Sie sieht in der Rollkartei auf Serges Schreibtisch nach und findet Johanna auch gleich. Das ist doch die Logopädin, mit der ihr Mann alle Jubeljahre mal telefoniert, wenn es um seine Urlaubsvertretung geht. Mit der hat er was? Und dann telefoniert er so öffentlich mit ihr? Wie ein gespieltes kollegiales Verhältnis haben die Gespräche auch nicht gerade geklungen, das war alles immer ganz sachlich. Vielleicht hätte diese Johanna gerne etwas mit Serge, aber er wollte bisher nicht, weil er sie, Karin, liebt und außerdem mit ihr verheiratet ist.

Auf der anderen Seite ist das Gedicht aber gerade in den

beiden Strophen in der Mitte sehr detailliert, so was denkt man sich doch nicht aus. Und bei ihnen im Bett ist es wirklich ruhig geworden in der letzten Zeit. Früher, erinnert sich Karin, hatten sie oft stundenlang miteinander geschmust, sich geliebt oder sich gekabbelt. Manchmal hatten sie auch die Videokamera angeschaltet oder Fotos voneinander gemacht. Das ist allerdings schon ziemlich lange her. Jetzt schlafen sie zwar auch noch miteinander, und Serge ist auch nach wie vor zärtlich, aber es ist Ehesex und kein Frischverliebtensex mehr. Das, was diese Johanna hier beschrieb, haben sie schon lange nicht mehr erlebt. Karin genießt es immer, geliebt zu werden. Sie ist keine, die sich auf einen Mann stürzt und ihn durchvögelt, wie es ihr gerade paßt. Vielleicht hat Serge das vermißt? Initiative, Aggressivität. Karin weiß es nicht und fängt an zu weinen.

Schließlich hat sie ganz verquollene Augen. So soll er sie aber nicht sehen, wenn er nach Hause kommt. Sie schuftet doch nicht täglich im Sportstudio und sieht dann abends völlig verheult aus. Sie duscht sich noch einmal, legt Eis auf ihr Gesicht und schminkt sich schließlich sorgfältig.

Als Serge dann die Tür aufschließt, pfeift er kurz:

»Wow, siehst du klasse aus.«

Sie nickt und sagt kein Wort.

»Schatz? Ist was?« fragt Serge und stellt seine Tasche ab.

Karin lehnt mit versteinertem Gesicht an der Wohnzimmertür und hält Serge den Brief entgegen. Er liest ihn durch und sieht sie dann irritiert an.

»Ja, und was ist das?«

»Das frag ich dich.«

»Ich habe keine Ahnung. Warte mal, Johanna Gold, das ist doch die Kollegin aus dieser Praxis.«

»Red doch nicht so rum. Ich weiß genau, wer sie ist. Das hier kam jedenfalls mit der Post und war an dich adressiert.

209

Ich hätte es gar nicht lesen sollen. Tausendmal Verzeihung, daß ich das Briefgeheimnis verletzt habe.«

»Quatsch, hier gibt es keine Geheimnisse. Ich hab wirklich keine Ahnung, was das soll.«

»Halt mich doch nicht für bescheuert. Deutlicher kann sie es doch wohl kaum sagen.«

»Ich hab wirklich keine, he, Moment, glaubst du allen Ernstes, ich hab was mit ihr?«

»Was soll ich denn denken, wenn eine fremde Frau dir einen Brief schickt, in dem steht, wie wundervoll deine Zunge zwischen ihren Beinen gewesen ist?«

»Ich hab das letzte Mal was von Frau Gold gehört, als sie hier anrief wegen der Akte, die ich bei meiner Vertretung falsch eingeordnet hatte. Da warst du doch noch dabei.«

»Aber bei einem anderen Treffen war ich offensichtlich nicht dabei.«

»Du glaubst also, ich betrüge dich?«

»So sieht es ja wohl aus. Ich merk das doch schon eine Weile, daß bei uns nichts mehr los ist. Du ziehst alle zwei Wochen die Zwölfeinhalbminuten-Nummer durch, und das war's dann.«

»Wir sind eben schon eine Weile verheiratet. Wenn ich gewußt hätte, daß du dir was anderes wünscht, hätten wir was anderes machen können. Früher hast du mir so was gesagt.«

»Früher hast du mich ja auch noch nicht betrogen.«

»Ich hab dich nicht betrogen.«

»Und wieso schreibt sie dann hier was von schweißüberströmten Schenkeln und daß du sie beim Ficken auf Händen getragen hast? Das haben wir früher auch so gemacht, stehend an der Wand, bis du fast umgefallen bist. Warum machst du das jetzt nicht mehr mit mir? Ich bin dir zu fett, ja?«

»Du siehst klasse aus, das hab ich eben noch gesagt, und

du bist überhaupt nicht zu fett. Im Gegenteil, mit ein paar Pölsterchen wärst du auch ausgesprochen sexy.«

»Ich bin dir also zu knochig?«

»Du bist gerade richtig, wie du bist. Herr im Himmel, ich hab nichts mit Frau Gold, ich kenn sie kaum. Und warum sie so was schreibt und dann auch noch herschickt, weiß ich nicht. Vielleicht ist sie schizo, keine Ahnung. Wenn du willst, fahren wir jetzt gleich zusammen zu ihr in die Praxis und klären das. Wie kannst du bloß denken, ich würde dich betrügen. Das ist nicht mein Stil. Das müßtest du nach elf Jahren Ehe langsam wissen.«

Karin rutscht an der Tür herunter, sitzt auf dem Boden und heult. Serge hockt sich neben sie, reicht ihr ein Taschentuch und nimmt sie in den Arm.

»Ehrlich, Karin, ich hab nichts mit Frau Gold. Und daß wir in den letzten Jahren weniger miteinander schlafen als früher, liegt wirklich nur daran, daß wir beide viel Streß haben und am Anfang schon all die Sachen durchprobiert haben, die andere Paare sich erst jetzt trauen. Vielleicht fahren wir zwei mal wieder zusammen in Urlaub? Was meinste?«

Er streichelt Karin über den Rücken und über die Haare, und Karin beruhigt sich allmählich. Sie küssen sich. Serge nimmt ihre Hand:

»Komm, wir fahren zu Frau Gold und fragen sie, was das soll.«

Karin schüttelt den Kopf:

»Fahr mal allein, ich glaub dir.«

Serge küßt Karin lange, hilft ihr dann aufzustehen und macht sich auf den Weg.

Johanna lächelt, als Serge hereinkommt.

»Na, haben Sie Sehnsucht nach uns«, sagt sie und streckt ihm die Hand entgegen.

Serge bleibt in der Praxistür stehen.

»Was bilden Sie sich eigentlich ein«, fährt er sie an.

Johanna weicht einen Schritt zurück.

»Was ist denn mit Ihnen los?«

»Sie glauben wohl, Sie können Menschen einfach nach Ihrer Pfeife tanzen lassen, was? Daß Sie mich dabei in Schwierigkeiten bringen, ist Ihnen wohl völlig egal. Dabei habe ich Sie wirklich für eine nette, intelligente Frau gehalten. Daß Sie so eine Intrigantin sind, hätte ich nie gedacht.«

Johanna steht da wie angewurzelt. Ein neugieriger Patient streckt die Nase aus dem Wartezimmer, in dem auch Eva sitzt und auf Johanna wartet.

»Wollen Sie mir nicht mal erklären, was Ihr Auftritt hier zu bedeuten hat«, fragt Johanna und beherrscht sich mühsam. »Und bitte beruhigen Sie sich und kommen Sie mit in die Küche. Sie verschrecken mir ja alle Patienten.«

»Ich komme mit Ihnen nirgendwohin«, hört Eva im Wartezimmer Serge zischen, »machen Sie andere Ehen kaputt, aber nicht meine. Ja, es mag schon sein, daß ich Sie mal angesehen habe, und ich habe Sie auch bisher immer sympathisch gefunden, aber das ist eine Unverschämtheit, und ich dulde nicht, daß Sie sich so in mein Leben einmischen. Meine Frau ist völlig fertig mit den Nerven, und alles ist nur Ihre Schuld.«

Am Ende ist er wieder lauter geworden. Jetzt steht auch Johannas Kollegin in der Diele. Johanna sagt so ruhig sie kann:

»Ich weiß zwar nicht, was Ihr Auftritt bedeutet, aber bitte gehen Sie jetzt, sonst werfe ich Sie hier raus.«

Serge dreht sich auf dem Absatz um und schlägt die Praxistür laut hinter sich zu. Die Kollegin sieht Johanna fragend an, die setzt sich auf den nächsten Stuhl und fängt an zu schluchzen.

Eva steht im Wartezimmer und schämt sich. Das ist alles

ganz falsch gelaufen. Karin hätte sich ärgern und unsicher werden sollen. Daß Johanna da mit hineingezogen wird, war nicht so gedacht. Sie überlegt fieberhaft. Dann geht sie zu Johanna, setzt sich neben sie und nimmt sie in die Arme.

»Komm, Jo, beruhige dich, vielleicht hat er einen Hitzschlag, das klärt sich bestimmt alles auf. Hör auf zu weinen, Jo, ich bin ja bei dir, komm, ich bring dich erst mal nach Hause.«

In Johannas Wohnung, die Eva ohne Gesang fast unmöbliert vorkommt, ist sie fast soweit, Johanna alles zu beichten. Aber wie sollte sie ihr das alles erklären? Sie will Johanna auch nicht verlieren.

»Mach dir keine Sorgen«, flüstert sie, hält Johanna im Arm und küßt sie, »das kommt schon alles wieder in Ordnung, das versprech ich dir. Hörst du, ich versprech's dir.«

Sie preßt Zitronen aus und rührt eine große Kanne Eistee an. Es ist stickig, und Eva weiß nichts mehr zu sagen.

»Das kommt in Ordnung«, sagt sie noch mal zu Johanna, die am Küchentisch sitzt und vor sich hin starrt.

Eva kann es nicht mehr mitansehen und fährt, als es dunkel wird, nach Hause. Sie macht sich Vorwürfe. Sie fragt sich, wie sie so kindisch sein konnte, wegen einer besetzten Solariumskabine so einen Mist zu machen. Sie hat Angst vor Johannas Reaktion, wenn sie erfährt, was eigentlich passiert ist und wer dahintersteckt. Das darf auf gar keinen Fall passieren. Und Eva hat eine Idee. Sie muß die ganze Sache so aufklären, daß Johanna und Serge sich wieder vertragen, ohne daß sie selbst dabei auftaucht.

»Karin kann mich sowieso nicht leiden«, überlegt Eva, »soll sie mich hassen, das macht nichts. Solange Johanna noch mit mir spricht.«

Heute ist es zu spät, aber gleich am nächsten Morgen fährt sie zu Karin.

Als sie klingelt, ist ihr schlecht vor Aufregung. Sie schämt sich und wünscht zum hundertsten Mal, sie hätte Karin im Studio einfach mal die Meinung gesagt, oder sie hätte sich beherrscht, anstatt sich so einen idiotischen Racheakt auszudenken und ihre Freundschaft zu Johanna und Karins Ehe zu riskieren. Überrascht wäre untertrieben, Karin ist völlig verdattert, als Eva vor ihr steht.

»Mir ist im Augenblick gar nicht nach Besuch«, versucht sie Eva abzuwimmeln, aber Eva sagt:

»Ich weiß, was los ist, das mit dem Brief und so, und ich möchte dir da gerne etwas erklären.«

Karin schließt kurz die Augen, und Eva befürchtet schon, sie würde wieder anfangen zu weinen, denn daß sie schon den Morgen damit verbracht hat, das sieht man ihren roten Augen und der geschwollenen Nase an.

»Ich bin Johannas Freundin«, setzt sie an, und Karin zuckt zusammen.

»Tut mir leid, aber ich habe kein Interesse an deinen Erklärungen«, faucht sie.

Eva versucht es ein letztes Mal: »Johanna hat nichts mit deinen Mann. Es ist alles meine Schuld.«

Und endlich läßt Karin sie in die Wohnung. Als Eva alles erzählt hat, holt Karin aus und schlägt ihr mit einer schnellen, festen Bewegung ins Gesicht. Es klatscht.

»Ihr Bodybuilding hat sich wenigstens ausgezahlt«, denkt Eva, »aber ich hab's ja auch nicht anders verdient.«

»Ich rechne es dir an, daß du noch den Mut gefunden hast, herzukommen«, sagt Karin eisig, »aber jetzt verläßt du bitte meine Wohnung.«

Man merkt ihr an, daß sie trotz ihres Ärgers erleichtert ist. Als Eva schon im Treppenhaus steht, sagt Karin noch:

»Ich hatte übrigens nie etwas gegen dich. Wenn das so gewirkt hat, tut es mir leid.«

Dann schließt sie die Tür. Eva ruft noch:

»Du verrätst Johanna doch nichts?« bekommt aber keine Antwort.

Sie steht noch eine Weile angewurzelt im Flur, dann geht sie.

Obwohl jetzt alles geklärt ist, kann sich Karin nicht überwinden, mit Serge zu schlafen. Sie glaubt Eva, denn die ausgelaufene Bodymilch war ihr schon im Studio merkwürdig vorgekommen, und Eva hätte auch keinen Grund zu lügen. Aber die Vertrautheit und die Nähe zu Serge ist trotzdem angekratzt, die ganze Sache hat zu weh getan.

Außerdem ist ihr durch Johannas Chanson klar geworden, wie sehr sie sich in den letzten Jahren von Serge entfernt hat. Sie kramt den Zettel noch einmal aus ihrem Nachttisch, denn obwohl sie Serge versprochen hat, ihn wegzuwerfen, hat sie ihn aufbewahrt. Vielleicht als Mahnmal, vielleicht aus purem Masochismus, sie weiß es selbst nicht. Jetzt, wo sie erfahren hat, daß Serge Jaques ist, merkt sie plötzlich, wie schön das Chanson ist, wie einfühlsam und humorvoll Johanna die gemeinsame Nacht beschrieben hat, sogar an den Stellen, an denen sie ziemlich ins Detail geht, wird sie nicht vulgär. Aus dem Lied spricht eine große Lust, und Karin wird neugierig. Vielleicht hat das ganze Elend doch einen Sinn gehabt, wenn sie dadurch etwas lernen kann. Vielleicht kommt das auch ihrer Ehe zugute. Sie kann ihren Haß auf Johanna noch nicht ganz beiseite schieben, aber sie muß sich ehrlicherweise gestehen, daß Johanna sympathisch klingt. Außerdem scheint sie eine wirklich gute Songwriterin zu sein. Sie beschließt, Serge nichts von Evas Besuch zu sagen und Johanna kennenzulernen. Sie geht zu ihrer Praxis.

Einen Schlachtplan hat Karin nicht. Sie will nur mal sehen, wo Johanna arbeitet, vielleicht sieht sie sie im Vorbeigehen, das würde schon reichen. Aber in der Praxis fragt sie die

Sprechstundengehilfe dann doch direkt nach Johanna. Ihre Neugierde ist einfach zu groß. Sie erfährt, daß Johanna Mittagspause macht, und als sie der Sprechstundenhilfe erzählt, sie sei eine alte Bekannte, erfährt sie auch, wo sie Johanna wahrscheinlich finden kann: in dem Bistro gegenüber.

Das Bistro ist nur mäßig besetzt, das ist gut, denn Karin konnte als »alte Freundin« in der Praxis ja nicht fragen, wie Johanna aussieht. Zwei alte Paare sitzen da und essen Kuchen. Einige junge Männer mit Handys reden wichtig und unterbrechen sich ständig gegenseitig. Nur zwei Frauen, die ungefähr gleich alt sind, könnten Johanna sein. Eine mit kurzen blonden Haaren und Brille, die in einer Kladde herumschreibt und eine mit einem dunklen Pferdeschwanz, die genüßlich eine große Schüssel Wackelpudding löffelt.

»Wahrscheinlich die Blonde«, denkt Karin und nähert sich langsam deren Tisch.

Da hebt die andere die Hand und bestellt eine Cola light bei dem Kellner, sie lacht ihm zu, und er scherzt zurück. Ihre Stimme ist dunkel und sehr klar. Und sie klingt so melodisch. Spontan entscheidet sich Karin doch für diese Frau und tritt zu ihr.

»Darf ich mich setzen«, fragt sie, und als Johanna freundlich »Aber sicher« sagt und etwas verdutzt guckt, weil ja genug freie Tische da sind, fügt sie hinzu: »Ich sitze nicht gerne alleine in Cafés. Da seh ich immer aus wie bestellt und nicht abgeholt.«

Johanna lacht.

»Ja, das kenne ich. Und ich bin auch gar nicht böse. Ich langweile mich nämlich immer in meiner Mittagspause, wenn ich etwas zu lesen in der Praxis vergessen habe, so wie heute, und dann tröste ich mich mit Jumboportionen Wackelpudding.«

»Bingo«, denkt Karin und lacht auch. »Sie können sich das aber auch erlauben«, sagt sie und bestellt einen Vanillepudding, als der Kellner mit der Cola kommt. Johanna strahlt sie an.

Karin fragt:

»Sind Sie Ärztin?«

»Logopädin.«

Karin sieht sie interessiert an, und Johanna beginnt, ein bißchen aus der Praxis zu erzählen.

»Und was machen Sie so?« fragt sie dann.

»Ich arbeite im Museum«, antwortet Karin, »ich bin für das Veranstaltungsprogramm zuständig, Performances, Vorträge, Führungen, Stammtisch und so weiter.«

Johanna ist sofort begeistert und fragt immer weiter, so daß Karin ins Erzählen kommt, bis Johanna sie plötzlich unterbricht.

»Sorry, meine Pause ist um. Ich habe einen Lispler oben, der unbedingt beim Radio Karriere machen will. Aber kann ich Sie vielleicht mal besuchen? Das klingt alles so interessant.«

Sie verabreden sich für den nächsten Tag im Museum. Und als Karin alleine im Bistro sitzt und den Rest ihres Puddings löffelt, bemerkt sie erstaunt, wie gut ihr Johannas Gesellschaft getan hat.

»Sie hat etwas an sich wie eine Heilsalbe«, denkt sie, »wahrscheinlich ist es ihre Stimme, da geht es einem gleich besser.«

Und sie freut sich auf den nächsten Tag.

Serge erzählt sie nichts von Johanna. Sie weiß selber nicht genau, warum sie sie wiedersehen will. Aber wenn sie an Johannas Lächeln denkt und an ihre konzentrierte Art, zuzuhören, an die Lust in ihrem Gesicht, wenn sie diesen grünen Schleimpudding löffelt, oder an ihre immer bewegte Mimik, dann spürt sie ein Kribbeln im Bauch, das sie sehr lang vermißt hat.

»Das ist ja phantastisch, und diese Akustik.«

Johanna ist hin und weg. Sie steht mit Karin zusammen in dem großen Vorraum des Heizungskellers unter dem Museum.

»Das ist genau das richtige für so eine Performance.«

Karin strahlt.

»Das hab ich sofort gesagt, aber da mußte ich erst mal alle überzeugen. Es ist auch gar nicht unproblematisch wegen der Fluchtwege und so, hier unten passen viel weniger Leute rein als in den großen Vortragssaal oben, und das bringt dann wieder weniger Geld.«

»Ja, aber diese Akustik, hör doch mal.«

Und Johanna summt ein paar Töne. Karin hat augenblicklich das Gefühl, die Decke wölbt sich höher hinauf.

»Sing weiter«, sagt sie zu Johanna und duzt sie jetzt auch, »das klingt sehr schön.«

Und Johanna singt ein paar Tonleitern, und dann eine Melodie.

»Die hab ich selbst geschrieben«, sagt sie zu Karin, »das mache ich manchmal, das ist eine Erinnerung an einen Urlaubsflirt. Blöderweise hab ich den Namen im Lied geändert, von Jaques zu Serge, das hätte ich nicht tun sollen, denn zufällig kenne ich einen Serge, und mit dem hab ich jetzt richtig Ärger, obwohl ich überhaupt nicht weiß, worum es geht. Das liegt mir ganz schön im Magen.«

Karin schluckt.

»Ja, das ist immer schrecklich, wenn man mit einem Freund Streit hat.«

»Das ist nicht mal ein Freund von mir«, unterbricht sie Johanna, »nicht mal ein Bekannter, nur ein anderer Logopäde, der mal die Vertretung für meine Kollegin gemacht hat. Ich fand ihn schon sehr nett, und er hat eine Art, sich zu bewegen, daß ich immer gestaunt habe. Ich hab wirklich überlegt, ob er wohl Ballett tanzt, weil das alles so geschmeidig aussieht. Außerdem hatte er einen tollen Hals, aber ich hab nie mehr als ein paar Sätze mit ihm gesprochen. Soweit ich weiß, ist er auch verheiratet. Ach, keine Ahnung, was mit dem los ist.«

Karin nimmt Johanna in die Arme und drückt sie.

»Du bist ganz besonders nett«, sagt sie und küßt Johanna auf die Wange, »das klärt sich bestimmt auf.«

»Das sagt meine Freundin Eva auch, na ja, mal sehen.«

Johanna küßt Karin auch, dann sehen sie sich an, und Johanna küßt Karin noch einmal, diesmal auf den Mund, und Karin ist überrascht, wie weich ihre Lippen sind.

»Kein Wunder«, denkt sie, »daß Männer Frauen so gerne küssen. Wenn ich gewußt hätte, wie schön und sanft sich das anfühlt.«

Und sie streicht Johanna übers Haar.

»Da drüben«, sagt sie und legt ihren Arm um Johannas Taille, »da in die Ecke, da kommen die Trommeln hin, und da oben hänge ich einen Scheinwerfer auf.«

»Perfekt«, sagt Johanna und singt noch ein paar Töne, und dann machen sie sich auf den Weg nach oben.

Zu Hause ist Karin gut gelaunt und singt. Serge ist überrascht, sie so fröhlich zu sehen, nimmt sie in die Arme und küßt sie stürmisch. Sie stehen in der Küche und küssen sich wie zwei Teenager.

»Bald muß ich ihm von Johanna erzählen«, denkt Karin, dann denkt sie nichts mehr und konzentriert sich aufs Küssen.

Johanna findet Eva auf der Treppe vor ihrer Wohnung. Sie erzählt von ihrem Tag und fragt Eva, wie ihrer war, sagt aber nichts von Karin. Sie weiß, wie schnell Eva eifersüchtig wird, obwohl Eva genau wie Johanna einen großen Freundes- und Freundinnenkreis hat. Aber sie will sie nicht verletzen. Außerdem hat Eva sich so lieb um sie gekümmert, als sie wegen Serges Auftritt deprimiert war, daß Johanna fast das Gefühl gehabt hat, Eva hätte ein schlechtes Gewissen.

»Gehen wir morgen auf den Flohmarkt bummeln?« fragt sie Johanna, aber die lehnt ab.

»Ich hab schon was vor, sorry.«

»Neuer Typ?«

»Hmm.«

»Erzähl mal.«

»Nee, das bringt Unglück.«

»Na, dann viel Spaß.«

»Den werd ich haben«, denkt Johanna und freut sich auf Karin. Die ist so vielschichtig. Auf den ersten Blick wirkt sie ganz wie eine typische Karrierefrau, professionell, selbstsicher, zielstrebig. Auf den zweiten ist sie aber auch unheimlich phantasievoll, und Humor hat sie, daß Johanna dauernd lachen könnte. Obwohl sie locker zehn Jahre älter sein muß, ist sie überhaupt nicht festgefahren oder gesetzt. Sie weiß, was sie will, aber sie drückt es nicht um jeden Preis durch. Außerdem riecht sie gut, und ihre Haut ist ganz weich. Johanna gerät richtig ins Schwärmen.

Das Restaurant, in dem sie sich verabredet haben, ist sehr elegant. Auch mittags ist es gut besucht, meistens von Geschäftsmännern und Bankerinnen. Beide haben sich schön gemacht und freuen sich jetzt darüber.

»Ich bin ihr also auch wichtig«, denkt Karin.

Beim ersten Glas Sekt beschließen sie, sich offiziell zu duzen. Beim zweiten sprechen sie über ihre Schulzeit und beim dritten über ihre peinlichsten Pannen bei Verabredungen.

»Sie flirtet mit mir«, denkt Johanna überrascht.

»Sie weiß gar nicht, wie schön sie ist«, denkt Karin, »hoffentlich bin ich ihr nicht zu alt.«

»Hoffentlich bin ich ihr nicht zu jung«, denkt Johanna, und legt Karin die Hand auf den Tisch,.

»Was für schöne Hände du hast«, sagt Karin.

Johanna lächelt und streicht mit den Fingerkuppen über Karins Hand, über die Handwurzel, die Knöchel, die Finger, die Fingernägel und von vorne. Karin hält den Atem an und kann nicht anders, sie muß Johanna immerzu ansehen.

»Besuchst du mich heute abend bei mir?« fragt sie, und ihre Stimme ist ganz brüchig.

»Ja«, sagt Johanna und strahlt.

Johanna gibt Karin zum Abschied einen Kuß, küßt sie vor allen Leuten mit der Zunge, so daß Karin den Kopf in den Nacken legt und nur noch Johannas Zunge spürt, die weich und heiß und ganz vorsichtig ihre berührt, an den Rändern entlangfährt und sich dann in der Mitte ein- und ausrollt. Johannas Lippen sind ganz samtig und sanft, und Karin entscheidet sich endgültig: Sie muß mit Serge reden. Als Johanna gegangen ist, und Karin immer noch Johannas Kuß spürt, nimmt sie ihr Handy aus der Handtasche und wählt Serges Nummer.

»Ich bin's«, sagt sie, »ich muß dringend mit dir reden – nein, am Telefon ist es nicht so gut, es wird länger dauern. Können wir uns nicht treffen? – Okay, im Park – Ja, bis gleich.«

Sie ist angespannt. Sie überlegt, was sie sagen wird. Sie winkte der Bedienung und zahlt. Es wird sich sicher alles fügen.

Johanna hat ein knöchellanges schwarzes Stretchkleid an. Um ihren braunen Oberarm trägt sie eine silberne Spange, und die Haare hat sie zu einem Zopf geflochten und hochgesteckt. Sie sieht wunderschön aus, findet Karin, wie ausgedacht. Daß Johanna ihren ganzen Kleiderschrank durchprobiert hat, um das Richtige für heute abend zu finden, weiß Karin nicht, obwohl sie das gleiche getan hat.

Karin führt Johanna ins Wohnzimmer.

»Trinkst du einen Wein mit?«

Johanna nickt, und Karin füllt zwei Gläser voll Soave. Sie stoßen an, reden über das Restaurant vom Mittagessen und ob Karin mit ihrer Performance-Vorbereitung weitergekommen ist. Karin erzählt von den ersten Arbeiten im Museumskeller, bis Johanna ihr das Glas aus der Hand nimmt und es zusammen mit ihrem auf dem Tisch abstellt.

Sie sieht Karin genau an. Karin wagt nicht, sich zu bewegen oder etwas zu sagen. Johanna legt ihr beide Hände auf die Knie, beugt sich zu ihr und küßt sie ganz leicht auf den Hals. Karin kann es genau spüren, wie sie zuerst Johannas Atem wahrnimmt, dann ihre Lippen, erst feucht und dann samtig, wie sich der Druck leicht verstärkt und sie sich schließlich von ihrem Hals lösen. Karin schluckt. Sie schließt die Augen. Johannas Wange streift ihr Ohr und ihren Mund. Und die ganze Zeit liegen ihre Hände auf Karins Knien. Karin streicht ihr über die Haare, legt ihren Handrücken unter Johannas Knie und rutscht eine Winzigkeit näher. Die Hände liegen jetzt fast auf ihren Oberschenkeln. Karin hat eine Gänsehaut, die sich den ganzen Rücken hinunterzieht. Sie streckt das Kinn leicht vor und küßt Johanna.

Es ist wie beim ersten Mal. Johannas Zunge schlüpft in ihren Mund und tastet sich ganz sachte von einer Seite zur anderen. Karin legt ihr die Hand in den Nacken und zieht sie noch näher zu sich. Johanna schmiegt sich an sie, nimmt ihre Hände von Karins Beinen und streichelt ihren Rücken. Sie hat starke Hände, die genau wissen, was sie tun, und die plötzlich wieder leicht wie ein Luftzug werden, als sie oben an Karins Kragen Haut ertasten. Karin legt sich zurück, und Johanna lehnt sich über sie. Karin kann ihre Brüste spüren, fühlt, wie hart ihre Brustwarzen sind und wie sich die eigenen aufrichten.

Johanna küßt wieder ihren Hals, dann sieht sie Karin an und legt unendlich langsam eine Hand auf Karins Brust. Sie schließt die Augen, und Karin sieht sie lächeln, ein ganz stilles Lächeln, als sie Karins Brust umfaßt und drückt. Sie kreist mit dem Handteller über die Brustwarze, und Karin stöhnt leise, als Johanna ihr einen Blusenknopf nach dem anderen öffnet. Dann steht sie auf und zieht sich das schwarze Kleid über den Kopf. Karin zieht sie zu sich heran und preßt ihr Gesicht auf Johannas Bauch. Auch um den Bauchnabel hat Johanna eine Tätowierung: zwei Löwen, die von beiden Seiten auf ihren Nabel zuspringen. Jetzt hat sie nur noch einen knappen schwarzglänzenden Slip an.

Karin zögert, aber Johanna nimmt ihre Hände und legt sie sich auf den Po. Karin fühlt Johannas Muskeln unter dem Slip zucken. Sie möchte nichts anderes, als ganz nackt sein und Johanna ganz nackt spüren, und zieht ihr den Slip herunter. Karin wagt erst gar nicht hinzusehen. Dann tut sie es doch. Johannas Möse hat kurze, schwarze Haare auf dem Venushügel, die sie offenbar kurz geschnitten hat. Ihre Schamlippen sind ganz rasiert und glänzen innen schon feucht. Sie sind seidenweich, als Karin mit den Fingerspitzen darüberstreicht. Johanna zieht Karin vom Sofa und streift ihr die Bluse ab.

Karin ist jetzt ganz ungeduldig und will sich beeilen, aber Johanna murmelt:

»Keine Hektik, vögeln heißt vögeln, weil es von fliegen kommt.«

Und Karin überläßt sich ganz ihren Händen. Schließlich

ist sie auch nackt. Beide umarmen und küssen sich. Johanna leckt ihre Brüste, dann ihren Bauch. Sie kniet sich vor Karin auf den Boden und streichelt ihre Möse mit einem Finger. Sie küßt Karins Bauch und streichelt sie weiter zwischen den Beinen, ihr Finger rutscht zwischen Karins Schamlippen, die Kuppe berührt den Kitzler. Karin hat ihre Hände auf Johannas Kopf gelegt und sieht zu ihr herunter. Johanna sieht im gleichen Moment hoch, und beide lächeln sich an. Johanna läßt ihren Finger tief in Karins Möse gleiten und steht wieder auf.

Sie leckt mit der Zungenspitze über Karins Lippen und saugt erst ihre Ober- und dann ihre Unterlippe ein. Karin weiß nicht so recht, was sie tun soll, sie hat noch nie eine Frau berührt und es, bis sie Johanna kennenlernte, auch nicht vermißt. Aber jetzt ist das ziehende Gefühl in ihrer Scheide so stark, daß sie nicht anders kann und Johannas Konturen mit den Händen abfährt, ihre Brüste, ihre Taille, ihre Hüfte, denn den Po, den Bauch und wieder den Busen. Johanna ist überall weich und warm, und ihre Haut fühlt sich an, als wäre sie mit einem kostbaren Stoff bespannt. Johanna bewegt leicht ihren Finger in Karins nasser Möse, nimmt dann Karins Hand und legt sie sich auf den Schamhügel. Und wie von selbst gleitet ihre Hand tiefer, und gespannt sieht sie Johanna ins Gesicht, als sie über ihren Kitzler streicht.

Johanna schließt die Augen und atmet tief und stoßweise. Karin freut sich und drängt sich näher an Johanna heran.

»Wollen wir ins Bett gehen?« haucht sie Johanna ins Ohr und beißt leicht in ihr Ohrläppchen, »oder willst du hier auf dem Teppich mit mir schlafen?«

Johanna überlegt einen Moment und entscheidet sich dann doch fürs Bett. Eng umschlungen gehen sie ins schwacherleuchtete Schlafzimmer.

Das Bett ist riesig und mit rotem Satin bezogen. Karin wirft die Kissen und Plumeaus von der Matratze und legt sich zurück. Sie klopft leicht auf die Matratze:

»Komm her zu mir«, sagt sie, und Johanna kniet sich auf allen vieren über sie. Sie setzt sich zurück auf die Fersen, legt ihr Gesicht auf Karins Bauch und schiebt sich dann höher. Ihre harten Brustspitzen berühren Karins Busen. Die streichelt ihren Rücken und hebt den Kopf, um ihren Hals zu küssen.

»Leg dich mal neben mich«, flüstert sie, und Johanna streckt sich neben ihr aus.

Karin kniet sich zwischen ihre Beine, die Johanna jetzt anwinkelt, und massiert ihren Körper von den Schultern bis zu den Schenkeln. Karin könnte sie stundenlang nur anfassen, Hauptsache, sie ist ihr nah, und es macht Johanna Freude, was sie tut. Sie legt sich neben sie und nimmt sie in die Arme.

»Ich muß dir etwas sagen«, flüstert Karin, »dieser Serge, über den du dich so aufgeregt hast, ist mein Mann. Und er hat sich so über dich aufgeregt, weil ich dachte, er hätte was mit dir.«

Johanna sieht sie ungläubig an.

»Und warum liegst du dann hier mit mir?«

»Weil ich dann erfahren habe, daß das nicht stimmt. Das war nur ein blödes Gerücht. Und dann hast du mich interessiert. Als ich dich dann kennengelernt habe, war ich so fasziniert von dir, daß ich dich unbedingt wiedersehen wollte, und als ich dich dann wiedergesehen hatte, wollte ich auch unbedingt mit dir schlafen. Ich mag dich nämlich sehr, sehr gern. Und ich hab so etwas schon seit Jahren nicht mehr erlebt. Bist du jetzt sauer?«

»Wo ist Serge jetzt?«

Karin stockt. Dann holt sie tief Luft.

»Nebenan in der Bibliothek. Er sitzt wahrscheinlich in

225

seinem Ledersessel, bezeichnenderweise zwischen Arno Schmidt und Stephen King.«

»Was?«

»Durch dich ist mir klargeworden, wie wenig wir nur noch miteinander zu tun hatten. Wir sind elf Jahre verheiratet, weißt du. Und wir hatten nicht immer so eine Josefsehe. Früher waren wir ziemlich wild miteinander.«

»Das glaub ich dir aufs Wort.«

»Die Idee kam mir, als du im Heizungskeller von Serge erzählt hast. Ich wußte ja, daß du ihm auch gefällst.«

»Und was habt ihr nun vor?«

»Serge würde sich erst mal gerne bei dir entschuldigen. Er hat nämlich gedacht, du hättest ihm einen erotischen Liebesbrief geschickt, um unsere Ehe kaputtzumachen, aber das war, wie gesagt, ein Mißverständnis. Und außerdem haben wir festgestellt, daß du nicht nur mich beeindruckt hast, sondern ihn auch.«

»Also?«

»Also haben wir ausgemacht, daß ich dich frage, ob du Lust dazu hast, mit mir und ihm ins Bett zu gehen. Wenn du jetzt nein sagst, ist das okay, dann bleiben wir unter uns. Wenn du aber möchtest, rufe ich ihn jetzt kurz auf dem Handy im Arbeitszimmer an.«

»Ich glaub's einfach nicht.«

Johanna streckt sich, dann grinst sie Karin an.

»Tanzt er nun Ballett?«

»Nein.« Karin lacht. »Er bewegt sich einfach gut, und du wirst staunen, wie gut er sich im Bett bewegt.«

»Ruf ihn an«, sagt Johanna und denkt: »Was mache ich hier bloß? Wie soll denn das funktionieren zu dritt? Hätte ich was von Kondomen sagen sollen? Bin ich jetzt sauer, daß sie es mir nicht vorher gesagt hat? Was war das denn überhaupt für ein Brief, den sie bekommen haben? Machen die das öfter zu dritt? Liebe ich Karin eigentlich? Hätte ich sie lieber alleine gevögelt? Was, wenn er mich überhaupt nicht anmacht?«

Da geht die Schlafzimmertür auf.

Serge steht nackt vor dem Bett und setzt sich dann zu Johanna.

»Erstmal wollte ich mich bei Ihnen entschuldigen für meinen Auftritt neulich«, sagt er, und Johanna antwortet:

»Jetzt sag um Himmels willen du, wir liegen hier mit deiner Frau im Bett.«

Sie sitzen auf der Matratze und sehen aneinander vorbei. Dann sagt Serge zu seiner Frau:

»Du hast wirklich recht gehabt, sie ist wunderschön.«

Karin lacht, umarmt Johanna und beginnt an ihrer Brustwarze zu lutschen. Johanna sieht etwas unsicher zu Serge, aber der hat sich neben sie gekniet und küßt ihren Oberschenkel. Johanna entspannt sich.

»Was möchtest du?« flüstert Karin.

»Ich hab keine Ahnung«, sagt Johanna, »laßt euch halt was einfallen, ich mach das auch zum ersten Mal.«

Serge lächelt sie an und rutscht neben sie. Johanna liegt zwischen den beiden und läßt sich verwöhnen.

Sie schließt die Augen und genießt, bis sie nicht mehr weiß, ob es Serges Mund ist, der ihre Brustspitzen leckt oder Karins. Dann fühlt sie zwei Hände zwischen ihren Schenkeln. Sie stellt die Füße auf und spürt, wie links eine große, etwas rauhe Hand an der Oberseite ihres Oberschenkels auf ihre Möse zustreichelt, und rechts die federleichte, kleinere von Karin. Als beide Hände ihre Möse berühren, atmet sie sofort schneller. Die Finger streichen ihre Schamlippen entlang, Serges kreist über ihrem Kitzler, während sich Karin tief in sie bohrt. Sie ist so gespannt, daß ein Antippen genügen würde, um sie zum Explodieren zu bringen. Serges Stimme klingt viel tiefer als sonst, als er sagt:

»Von wem möchtest du es?«

Karin hat sie hierher gebracht, also Karin.

»Karin«, sagt Johanna.

Und Serge nimmt seine Hand von ihrer Scheide und rutscht zu ihrem Kopf. Er küßt sie lange. Dann setzt er sich neben sie in den Schneidersitz, und sie rutscht auf der Matratze so herum, daß ihr Kopf auf seinen Beinen liegt. Sie hat vorher gesehen, wie steif sein Schwanz ist und faßt nun hinter ihren Kopf, um ihn mit den Fingerspitzen zu streicheln. Er beugt sich über sie und massiert ihre Brüste, als sich Karin zwischen ihre Beine kniet, die Hände unter ihren Po schiebt und beginnt, sie zu lecken. Erst ganz vorsichtig an der rasierten Haargrenze entlang, dann mutiger und weiter in die Mitte. Johannas Stöhnen ist wie ein Wegweiser, und nach und nach weiß Karin, wie sie über Johannas Kitzler lecken muß, damit sie besonders laut stöhnt und ihr die Möse entgegenhebt. Johanna windet sich und stöhnt, und als sie kommt, schreit sie leise.

Serge küßt sie auf den Mund, und Karin streckt sich neben ihr aus und umfaßt Johannas Brust. Dann sagt sie:

»Kommst du zu mir rüber, Serge?«

Und Serge setzt sich zwischen Karins Schenkeln auf die Fersen und streicht ihr über den Körper. Johanna schmiegt sich von der Seite an sie. Serge greift neben sich auf den Nachttisch und angelt sich ein Kondom aus einer Dose. Johanna lächelt ihn an. Karin spreizt die Beine ganz weit, und Serge gleitet in sie hinein.

Erst reibt Johanna nur über Karins Kitzler, während Serge in sie stößt, dann flüstert sie »Wart mal« zu ihm, und kniet sich über Karins Bauch, so daß sie zu Serge gewandt sitzt. Sie rutscht näher zu ihm heran und kann nun gleichzeitig mit den Fingern Karins Möse kneten und Serge küssen. Serge und Karin sind völlig aufeinander eingespielt, und Johanna bemerkt erstaunt, daß beide gleichzeitig kommen, obwohl sie relativ leise sind und man sie kaum stöhnen hört.

Dann liegen sie zu dritt eng zusammengekuschelt beieinander und tauschen ab und zu die Positionen, damit jeder mal in der Mitte liegt. Irgendwann stößt Karin Johanna leicht mit dem Ellenbogen an.

»Die nächste Strophe?«

»Adiago«, sagt Johanna.

Am nächsten Morgen schlafen sie sehr lange. Sie überhören die Hunde draußen, den Postboten, sogar das Telefon nehmen sie kaum wahr, obwohl es auch im Schlafzimmer einen Anschluß gibt. Schließlich sind sie aber doch wach, lächeln sich an und schmiegen sich aneinander.

»Wie war denn das nun mit dem Brief?« fragt Johanna, und Karin zeigt ihr den Chansontext. »Und wie kommt der hier zu euch?«

Karin und Serge erzählen ihr die ganze Geschichte, und Johanna ist enttäuscht von Eva und wütend.

»Warum hat sie mir denn nichts gesagt?«

»Weil sie dich nicht noch mehr verletzen wollte. Sie hängt wirklich an dir«, sagt Karin, »außerdem ist es doch wie in deinem Lied: Hauptsache, du bist am Ende glücklich. Ich weiß nicht, wie es euch geht, aber ich bin heute morgen sehr glücklich.«

»Ich auch«, sagt Johanna, »eigentlich bin ich jetzt genau in der richtigen Stimmung, um ein Chanson zu schreiben, über die Liebe.«

»Mach das«, sagt Serge, »und laß nichts aus, und wenn es fertig ist, schicken wir es an deine Eva. Anonym natürlich – oder noch besser: Wir unterschreiben alle drei. Denn immerhin ist sie ja schuld, daß alles so gekommen ist.«

»Gut«, sagt Johanna, »fangen wir an.«

Und sie singt einen tiefen Ton, der im ganzen Raum klingt.

Doktorspiele

Lilo fand immer schon, daß Kellnern der langweiligste aller Jobs war. Aber Kellnern in einem Internetcafé war wirklich das letzte. Hier klopften ihr die Gäste zwar wenigstens nicht auf den Hintern, sie mußte auch keinem klarmachen, daß nur Croque und Gemüsekuchen auf der Speisekarte standen und nicht etwa auch sie selbst, aber langweilig war es trotzdem. Trinkgeld konnte sie vergessen. Tratschen sowieso. Die Jungs in kleinkarierten braun-beigen Hemden saßen gebannt vor ihren Bildschirmen und tippten mit einem Finger auf der Tastatur herum. Und die Mädels in den wadenlangen, geblümten Wickelröcken waren auch nicht besser, starrten auf die Mattscheibe und kicherten manchmal. Lilo kam sich vor, wie in der falschen Sitcom abgesetzt. Alle paar Tage drohte sie ihrer Chefin an zu kündigen, und mit jeder Kündigung meinte sie es ein bißchen ernster.

Lilo stellte ein Tablett mit leeren Gläsern auf die Theke und ging mit einer neuen Ladung Kaffee ins Hinterzimmer. Hier saßen die schlimmsten. Die totalen Autisten. Die, die sich fragen, ob du strahlungsarm bist, wenn sie dir in die Augen sehen, die, die sich wundern, daß die Frauen, die sie kennenlernen, nicht per Mausklick funktionieren. Die, die sich wundern, daß es überhaupt Frauen auf dieser Welt gibt und nicht nur virtuelle Strapsmiezen. Die Internetziesel, die stundenlang den Kopf nicht heben, die durch Files und Bytes jetten, um irgendwo auf der anderen Seite der Erdkugel wieder aufzutauchen.

Bei der Einrichtung des Hinterzimmers hatte sich Lilos Chefin noch weniger Mühe gegeben als vorne. Ein Dutzend Computer standen auf alten Tischen herum, außer einem Uraltplakat von Tangerine Dream hingen keine Bilder an den Wänden, keine Graffitis oder Poster, keine Zeitschriftenständer. Lilo brachte den wenigen Gästen die Getränke.

Ganz hinten saß ein Mann im Trenchcoat mit einem roten Schal um den Hals, ein Stammgast, der schon den ganzen Morgen kein Wort gesagt hatte. Lilo strahlte ihn an und frotzelte:

»Na, surfst du gerade in Miami Beach, oder knackst du die Goldreserven der Nationalbank?«

Der Mann sah sie schlechtgelaunt an.

»Ab! Such dir selber 'n Schirm.«

Dann wurde er plötzlich puterrot und schaltete den Bildschirm ab, als Lilo: »Mach mal nicht den Macker hier«, zischte und sich hinter ihn stellte. Er warf einige Münzen auf Lilos Tablett, raffte den Trench vor seiner Brust zusammen und verließ fluchtartig das Café.

»Typischer Fall von ertappt«, murmelte Lilo und vermutete, daß er trotz der Warnung auf allen Tischen, keine verbotenen Pornoseiten zu laden, genau so eine aufgerufen hatte, bevor er durch sie gestört worden war. Lilo schaltete den Bildschirm wieder an.

Sie hatte keine Ahnung vom Internet. Der Crashkurs, den sie alibimäßig mal in der Volkshochschule belegt hatte, um mitreden zu können, war lange her, und eigentlich interessierte es sie auch nicht. Lilo hatte im Moment niemanden zu bedienen und setzte sich auf den Platz, von dem der Trenchman so schnell geflüchtet war.

»Was haben wir denn hier«, grummelte sie.

Offensichtlich hatte er tatsächlich die Kleinanzeigen durchforstet. Die nicht jugendfreien bestimmt, das interes-

sierte Lilo nun wieder. Sie klickte konzeptlos auf dem Bildschirm herum, surfen konnte man das weniger nennen, eher
ertrinken in der Datenflut. Dann las sie plötzlich:

»Safe Clinical Adventure. Dr. Rasputin und die Schwester
mit den sanften Händen haben noch Termine frei. Behand-
lungen aller Art.«

E-mail und Telefonnummer. Sonst nichts. Lilo stutzte,
dann wurde sie nach vorne zum Kassieren gerufen.

Die wenigen Gäste verließen das Café, Lilo stand allein an
der Theke. Der einzige Input, den ich in den letzten Wochen
hatte, überlegte sie, waren Antivirenprogramme und Sound-
karten. Außerdem beflügeln erotische Abenteuer im Job die
Arbeitsmoral. Und sie schrieb sich die Telefonnummer ab.

Es tutete einige Male, dann sagte eine Frauenstimme:

»Ja, hallo?«

Lilo zögerte.

»Bin ich da richtig bei Dr. Rasputin?«

Göttin sei Dank heißt er nicht Rübezahl, dachte Lilo, sonst
müßte ich jetzt so lachen, daß die Perle bestimmt sofort
auflegte. Rübezahl, zwischen Radieschen und den Rüben will
ich mich nun selber lieben, aber Rasputin ist auch nicht viel
besser. Rasputin, o nimm mich hin. Die Frauenstimme änderte ihre Tonlage, klang jetzt rauchig und schmeichelnd.

»Ja, Sie sprechen hier mit der heißesten Krankenschwester,
die Sie kennenlernen können. Sie möchten einen Termin beim
Herrn Doktor?«

Lilo schluckte.

»Ich bin mir nicht sicher, daß ich bei Ihnen richtig bin.«

»Sie sind richtig, das höre ich an Ihrer geilen Stimme. Die
Krankenkasse übernimmt die Kosten übrigens nicht. Bringen
Sie etwas Bargeld mit, und entrichten Sie nach der Behand-
lung einen Obolus«, sie sprach die drei Silben getrennt, »der
Ihnen angemessen erscheint.« Die Stimme lachte heiser.

»Nehmen Sie nicht zuwenig mit, bisher waren alle unsere Patienten sehr zufrieden mit uns. Und wenn Sie klingeln, sagen Sie einfach, daß Sie einen Termin haben.«

Sie nannte Lilo eine Adresse in einer Satellitenstadt.

Lilo sah mit einem Blick auf die Uhr, daß ihre Mittagspause begann. Sie bummelte an ein paar Geschäften vorbei und sah plötzlich überall Messingschilder für Zahnärzte, Hautärztinnen, Gynäkologinnen, Orthopäden. Das war ihr vorher nicht aufgefallen. Sie stand in General Hospital-City und hatte es nie zuvor bemerkt. Bei ihrem »Termin« heute abend halfen ihr diese Schilder aber auch nicht weiter. Sie überlegte. Doktorspiele. Das war lange her. Sie war fünf gewesen und die drei Nachbarskinder ein Jahr jünger. Mittendrin war dann die Mutter eines Mädchens hereingestürmt, hatte ihr Kind an sich gerissen, Lilo eine schallende Ohrfeige versetzt, und Lilo hatte sich in Grund und Boden geschämt, ohne zu wissen, wofür, denn sie war nicht die Ärztin gewesen und auch nicht die Patientin, sondern die Frau vom Gesundheitsamt, die die Abrechnungen überprüfen sollte. Das hatte sie wohl mal irgendwann im Fernsehen gesehen. Aber was sollte das heute abend geben? Vielleicht waren das zwei Spinner, denen man besser nicht in die Hände fiel. Oder ein professionelles Studio für Perverse.

Lilo hatte ein mulmiges Gefühl in der Magengegend, als sie am frühen Abend vor ihrem Kleiderschrank stand und überlegte, was sie anziehen sollte. Erst dachte sie an ihr nachtblaues Lackmini, aber dann hängte sie es doch wieder zurück.

Und was für Unterwäsche?

Sie ging ins Bad, um zu duschen, sah sich im Spiegel an und tastete dabei mit ihrer Hand zwischen ihre Beine. Obwohl sie es wußte, wunderte sie sich: Ihr Schamhaar war in der Mitte naß wie eingeseift. Und erst da, mit einer Fingerkuppe auf ihrem Kitzler, entschied sie sich, den Termin bei Dr. Rasputin tatsächlich einzuhalten.

»Bühne frei«, sagte sie laut, duschte kurz und zog dann normale Wäsche und eine Jeans mit einem Herrenhemd an. Kein komplettes Styling, Make-up und Haar nur ange-hübscht, verließ sie die Wohnung und ließ sich von einem Taxi in die Satellitenstadt bringen.

Das Hochhaus sah aus wie alle Hochhäuser, häßlich, anonym, eins, von dem man sofort annimmt, daß es überall in den Fluren nach Urin stinken muß. Aber es stank nicht. Lilo räusperte sich noch einmal, tastete zur Beruhigung nach dem eingeschalteten Handy in der Handtasche und drückte dann auf den Klingelknopf.

»Ja, bitte?«

Wieder die Frauenstimme.

»Ich, ich habe einen Termin bei Dr. Rasputin«, sagte Lilo und kam sich wieder so lächerlich vor wie damals in der Schule, als ihre Freundinnen erzählt hatten, es gäbe bei McDonalds eine Werbeaktion und man bekäme einen Ham-burger umsonst, wenn man mitten im Lokal den Song aus der Werbung singen würde, und sie es gemacht hatte und das ganze Lokal sie anstarrte und ihr schließlich der Schichtleiter aus Mitleid einen Hamburger in die Hand drückte und sie bat, das Lokal zu verlassen. Aber der Frauenstimme kam es offensichtlich überhaupt nicht lächerlich vor, denn sie sagte höflich:

»Kommen Sie bitte in den dritten Stock.«

Der Türsummer ging, und Lilo trat ein.

An der Wohnungstür hing eine Pinnwand in Form eines gähnenden Löwen und darauf pinnte ein kleiner Zettel, auf dem »Klingel kaputt, bitte klopfen« zu lesen war. Die Tür stand offen. Lilo trat in eine kleine Diele mit Teppichboden, der wie vor Jahren hingestrichene Leberwurst aussah. Das

Tapetenmuster war ein braungelbes Verbrechen aus den siebziger Jahren. An der Wand standen neben einer geschlossenen Milchglastür drei Küchenstühle mit verschiedenen Plastikbezügen nebeneinander. Davor auf einem kleinen Tisch lagen ein paar Zeitschriften mit Lesezirkelumschlag. Eine Frau saß unter den Garderobenhaken an einem Klapptisch und blätterte in einem Terminplaner. Sie trug einen knappen weißen Kittel und hatte ein Schwesternhäubchen auf den schlecht blondierten Haaren. Lilo hatte zwei Möglichkeiten: zu lachen und wegzulaufen oder die Lächerlichkeit dieser Inszenierung zu übersehen und womöglich Spaß zu haben. Sie entschied sich zu bleiben und ging zu der Frau, um sich anzumelden, sagte auf Nachfrage Vornamen und Alter.

»Und was für Beschwerden haben Sie?« fragte die Schwester.

»Ähhm.«

»Sie kommen doch sicherlich wegen eines ständigen Kribbelns im Genitalbereich, das behandelt werden muß?«

»Äh. Klar. Genau.«

»Bitte warten Sie noch einen Moment.«

Die Schwester deutete auf die Küchenstühle. Lilo nahm Platz und griff sich eine Zeitschrift. Als sie den Lesezirkelumschlag aufklappte, hätte sie fast wieder angefangen zu lachen. Die Zeitschriften waren Pornos der härtesten Sorte, solche ohne Text, Mösen und erigierte Schwänze in Großaufnahme, Dildos in jeder Form in allen Körperöffnungen. Lilo spürte, wie sie unruhig wurde und ganz leicht auf dem Stuhl hin- und herrutschte. Lilo sah sich um, und ihr Blick fiel auf das braun-gelbe Verbrechen hinter ihr. In der Wand pinnte ein Türstopper, auf dem »Türpuffer Bummsinchen« aufgedruckt war. Lilo kicherte leise, weil sie diese Dinger bereits einmal gesehen hatte, auf einer Messetoilette in Münster nämlich, und sie sich damals schon gefragt hatte, ob niemandem außer ihr die Komik dieses Namens aufgefallen war.

Die Schwester stellte sich neben sie:

»Ich muß Ihren Puls messen.«

Sie knöpfte Lilo das Herrenhemd auf und schob ihr die Hand in den BH, wo sie dann an Lilos Brustwarze zupfte. Dabei sah sie auf ihre Armbanduhr.

»Hmm, sehr schön.«

Lilo wußte nicht recht, wie sie sich verhalten sollte. Die Schwester stand vor ihr und wippte leicht von einer Seite zur anderen. Der weiße Kittel, der kaum bis über den Po ging, spannte, und Lilo bemerkte, daß sie darunter keinen Schlüpfer trug. Sie sah der Schwester ins Gesicht, und während sie »Ja, ich hatte immer schon einen guten Kreislauf«, sagte, fuhr sie ihr zwischen die Beine und höher zum Schamhaar. Das war genauso naß wie ihr eigenes, und Lilo entspannte sich. Langsam fing sie an, sich sicher zu fühlen. Egal, wie dieses Spiel gedacht war, es würde doch letztendlich auf Sex hinauslaufen, und da konnte man ja nicht allzuviel falsch machen.

Die Schwester gab sich Mühe, nicht zu stöhnen und sich nichts anmerken zu lassen, aber ihre Augen flatterten manchmal. Lilo massierte noch mit den Fingerspitzen den Pelz der Schwester, als eine Tür aufging, und ein Mann in die Diele trat. Unter seinem Arztkittel sah Lilo nackte Männerbeine, die, wie sie wohlwollend bemerkte, enthaart waren. Seine Füße steckten in riesigen Turnschuhen von der Sorte, die so aussehen, als hätte man bunt besprühte Klumpfüße. Als er die beiden Frauen sah, lächelte er und sagte:

»Jetzt habe ich Zeit, kommen Sie doch bitte herein.«

Das Sprechzimmer war unverkennbar das Wohnzimmer der beiden. Ein Schrank mit Glasvitrine, in der Nippes und Spieluhren standen, eine goldblasse Couchgarnitur, Fernseher und ein kniehoher Leopard aus Porzellan in einer Ecke. Ein Tantenwohnzimmer, wäre da nicht ein fast chinesischer Paravent an einer Wand gewesen und ein großer Schreibtisch, hinter dem der Mann nun Platz nahm.

»Setzen Sie sich doch«, sagte er.

Die Schwester stellte sich neben den Arztsessel. Lilo guckte gespannt und wartete erst mal.

»Sie sind zum ersten Mal bei uns?« sagte der Arzt in geschäftsmäßig neutralem Ton.

»Ja«, sagte Lilo knapp.

»Sie sind volljährig?«

»Leider unschwer zu erkennen.«

»Wann hatten Sie Ihre erste sexuelle Erfahrung?«

»Mit fünfzehn.«

»Hetero?«

»Bi.«

»Ist Ihre Muschi rasiert?«

»Nein.«

»Gut, gut, das können wir ja im Bedarfsfall nachholen.«

Lilo sah, wie die Schwester sich neben ihm hinkniete, nur noch das Schwesternhäubchen sah über der Eichentischplatte hervor. Lilo nahm schwer an, daß sie ihm jetzt einen blies und freute sich auf weitere Fragen.

»Muschi, Möse, Fötzchen, Vagina, welche Bezeichnung ist Ihnen angenehm?«

»Abwechslung ist mir am angenehmsten«, sagte Lilo, »und ich frage mich gerade, ob Ihre Assistentin Ihnen unter dem Schreibtisch nur über die Eichel leckt, oder ob sie Ihren Schwanz ganz in den Mund nimmt, während Sie mit mir sprechen.«

Rasputins Gesicht blieb unbewegt.

»Beides. Und jetzt darf ich Sie bitten, sich hinter dem Paravent zu entkleiden.«

Lilo verschwand in der improvisierten Umkleidekabine.

Durch die Zwischenräume der Holzstreben sah sie, daß die Schwester wieder aufgetaucht war und sich auf den Schreibtisch gelegt hatte. Der Arzt vögelte sie mit halbgeschlossenen Augen und halbgeöffnetem Mund. Während Lilo Hemd, Jeans, Schuhe und Schlüpfer auszog, hörte sie die beiden keuchen. Als sie nackt hinter dem Paravent hervorkam, trennten sie sich sofort. Der Schwanz des Arztes, der den weißen Kittel zeltähnlich in die Höhe hob, glänzte dunkelrot, sein struppig behaarter Hodensack schaukelte leicht wie kleine Glocken, und Lilo mußte plötzlich an Quasimodo denken. Die Schwester rutschte vom Schreibtisch und fingerte an sich herum, während der Mann ein paar Gummihandschuhe überzog und Lilo zu einem kunstledernen Fernsehsessel führte, auf dem ein großes Badetuch mit dem Aufdruck eines Fußballvereins lag.

»So, so. Sie haben also dieses Kribbeln. Wo ist das denn genau? Hier?«

Er legte eine Hand auf Lilos Bauch.

»Tiefer.«

»Hier?«

»Noch tiefer. Oben zwischen den Schamlippen.«

»Ah ja, das müssen wir uns genauer ansehen. Schwester!«

Lilo setzte sich auf den Fernsehsessel und legte die Beine links und rechts über die Armstützen. Die Rückenlehne wurde zurückgeklappt, und Lilo nahm die Arme nach hinten, um den beiden nirgendwo im Weg zu sein. Die Schwester hatte nun ebenfalls Handschuhe an und massierte Lilos Brüste, während Rasputin über die Innenseiten ihrer Oberschenkel strich. Lilo schloß die Augen.

»Schwester, würden Sie die Mösenlippen bitte auseinanderhalten, damit ich mir die Fotze der Patientin näher ansehen kann?«

Lilo fühlte, wie die Hände ihre Brüste verließen und über ihren Bauch nach unten strichen. Der Oberkörper der Frau lag schwer auf ihr, als sie zwischen ihren Beinen ankam.

»Na, so geht das nicht«, sagte der Arzt, »so kann sie ja gar nichts sehen.«

Also kniete sich die Schwester neben sie. Ein großer Spiegel wurde herangerollt und vor Lilo aufgestellt. Jetzt sah sie sich: auf einem abgenutzten Fernsehsessel liegend, die Beine weit gespreizt und vor ihr auf einem Höckerchen ein halbnackter Mann mit Horrorturnschuhen, der sich über ihre Möse beugte. Lilo schluckte, wollte die Augen schon wieder schließen, ließ es dann aber doch und starrte sich gebannt an. Die Schwester massierte Lilos Scheide, als der Arzt ihr erst einen und dann zwei Finger hineinsteckte und die Hand vorsichtig hin und her drehte.

»Ich sehe Ihr Problem, aber ich kann Sie so nicht behandeln. Drehen Sie sich bitte herum.«

Lilo stand auf und kniete sich auf alle viere, so daß ihre Schienbeine auf den Lehnen des Fernsehsessels lagen. Die Schwester stellte den Spiegel so herum, daß Lilo den Arzt beobachten konnte. Er saß wieder auf seinem Schemel.

»Ihnen ist klar, daß ich Sie rektal untersuchen muß?«

Lilo schluckte und streckte ihm ihren Po entgegen. Die Schwester fingerte wieder an sich herum. Rasputin beugte sich vor, so daß Lilo sein Gesicht im Spiegel nicht mehr sehen konnte. Sein Atem hauchte auf ihren Hintern. Dann fühlte sie seine Zunge einige Male über die Rosette lecken.

»Spreizen bitte«, sagte er, und die Schwester hielt Lilos Pobacken so weit auseinander, daß es ziepte. Rasputin leckte weiter. Lilo stöhnte leise.

»Jetzt wird es etwas kalt«, sagte die Schwester, und der Arzt goß ein Gleitgel über ihren Hintern und verteilte das Gel kreisend zwischen ihren Beinen. Dann schob er einen Finger

in ihren After. Zuerst fühlte sie nur den Druck seiner Fingerkuppe und wollte zurückzucken, aber dann war der Widerstand ihrer Muskeln überwunden, und er glitt in sie.

Lilo beugte den Oberkörper, so tief es ging, und sah zwischen ihren Beinen hindurch. Rasputin saß hinter ihr, fickte
sie mit dem Finger in den Hintern und wichste dabei. Ab und
zu hörte sie ihn keuchen. Sehen konnte sie nur die rote Spitze
seines Schwanzes, die ab und zu zwischen seiner Faust hervorkam und gleich wieder verschwand. Lilo fühlte sich ganz
offen und so geil, daß sie das Blut in ihrem Kopf klopfen hörte.

Rasputin stand auf, befahl:

»Schwester, Fickgummi.«

Dann schob er seinen Schwanz in Lilos Möse und begann,
sie zu stoßen. Mit der freien Hand langte er um Lilos
Oberschenkel herum und rieb ihren Kitzler. Die Schwester
hatte wieder nach Lilos schaukelnden Brüsten gegriffen und
preßte sie. Als Rasputin und Lilo gekommen waren, fing sie
leise an zu stöhnen.

Der Arzt zog seinen Schwanz heraus und sagte zu Lilo:

»Sie müssen mir helfen, das ist ein Notfall, die Schwester
fällt in Ohnmacht.«

Lilo stand auf und zog sich Handschuhe über.

»Was soll ich denn tun, Herr Doktor?« fragte sie, so naiv
sie konnte.

Aber die Schwester hatte sich schon breitbeinig auf den
Fernsehsessel gelegt, und der Arzt beugte sich über ihre Möse
und leckte sie. Lilo stand kurze Zeit unschlüssig herum, dann
kniete sie sich neben seinen Schemel und steckte zwei Finger
in die nasse Möse, die sie schon aus dem Wartezimmer
kannte. Die Schwester wand und streckte sich und kam
schließlich mit einem spitzen Schrei. Rasputins Gesicht
glänzte noch feucht, als er den Handschuh auszog, Lilo die
Hand gab und sagte:

»Sie haben gute Erste Hilfe geleistet. Sie können sich jetzt wieder anziehen.«

Und als sie hinter dem Paravent in ihr Hemd schlüpfte:

»Wir haben auch ein Kneipp-Programm mit Wasseranwendungen im Angebot, außerdem diverse Apparate.«

»Vielleicht komme ich darauf zurück«, sagte Lilo. In der Diele saß die Schwester wieder beschäftigt hinter ihren Terminplanern. Lilo warf zwei Scheine in ein Sparschwein, auf dem »Kaffeekasse« stand, und verließ mit wackligen Knien die Wohnung.

Ihre Chefin im Internetcafé war am nächsten Morgen über Lilos gute Laune erstaunt.

»Heute keine Kündigung?« rief sie ihr über die Theke zu. Lilo lachte.

»Man hat ja schließlich Ausgaben.«

Und als sie den Trenchman mit dem roten Schal ganz hinten sitzen sah, sagte sie:

»Außerdem ist das doch alles sehr interessant. Internet und so. Vielleicht kann mir unser Stammkunde ja ein bißchen was erklären. Und übrigens«, fuhr sie fort, als sie sich das Portemonnaie mit dem Wechselgeld einsteckte, »Mittwoch kann ich nicht. Da habe ich einen wichtigen Arzttermin.«

Die Chefin sah ihr kopfschüttelnd nach, als Lilo trällernd mit dem Tablett Richtung Hinterzimmer verschwand.

Zwei links, zwei rechts,
zwei fallen lassen

030-859271.
Tuuut. Tuuut.
»Hallo, hier ist die automatische Sekretöse von Hélène und Hagen Savelsberg. Gleich piept's.«
Piep.
»Hallo, Hélène. Hier ist Bele. Ich bin einen Tag früher zurückgekommen und wollte dir von Wien erzählen, war nett und turbulent. Ja, jetzt bist du nicht da. Ich bin gerade nach Hause gekommen, Dirk ist nicht da, schätze, er hat einen Tätowiertermin. Irgendwie verpassen wir uns ständig, seit ich die Sendung habe. Ach, übrigens: die letzte Aufzeichnung lief ganz gut. Bis auf diesen blöden Regieassistenten, dieser Gartenzwerg, der nervt mich echt wie Hölle. Rennt da rum und erzählt dauernd was von Kunst und macht mich in einer Tour blöd an. Egal, was ich mache, er hat immer was zu meckern. Wenn ich mich einschalte, zweifle ich an seinem Genie, wenn ich nichts sage, engagiere ich mich nicht, der geht mir so was von auf den Keks. Und während er seine ach so innovativen Konzepte erklärt, steh ich da wie die geldgeile Konsumtussi. Ich glaub, der hat ein Frauenproblem, diese Filzlaus. Aber die Sendung war okay.

Wir hatten einen Beitrag über so einen Typen, der sich für eine Filmproduktionsfirma Titel von Pornofilmen ausdenkt. Der sagt, wenn's geiler nicht mehr geht, muß es einfach ein bißchen mehr von allem sein, wie bei der Wursttheke, so à la Dreizehn lesbische schwangere Dominas befriedigen fünfzig fußfetischistische asiatische Zwillingsbrüder in zehn Tonnen grünem Wackelpudding mit Holzclogs. Du wirst dich wegwerfen vor Lachen, wenn du den Beitrag siehst, kommt übrigens übernächsten Mittwoch ab Mitternacht.

Aber die Härte war die Frau, die wir im Studio hatten, eine von der Geschäftsführung des Bundesverbandes der Berufsgenossenschaft der Pfarrhaushälterinnen. Die gibt es wirklich. Erotik im Pfarrhaushalt. Die Perle war ganz verschreckt, und dazu hatten wir einen Psychologen eingeladen, der ihr erklärte, Attribute wie Kreuz und Dornenkrone seien Ausdrucks eines frühen Bedürfnisses nach Sadomasochismus. Und ich mittendrin, komplett ohne Peilung.

Dann sind die Schokoladentafeln mit den Kamasutrabildern weggeschmolzen, die der Gartenzwerg extra aus USA importieren mußte. Wahrscheinlich sieht man jetzt am Bildschirm nur noch braune Pappe, und alle fragen sich, über was für eine Perversität wir wieder berichten. Solche Probleme hatte ich früher nicht. Da saß ich in meinem Studio in irgendwelchen Hoddelsklamotten und sabbelte über Sex, wie es mir gerade einfiel. Hier pudert mich ständig jemand ab, oder ich muß den gleichen Satz zwanzigmal sagen, das nervt echt. Aber die Reise war witzig. Und die nächste Sendung wird noch besser.

Da machen wir was über Küsse in Papua-Neuguinea. Da knabbert man sich nämlich die Wimpernspitzen ab und saugt an Lippen und Zunge, bis es blutet, nicht gerade safe. Und wir haben einen tollen Beitrag über ein Wiener Mösenmuseum. Deshalb rufe ich ja eigentlich auch an. Um dir zu erzählen, wie das nun war. Na ja, du bist nicht da, also erzähl ich es deiner Sekretöse.

Da hat also ein Typ einen Raum gemietet in der Nähe vom Wiener Kriminalmuseum, weißt du, da wo man den präparierten Kopf eines Geköpften sehen kann, der Hals ist übrigens ganz eklig ausgefranst, und in diesem Zimmer hat er dann als Aktion ein Mösenmuseum eingerichtet. Das sah so aus, daß er den Raum rundum mit Stellwänden verkleinert hat, und in die Stellwände hat er Rechtecke gesägt, und mit schwarzem Stoff verkleidet, und hinter den Stellwänden saßen, standen und lagen dann irgendwelche Frauen. Die hatte er vorher durch Kontaktanzeigen gefunden. Man konnte aber nur ihre Mösen sehen, sonst nichts. Und der Gag war, daß die Besucher ausdrücklich hinlangen sollten. Das ganze gab einen tierischen Skandal, die Zeitungen waren nach der Eröffnung voll davon, und zweimal sind ihm alleine in der Zeit, in der wir, also mein Assi Joris und ich, da waren, die Fensterscheiben eingeschmissen worden.

Einen Nachmittag hab ich übrigens auch den Selbstversuch gestartet, wie sich das für gewissenhafte Journalistinnen so gehört, und hab mich ausgezogen und hinter so eine Stellwand geklemmt.

Ich hatte ein hochkantiges, kleines Fenster und saß auf einer Stuhlkante, die Beine so weit offen, daß man von der Besucherseite nur ein paar Zentimeter Oberschenkel sehen konnte. Erst war mir das wahnsinnig peinlich und unheimlich, aber auch irgendwie kribbelig. Joris hat an dem Tag gefilmt, und er hat mir auf Knien schwören müssen, daß er niemandem sagt, daß die Muschi, die er da in Großaufnahme im Bild hatte, meine ist.

Ich hatte aber Glück: Ein paar von den Mädels, übrigens alle brave Hausfrauen, keine einzige Professionelle, deswegen müssen wir jetzt im Interviewbeitrag auch die Köpfe unkenntlich machen, ein paar haben also erzählt, daß manche Besucher nicht gerade zimperlich waren. Die meisten haben nur mal kurz hingelangt, ein bißchen am Fell gespielt oder mit dem Finger den Kitzler angetippt, so wie bei mir. Das war übrigens gar nicht ungeil, ich sag's dir, diese Anonymität ist schon ziemlich heiß, der oder die vor den Wänden sieht dich nicht, und du weißt auch nicht, wer dich da gerade anfummelt. Aber ein paar müssen eben auch nicht so nett gewesen sein. Die langten ohne Zögern zu oder bohrten ohne Vorwarnung gleich ihren Daumen rein oder kniffen auch. Also, ich hatte schwer den Eindruck, daß bis auf den Künstler alle ziemlich gierig darauf waren, diese Sache endlich fertig zu bringen.

Als nächstes will er so eine Ausstellung übrigens in Berlin machen. Dann kannst du mal hingehen und es selbst ausprobieren. Vielleicht komme ich ja vorbei und teste mal, wie hetero du wirklich bist. Apropos: hast du dich mit deinem Mann wieder vertragen? Eure Sekretöse gehört ja immerhin noch euch beiden. Ich hab das immer noch nicht so richtig begriffen. Euren fünfundzwanzigsten Hochzeitstag feiert ihr noch mit einer Orgie, und ein halbes Jahr später stehst du plötzlich nur noch auf junge Männer und schmeißt ihn raus. Jungmänner, wie? Wie viele hast du denn diese Woche schon entbubt?

Ich wüßte wirklich gerne, wo sich Dirk im Augenblick rumtreibt. Früher war er immer da, wenn ich von der Arbeit gekommen bin, aber daß ich jetzt beim Fernsehen bin, hat er mir irgendwie übelgenommen, glaub ich, na ja. Ach, wir sind auch noch ausgeraubt worden, hab ich das schon erzählt? Ist aber halb so schlimm gewesen, die Papiere sind noch da, und die Schecks und Kreditkarten waren eh im Koffer. Das ist vielleicht gar nicht schlecht, daß ich es erst dir erzähle und dann erst Dirk. Der wird sich bestimmt wieder tierisch aufregen, wie man nur so achtlos sein kann.

Irgendwie bleibt neben der Sendung kaum Zeit mehr für irgendein Hobby. Nicht mal zum Kaffeeklatsch mit dir. Ja, und jetzt bist du nicht da, und ich laber dir dein ganzes Band voll. Melde dich doch mal, ja?«

030-859271.

Tuuut. Tuuut.

»Hallo, hier ist die automatische Sekretöse von Hélène und Hagen Savelsberg. Gleich piept's.«

Piep.

»Hallo, Hélène, ich bin's noch mal, Bele. Es ist jetzt nach zehn, bist du immer noch nicht da? Dirk ist auch noch nicht hier. So lange kann ein Tatootermin doch gar nicht dauern, der wird doch keinem einen Roy Lichtenstein auf den Rücken stechen. Manchmal glaub ich echt, der hat was mit 'ner anderen, ich hab da so ein Gefühl. Aber Quatsch, wir sind beide nur ein bißchen überarbeitet. Ich hätte es dir wirklich lieber selber erzählt als deiner Sekretöse, aber ich muß es jemandem erzählen. Der eigentliche Gag des Wientrips war nämlich nicht das Mösenmuseum, sondern die Zugfahrt dahin.

Wir sind abends ab Zoo gefahren und mußten dann in Leipzig und vier Stunden später noch einmal in Nürnberg umsteigen, weil wir ja morgens um elf schon den Termin hatten. Joris und ich hatten ein Abteil für uns alleine, das war auch gut so, weil wir ja bisher nie die Gelegenheit hatten, mal was Privates zu quakeln. Dabei hat sich übrigens herausgestellt, daß er den Gartenzwerg auch haßt. Er sagt, das ist ein ganz Neurotischer, einer, der glaubt, daß er selber einen Heiligenschein hat und alle anderen nur Dreck sind. Joris sagt, er ärgert sich immer tagelang, wenn er mit ihm zu tun hatte, weil er diese ständigen Vorwürfe und Anschuldigungen nicht mehr haben kann. Ja ja, echt lästig, der totale Verfolgungswahn. In Leipzig kamen wir kurz vor Mitternacht an, und auch in dem Zug war kaum was los. Ich war völlig groggy, und deshalb haben wir die Sitzbänke ausgezogen und das Licht ausgemacht, um zumindest bis Nürnberg zu pennen.

Dann ging die Tür auf, und ein Pärchen fragte, ob sie reinkommen könnten, sie wollten sich nämlich auch hinlegen und in allen anderen Abteils sei überall OP-Beleuchtung. Ich war nicht gerade begeistert, aber was soll's, Joris kletterte hinter mich an die Wand, und die beiden legten sich neben uns hin. Sie brauchten ziemlich lange, um ihre Sachen und die Rucksäcke zu verstauen, sich die Schuhe auszuziehen, noch was zu trinken und ihre Schlafsäcke auszurollen. Ich war da schon etwas genervt, aber Joris legte mir den Arm um die Hüfte, und wie das prickelte, das kann ich dir gar nicht sagen.

Und da sagt dieses Mädchen plötzlich laut und deutlich:
»Ich heiße Rachel, und das ist Hajo.«
Und Hajo sagte dann gleich:
»Stört's euch, wenn wir vögeln?«
Joris fing an zu grinsen. Ich war zu baff, um irgendwas zu sagen, und er sagte ganz cool, so ist er ja eigentlich nicht, aber da klang es wirklich cool, er sagte nämlich:
»Wenn's euch nicht stört, daß *wir* vögeln.«
Wir mußten beide ziemlich grinsen, aber das haben Rachel und Hajo bestimmt nicht mitbekommen. Obwohl es so dunkel wie möglich war, sah man immer noch etwas, wir hatten zwar die Vorhänge zum Gang hin zugezogen, aber die Beleuchtung schien durch.

Ich lag auf der Seite eng bei Joris mit dem Gesicht zu Rachel und Hajo. Ich hatte erwartet, daß es jetzt irgendwie krampfig oder peinlich werden würde, aber die beiden taten so, als wären wir überhaupt nicht da, sie machten auch nicht den leisesten Versuch, näher zu kommen, das beruhigte mich allmählich, und ich war gespannt, ob und was ich sehen würde. Die beiden zogen sich langsam aus. Rachel war so eine ganz kleine, von hinten sieht sie bestimmt aus wie ein Schulmädchen, aber sie hatte einen unheimlich großen Busen. Sie trug so eine weiße, durchgeknöpfte Bluse, und vorne zwischen den Brüsten war ein winzig kleiner Knopf. Ich hatte schon, als sie reinkamen, zufällig hingesehen, wie er gegen das Gewicht kämpfte, das sich da von innen gegen den Blusenstoff drängte. Ich dachte, bis sie die Bluse auszog, immer wieder, gleich platzt er ab, gleich gibt es ein leises Ping, und dann springt mir der Knopf ins Auge, gerechte Strafe für Spannerinnen, und ihre Brüste wälzen sich wie eine Schneelawine durch den Ausschnitt, aber leider passierte das nicht.

Ich wußte nicht genau, ob Joris schlief, oder ob er auch zu den beiden starrte, als hätte er Sekundenkleber in den Kontaktlinsen. Er hatte mich jedenfalls immer noch fest im Arm, und das gefiel mir sehr gut. Rachel und Hajo knieten völlig nackt auf den altrosa Bundesbahnpolstern und streichelten und küßten sich lange. Hajo hatte schon eine ziemliche Latte, und ich dachte, also wie die beiden zur Sache gehen, machen die das nicht zum ersten Mal. Hajo war viel größer als sie, er hatte auch Schwierigkeiten, sich auszustrecken, denn so groß sind diese gammeligen Abteile ja nicht.

Er legte seinen Kopf auf einen zusammengewurstelten Pulli oder eine Tasche, das konnte ich nicht genau sehen, und sie kroch auf ihn und rieb sich an ihm. Sie war so klein, daß sie ein ganzes Stück auf ihm rauf und runterrutschen konnte. Er angelte ein Päckchen unter seinem Kopf hervor und nestelte sich ein Gummi heraus, das sie ihm mit dem Mund überrollte. Die restlichen Kondomstreifen warfen sie achtlos in unsere Richtung. Dann zog Hajo die Beine an, und Rachel kniete sich über ihn. Als sie sich auf seinen Schwanz setzte, atmete sie langgezogen und heiser aus. Hajo stützte ihren Rücken mit seinen Knien ab, die ihr bis über die Hüften gingen. Als sie sich auf ihm bewegte, mit dem Becken schlingerte und sich an ihm rieb, war es schon ziemlich geil.

Ich lag mittlerweile so in Joris' Arm, daß er eine Hand

unter meinen Pulli geschoben hatte und meine Brust drückte. Ich fühlte ihn jetzt auch in meinem Nacken atmen. Rachel richtete sich auf, ohne daß ihr Becken einen Moment lang stillstand und stützte sich mit den Händen an der Wand ab, eine Hand neben dem Kleiderhaken und eine auf dem Fenster. Später, als das Licht wieder an war, sah ich da einen deutlichen Händeabdruck. Sie stieß sich jetzt fester ab, und Hajo langte von unten an ihre Brüste, die schwer über ihm schaukelten. Er konnte mit den Handflächen die Brüste nur abstützen, aber nicht halten. Manchmal kam er mit der Zunge bis an die Nippel, dann leckte er gierig darüber. Das sah toll aus, ich erinnerte mich plötzlich an den Busen meiner Schulfreundin Linda und fragte mich, ob Joris wohl enttäuscht war, daß ich so wenig Oberweite habe, aber er rieb mittlerweile die Spitze zwischen den Händen und das so, ja, ich weiß, daß das kitschig ist, aber so hingebungsvoll, daß ich es mir nicht schöner vorstellen konnte.

Rachel hatte so eine richtige Löwenmähne, eine Unmenge von Haaren, meine Oma würde sagen ›Mopp auf 'm Kopp‹, und diese Haare fielen ihr so lang herunter, daß man Hajos Gesicht manchmal gar nicht mehr sah. Sie bog sich jetzt weit zurück ins Hohlkreuz, stützte sich auf Hajos Füße ab, Hajo kam ihr mit seinem Becken entgegen, und ich konnte deutlich den Schaft seines Schwanzes sehen, wie er aus und in Rachels Möse glitt. Sie hatte einen ganz flachen Bauch und schmale Hüften und Schultern, und dazu sah ihr Busen, wie er jetzt hin und herpendelte, doppelt gigantisch aus. Hajo griff mit einer Hand wieder danach, und die andere schob er zwischen ihre Beine und rieb ihren Kitzler, während sie ihn ritt. Rachel stöhnte ein bißchen lauter, und ich betete, daß kein Schaffner vorbeikam und uns zwang, aufzuhören.

Joris hatte seine Hand ebenfalls zwischen meine Beine geschoben. Ich strampelte mich mit so wenigen Bewegungen wie möglich aus meiner Leggins, netterweise hatte ich nichts drunter, und als ich mich wieder an Joris preßte, fühlte ich seinen Ständen an meinem Po. Wir lagen immer noch auf der Seite.

Hajo murmelte etwas von »Rachella, Rachellina«, und Joris streichelte mich zwischen den Beinen, bis ich es kaum noch aushielt. Er zog mein Bein über seinen Oberschenkel, mir war es mittlerweile völlig egal, ob Hajo und Rachel meine Möse sahen, und ich tastete auf den Polstern nach Hajos Kondomen, weil ich selber keine eingepackt hatte, und gab eins an Joris weiter. Dann drang er in mich ein, und während er meine Muschi drückte und mir heiß in den Nacken atmete, und ich mich, soweit es eben als Löffelchen ging, an ihn drängte, sah mich Rachel plötzlich zwischen zwei langen Stöhnern an, direkt in die Augen, und sie flüsterte mit einem Nicken in Hajos Richtung:

»Er macht das gut. Ich werd immer völlig geil, wenn er das macht.«

Ich nickte nur und schloß dann die Augen, um gewissermaßen mit Joris allein zu sein. Ich kam früher als er und war froh darüber, weil ich mich erst ganz auf mich und dann ganz auf ihn konzentrieren konnte. Er umarmte mich so fest, daß mir die Luft wegblieb und saugte sich mit den Lippen in meinem Nacken fest.

Rachels und Hajos Finish hab ich übrigens nicht mitbekommen, dazu war ich zu sehr mit Joris beschäftigt. Ich drehte mich endlich um. Joris strahlte mich an, nahm mein Gesicht in seine Hände und sagte ganz leise »Hallo«, und küßte mich, und das war vielleicht das Allerschönste.

Ach, Hélène, wenn man jemanden nicht mehr küssen mag, dann ist die Sache irgendwie gelaufen. Und Dirk küßt schon seit einiger Zeit fahrig und schlabbrig. Nicht mehr neugierig, es fühlt sich für mich manchmal sogar so an, als sei es ihm völlig egal, ob seine Zunge in meiner Backentasche herumhängt oder ob ich dabei ersticke. Manchmal ist er so wenig bei der Sache, daß unsere Zähne aufeinanderschlagen, oder leckt mir über den ganzen Mund, als wäre ich ein riesiges Eis, worauf der dann wahrscheinlich noch mehr Lust hat als auf mich. Bei Joris war das anders. Er küßte mich ganz behutsam, er wollte einen perfekten Kuß, einen, bei dem die Lippen fest und trocken aufeinanderliegen, bei dem sich die Zungen gleich weit und gleich bewegt vortasten. Da hätte ich am liebsten gleich noch mal mit ihm geschlafen. Mit Joris war es so was von geil, ich kann's dir gar nicht sagen.

Und er hat sich toll verhalten. Ihm war es anscheinend überhaupt nicht peinlich, immerhin waren wir bisher ja nur Kollegen. Kurz vor Nürnberg weckte er mich ganz lieb, Rachel und Hajo waren schon gegangen. Ich hab sie auf dem Bahnhof noch gesucht, aber die waren wie vom Wetter verschluckt. Wir sind dann umgestiegen und wollten bis Wien eigentlich nur noch schlafen, aber als wir unseren Krempel auspackten, merkten wir, daß unser Geld weg war. Ich weiß gar nicht, wie die das angestellt haben, aber wir vermuten, daß das ihre Masche ist und daß sie wahrscheinlich öfter Pärchen erst ablenken und dann das Geld mitgehen lassen. Göttin sei Dank war es nicht so viel, die Schecks habe ich alle ganz unten im Koffer, die Kreditkarte auch, die Papiere haben sie uns netterweise übriggelassen.

Joris nahm das Ganze ziemlich mit Humor, er sagte, hätten wir uns die beiden von einer Begleitagentur gemietet, wäre es viel teurer gekommen. Na ja, so kann man's auch sehen. Anzeigen werden wir sie jedenfalls nicht, das wäre auch megapeinlich, die ganze Story zu Protokoll geben zu müssen.

Jetzt bin ich aber froh, daß alles vorbei ist. Nach Wien will ich so schnell nicht mehr, die Kellner sind da so was von rotzig, da hilft die beste Torte nichts. Und Joris habe ich auch abgehakt. Wir arbeiten ja zusammen. Wenn sich das rumspricht, forkt mich der Gartenzwerg auf seine Mistgabel und läßt mich gar nicht mehr runter. Außerdem ist Joris ein bißchen jünger als ich. Du findest das ja toll, aber für mich ist das nichts. Vielleicht sehe ich das in fünfzehn oder zwanzig Jahren aber auch mal anders. Du mußt mir wirklich mal genau erklären, was du daran so klasse findest, und wieso das so gekommen ist.

Wir haben uns eh schon lange nicht mehr gesehen. Hat sich dein Mann eigentlich wenigstens wieder gemeldet, oder weißt du immer noch nicht, wo er ist? Das ist echt Strunx, ich weiß ja auch nicht, wo meiner jetzt gerade rumhängt. Ich werde ihm jedenfalls nichts von . . .«

»Savelsbergs automatische Sekretöse bedankt sich für das Diktat und legt jetzt auf. Auf Wiederhören.«

Tuuut. Tuuut.

030-859271.

Tuuut. Tuuut.

»Hallo, hier ist die automatische Sekretöse von Hélène und Hagen Savelsberg. Gleich piept's.«

Piep.

»Meine Herrin, wo hängst du denn aus? Du bist doch sonst um die Zeit immer zu Hause. Hélène, ich kann nicht schlafen, ich brauche meine beste Freundin, also melde dich gefälligst. Dirk ist noch nicht da. Wahrscheinlich pennt er im Studio, aber ich will da jetzt nicht anrufen, ist vielleicht auch besser, wenn er wir uns erst wieder morgen abend sehen. Ich wüßte gar nicht, wie ich mit ihm umgehen sollte. Hélène, ich hab dir nicht alles gesagt. Genauer gesagt, hab ich dich sogar angelogen. Es ist nämlich, also daß die Sache mit Joris nicht vorbei ist: Ich habe mich verliebt. Da kann ich dein ganzes

Band drum herumsülzen, die Sache mit Joris war nämlich eben nicht nach der Zugfahrt vorbei.

Wir hatten auch in Wien ein Doppelzimmer, und ich bin ziemlich sicher, daß er mich in dem Mösenmuseum nicht nur gefilmt hat. Da kannte ich seine Hände schon ziemlich gut. Ich konnte ihn zwar nicht sehen, aber er wußte genau, wie er seine Finger bewegen mußte, damit mir einer abgeht. Er hat da so eine ganz goldige Art, zwischen meinen Schamlippen herumzutippen, als hätte er eine PC-Tastatur oder ein Miniklavier vor sich, du, das ist so geil.

Mit Dirk ist es schon lange nicht mehr so wie am Anfang. Nach unserer großen Nachwuchsdiskussion, bei der ich mich dann für die Sendung entschieden habe, hatte er keinen Bock mehr, jedenfalls nicht mehr so wie früher. Früher war Sex mit Dirk immer wie eine Pizza con tutto, das war nie nur Sex, das war immer auch zusammen duschen oder baden, vorlesen, massieren oder was weiß ich. Heute steigt er rüber und glaubt dann, er hat wunder was geleistet. Wahrscheinlich liebt er mich gar nicht mehr richtig, das wäre mir wegen Joris sogar ganz recht, aber verletzen will ich ihn auch nicht. Ich kann mich doch nicht nach vier Jahren vor ihn hinstellen und sagen, Dirk, ich hab mich in einen anderen verliebt, der heißt Joris, und geschlafen hab ich auch schon mit ihm, also mach dich vom Acker. Joris hat sich übrigens auch verliebt, das hat er mir gesagt, als wir wieder in Zoo ausgestiegen sind. Hach, wenn ich nur wüßte, wo Dirk sich rumtreibt, und wie das weitergeht, dann . . .«

Knack.

»Bele? Hier ist Dirk!«

Knack.

ELIZABETH GAGE

Sie ist schön wie ein Engel und kühl wie ein
Gletscher – doch unter der eisigen Erscheinung
schlummert ein Vulkan. Aber jetzt muß
Jack Magnus mit einem Ausbruch rechnen,
denn Francie will nur noch eins: Rache...

Elizabeth Gage. Gefährliche Glut   35005

SANDRA BROWN

Alexandra Gaither kommt nach Jahren in
ihre Heimatstadt zurück, um den Tod ihrer Mutter
aufzuklären: Drei Männer kommen in Frage, und alle
drei sind reich, mächtig und überaus charmant...

»Ein Meisterwerk leidenschaftlicher Erzählkunst!«
Affaire de Cœur

Sandra Brown. Celinas Tochter   35002

BLANVALET

FEDERICA DeCESCO

Ariana und das Feuer – eine tiefe Beziehung verbindet
die Vulkanforscherin mit ihrem Element.
Bis zwei Männer in ihr Leben treten, die eines dramati-
schen Tages eine Entscheidung von ihr fordern...

Federica de Cesco ist und bleibt eine Magierin
sinnlich betörender Literatur!

Federica de Cesco. Feuerfrau   35003